HEYNE

Das Buch

Barbara hat ein Problem. Sie hat einen Heiratsantrag bekommen und »Ja« gesagt. Als ihr Zukünftiger merkt, dass sie den Antrag nur aus Versehen angenommen hat, gibt er ihr 30 Tage Zeit, sich endgültig zu entscheiden. Aber wie soll man in Ruhe nachdenken, wenn es so viele Dinge zu tun gibt: mit dem leergekratzten Nutellaglas sprechen, wildfremde Männer küssen, endlich einmal einen Dildo kaufen? Und was ist eigentlich noch gefühlsecht? Die Gefühle? Oder doch nur die Kondome?

Die Autorin

Andrea Russo, geboren 1968 in Hanau, studierte Germanistik und Kunst in Essen. Bevor sie ihre wahre Berufung, das Schreiben, fand, war sie einige Jahre im Versicherungswesen tätig. Sie lebt mit ihrem Ehemann und ihrer fünfzehnjährigen Tochter in Oberhausen, liebt Nutella, Pippi Langstrumpf, SingStar (obwohl sie überhaupt nicht singen kann), gutes Essen, Spinning (wegen des guten Essens) und romantische Heiratsanträge.

Andrea Russo

Gefühlsecht

Roman

WILHELM HEYNE VERLAG
MÜNCHEN

FSC
Mix
Produktgruppe aus vorbildlich bewirtschafteten Wäldern und anderen kontrollierten Herkünften

Zert.-Nr. SGS-COC-1940
www.fsc.org
© 1996 Forest Stewardship Council

Verlagsgruppe Random House FSC-DEU-0100
Das für dieses Buch verwendete FSC-zertifizierte Papier *Holmen Book Cream* liefert Holmen Paper, Hallstavik, Schweden.

Originalausgabe 07/2009

Dieses Werk wurde vermittelt durch die Literarische Agentur Thomas Schlück GmbH, 30827 Garbsen

Printed in Germany 2009
Umschlagillustration: © Chemistry / Digital Vision / Getty Images
Umschlaggestaltung: © Eisele Grafik-Design, München
Satz: Greiner & Reichel, Köln
Druck und Bindung: GGP Media GmbH, Pößneck
ISBN 978-3-453-40685-8

www.heyne.de

Für die wichtigen Frauen in meinem Leben:
meine Tochter Lizzy, meine Schwester Kerstin,
meine Nichte Kat – und natürlich für Mutti!

1 Melken am Morgen vertreibt Kummer und Sorgen

»Hast du deinen zukünftigen Ehemann schon mal mit den Worten begrüßt: *Darf ich dir einen blasen, Liebling?«*

Hat Lena mich letztens gefragt. Das ist meine große Schwester. Sie nennt es übrigens liebevoll »Melken«. Melken am Morgen vertreibt Kummer und Sorgen. Natürlich weiß ich, was meinen zukünftigen Ehemann glücklich macht. Diese Worte kurz nach dem Aufwachen in sein Ohr geraunt, zaubern sofort ein Lächeln in sein Gesicht. Jürgen geht entspannt und zufrieden zur Arbeit. Seine Welt ist in Ordnung.

Mein Name ist Barbara. Seit dem letzten Monat bin ich dreißig Jahre alt. Und ich habe ein Problem. Ein großes Problem. Heute hat Jürgen mir einen Heiratsantrag gemacht und ich habe Ja gesagt. Dabei habe ich es gar nicht so gemeint. Warum muss Jürgen auch immer so in meinen Haaren wühlen, wenn er tief in meinem Mund steckt? Ich habe ihn einfach nicht verstanden. Normalerweise murmelt er: »Oh Babs, das ist so gut!« oder »Babs, du bist die Beste!«. Natürlich habe ich nicht damit gerechnet, dass er gerade dabei die Frage stellt: »Oh Barbara, willst du meine Frau werden?«

Außerdem erwarte ich, dass mein Zukünftiger in diesem wichtigen Moment vor mir kniet, mich anschmachtet und mir dabei tief in die Augen sieht. Da ich aber heute Morgen diejenige auf Knien war und Jürgen mir schon aus rein praktischen Gründen nicht in die Augen schauen konnte, habe ich wohl aus Versehen so etwas wie ein »Hm, ja …« von mir gegeben, als Jürgen mir die alles entscheidende Frage gestellt hat.

Meine Antwort schien ihn wahnsinnig erregt zu haben, denn kurz darauf fing er wie wild an zu zucken, krallte sich in meinen Haaren fest und ich hatte die ganze Ladung Sperma im Mund. Ich hätte ihm gerne gesagt, dass ich bald eine Glatze haben werde, wenn er so weitermacht, aber mit vollem Mund spricht man nicht. Und da Jürgen meine Hand festhielt und mich damit hinderte, unverzüglich ins Bad zum Waschbecken zu sprinten, schwieg ich notgedrungen. Daraufhin übernahm Jürgen das Wort.

»Barbara, du weißt gar nicht, wie glücklich du mich eben gemacht hast.«

»Doch, weiß ich«, wollte ich sagen, »Melken am Morgen vertreibt schließlich Kummer und Sorgen!«

Da mir aber aus bekannten Gründen das Sprechen unmöglich gemacht wurde, blieb mir nichts anderes übrig, als ziemlich dümmlich zu grinsen und zustimmend zu lächeln. Jürgen hielt immer noch meine Hand fest. Ich hatte große Sehnsucht nach irgendeinem Auffangbehälter, da passierte es.

»Wann?«, wollte Jürgen fordernd wissen.

Ich hob fragend die Augenbrauen. Hatte ich irgendetwas Wichtiges verpasst? Moment, immerhin hatte er mich »Barbara« genannt und das tat Jürgen normalerweise nur, wenn ich etwas Schwerwiegendes verbrochen hatte. Hatte ich etwa die Milchtüte nicht zurück in den Kühlschrank gestellt?

»Na, wann die Hochzeit sein soll? Und wann sagen wir es unseren Familien? Mann, werden die Augen machen. Aber ich denke mal, die haben sowieso damit gerechnet. Also, lass uns direkt Nägel mit Köpfen machen. Wie wäre es am Nikolaustag? Das sind noch genau dreißig Tage bis dahin. Das ist zwar etwas knapp, müsste aber doch zu machen sein, oder?«

Ich habe es nicht mehr bis zum Waschbecken geschafft. Vor Schreck habe ich die ganze Ladung an Ort und Stelle verschluckt. Sekunden später hing ich über der Toilette. Jürgen kniete sich neben mich.

»Mensch, Babs, vielleicht bist du ja schwanger. Mann, das wäre natürlich der perfekte Zeitpunkt!«

Das alles ist jetzt ungefähr drei Stunden her und seitdem hat das Telefon nicht mehr stillgestanden. Zuerst aber habe ich zum Hörer gegriffen und Lena angerufen. Immerhin kam der dämliche Tipp mit dem Melken am Morgen von ihr. Sie hat vor Lachen Bauchschmerzen bekommen. Nachdem sie sich wieder eingekriegt hatte, war ihr einziger Kommentar gewesen: »Wow, musst du gut sein. Du musst mir unbedingt in allen Einzelheiten erklären, wie du *das* geschafft hast.«

Blöde Sumpfkuh!

Danach hat mein Telefon gar nicht mehr aufgehört zu klingeln. Innerhalb von Sekunden, wie sollte es auch anders sein, hatte ich Marie an der Strippe. Marie ist meine kleine Schwester und natürlich wurde sie auf der Stelle von Lena über meinen Erfolg informiert.

Über ihre liebevoll gesäuselte Begrüßung: »Na, liebe Schwester, wie hat dir der Heiratsantrag geschmeckt?«, konnte ich mich wirklich nicht amüsieren. Dabei freue ich mich eigentlich, wenn alle was zu kichern haben, ehrlich. Aber es muss ja nicht ausgerechnet auf meine Kosten sein.

Danach hatte ich meine Mutter in der Leitung. Der Informationsfluss innerhalb unserer Familie funktioniert perfekt. Und zwar in alle Richtungen.

»Ach Mädchen, der Jürgen hat dir also einen Heiratsantrag gemacht? Und du hast Ja gesagt? Ich freue mich ja so für dich. Du bist schließlich auch nicht mehr die Jüngste. Immerhin bist du gerade dreißig geworden.«

Eigentlich hätte ich mir die Frage sparen können, doch irgendwie wollte ich eine Bestätigung. »Von wem weißt du es?«

»Von Lena. Und von Marie. Erst hat Lena angerufen. Und danach gleich Marie. Oder war es umgekehrt?« Typisch Mutti. Sie schien sich mal wieder nicht sicher zu sein.

»Und? Haben die dir auch erzählt, *wie* Jürgen mir den Antrag gemacht hat?«

»Ist doch nicht so schlimm, Babsilein. Was meinst du denn, warum dein Vater und ich immer noch so glücklich verheiratet sind?«

Gott im Himmel, auch das noch! Schon allein die Vorstellung, wie meine Eltern mich irgendwann gezeugt haben könnten, bewirkt eine komplette Denkblockade bei mir. Und das auf der Stelle. »Sag mir das lieber nicht. Ich will das gar nicht so genau wissen.«

Das Gute an der Sache mit dem Telefon ist, dass man einfach das Gespräch beenden kann, wenn man nichts mehr sagen oder so wie ich nichts mehr hören will. Ich habe also aufgelegt. Und jetzt klingelt es unaufhörlich alle zehn Minuten. Wahrscheinlich noch mal meine Mutter. Oder Lena. Oder Marie. Oder diejenigen, die schon fix von meiner Mutter oder Lena oder Marie informiert wurden und jetzt alle Einzelheiten wissen wollen. Ich lasse das blöde Ding weiterklingeln und überlege, was mich im Moment mehr beschäftigt: Die Tatsache, dass in meiner Familie anscheinend die Frauen von Generation zu Generation das Geheimnis weitergeben, wie man sich seinen Mann glücklich erhält, oder die Tatsache, dass ich gerade wirklich und wahrhaftig einen Heiratsantrag bekommen habe.

Dazu kommt noch, dass ich heute nicht mehr unbeschwert einkaufen gehen kann, weil ich aufpassen muss, dass meine Mutter mich nicht bei Aldi oder Edeka erwischt. Wir wohnen alle in Bottrop nicht weit voneinander entfernt und geben unser Geld in der Regel im selben Einkaufszentrum aus. Wenn ich Pech habe, erzählt meine Mutter mir genau dort mit ihrer glockenklaren Stimme, wie sie es bei meinem Vater macht. Und das in allen Einzelheiten. Und zwar so laut, dass die nächsten dreizehn Leute an den Einkaufswägen hinter und vor uns brühwarm alles mitbekommen.

Und ich muss demnächst fünfunddreißig Kilometer zum nächsten Supermarkt fahren, nur weil mich da niemand kennt. Am besten gehe ich gar nicht mehr vor die Tür. Nie wieder. Ich schließe mich hier in der Wohnung ein, trinke Eimer voll Wein, löffle Vanilleeis oder besser noch gleich das ganze Nutellaglas leer. Und wenn mir ordentlich schlecht ist, hänge ich mich wieder über die Toilette. Vielleicht kommt Jürgen dann gerade nach Hause. Dann kann er wieder denken, dass ich schwanger sei. Was war das denn überhaupt für ein bescheuerter Spruch vorhin?

Erstens: Unabhängig davon, dass ich die Pille schlucke, müsste Jürgen doch wissen, dass man unter normalen Umständen bei einem Blowjob nicht schwanger werden kann. Da wir ungefähr seit zwei Monaten keinen ordentlichen Sex mehr miteinander hatten, ist eine Schwangerschaft hundertprozentig ausgeschlossen. Es sei denn, ich habe die *Bravo* damals doch nicht richtig gelesen und irgendwas Entscheidendes verpasst.

Zweitens: Wieso schwanger zum perfekten Zeitpunkt? Ich stecke mitten im Examen. Vor zwei Wochen habe ich meine Abschlussarbeit abgegeben und demnächst muss ich mich auf meine mündlichen Prüfungen vorbereiten. Bei Jürgen habe ich die ja offensichtlich gerade bestanden, aber das wird meine Professoren wohl kaum beeindrucken. Oder doch? Wie auch immer, wenn ich jetzt schwanger werde, kommt der Nachwuchs genau während meines Referendariats zur Welt. Was denkt Jürgen sich eigentlich? Dass ich jahrelang studiert habe, nur um dann taktisch klug zu Hause zu bleiben, sobald ich mein Examen in der Tasche habe?

Drittens: Natürlich ist es nicht der perfekte Zeitpunkt für ein Kind. Genauso wenig wie das der perfekte Zeitpunkt für einen Heiratsantrag war. Jürgen hätte wirklich warten können, bis ich mein Verwöhnprogramm ordentlich abgeschlossen habe. Dann hätte ich ihn wenigstens verstanden. Und verschluckt hätte ich mich auch nicht.

2 Ich will nicht Stankowicz, hinten mit cz, heißen

Wir haben uns vor ziemlich genau vier Jahren ganz unspektakulär während eines Seminars an der Uni in Bochum kennengelernt. Jürgen saß kerzengerade neben mir im Hörsaal, hörte aufmerksam zu und kritzelte angestrengt mit, während ich ständig gegen die Müdigkeit ankämpfte. Im reinen Zuhören bin ich einfach nicht so gut. Ich meine natürlich, wenn es um die Lernerei geht. Ich habe eher ein optisches Gedächtnis, muss Dinge lesen, um sie zu verstehen.

Irgendwann bin ich auf jeden Fall tatsächlich eingenickt. Hätte Jürgen mich nicht durch seine Knüffe geweckt, wäre mein Kopf wahrscheinlich ungebremst auf das Schreibbrett vor mir geknallt. Mann, wäre das peinlich gewesen. Seit diesem Tag saß ich immer neben Jürgen. Er hielt mich wach und ich hielt ihn bei Laune, indem ich ihn ab und an zum Lachen brachte. Dafür bekam ich wiederum regelmäßig Jürgens ausgearbeitete Notizen und ich konnte nachlesen, was ich während des Seminars nicht verstanden hatte.

Nach einer feuchtfröhlichen Party, auf die wir beide eingeladen waren, landeten wir im Bett. Und den Morgen danach führten wir gleich eine heftige juristische Diskussion über den Betreuungsunterhalt nach einem One-Night-Stand. Dabei ist es allerdings bei uns nicht geblieben. Seit jener Nacht sind wir ein Paar. Jürgen, der damals noch bei seinen Eltern wohnte, zog spontan bei mir ein. Es war eine schöne Zeit. Mit Jürgen hatte ich das erste Mal beim Sex einen Orgasmus. Und wenn wir mal keine Lust aufeinander hatten, haben wir bis in die Nacht hinein einfach diskutiert oder uns gegenseitig irgendeinen ganz ungewöhnlichen Fall vorgelesen. Durch Jürgen, der vier Semester weiter war als ich, habe ich in vielen Bereichen eine andere Sichtweise bekommen. Seitdem ich ihn kenne, gehe ich nicht mehr einfach in der Bäckerei Brötchen kaufen. Nein, ich gehe einen Vertrag schließen. Ich schließe einen Kaufvertrag mit einer Bäckereifachverkäuferin.

Ich denke gerne an die Anfangszeit unserer Beziehung zurück. Und jetzt? Jetzt hat Jürgen seine erste feste Anstellung. Als Anwalt in einer Kanzlei. Bevor er in die Kanzlei seines Vaters einsteigt, soll er hier erst einmal Erfahrung sammeln. Über seine Fälle spricht er nicht. Schon gar nicht nachts, so wie früher. Er spricht generell sehr wenig, weil er meistens müde ist. Ich habe schon alles Mögliche versucht, aber Jürgen bleibt eisern. Er verrät kein Wort. Ich wünschte, Jürgen wäre nicht immer so perfekt konsequent. Aber manchmal wünsche ich mir auch, ich könnte so konsequent sein wie er. Ich bewundere ihn dafür.

Nun hat Jürgen mir einen Heiratsantrag gemacht. Er will mich heiraten, für immer und ewig der Mann an meiner Seite sein. Bis dass der Tod uns scheidet. Und ich? Sitze hier in der Küche und trinke süßen Wein. Der ist noch von meiner Geburtstagsfeier übrig und sollte eigentlich zum Dessert gereicht werden. Dazu futtere ich Nutella mit einem Esslöffel. Hoffentlich fängt mein Gehirn bald wieder an zu arbeiten. Es ist jetzt elf Uhr. In sieben Stunden kommt Jürgen zurück. Wahrscheinlich sitzt er gerade völlig entspannt und sorgenfrei hinter seinem opulenten Schreibtisch und erteilt lächelnd Aufträge an Frau Schmitt-Öppel. Die ist genauso opulent wie sein Schreibtisch, hat aber eine begnadete Stimme am Telefon.

»Anwaltskanzlei Möller, mein Name ist Schmitt-Öppel, was kann ich für Sie tun?«

Wie ist das eigentlich, wenn man sich für einen Doppelnamen entscheidet? Kommt der eigene Name zuerst oder der angeheiratete? Hat Frau Schmitt einen Öppel geheiratet oder Frau Öppel einen Schmitt? Und was passiert, wenn Frau Schmitt-Öppels Tochter einen Müller heiratet? Kann sie dann Frau Müller-Schmitt-Öppel heißen?

Ich mag meinen Namen. Barbara Braun. Das ist schlicht und einfach und ich finde, es klingt gut. Jürgen heißt Stankowicz und muss das cz hinten immer buchstabieren. Würde ich Jürgens Namen annehmen, wäre ich für den Rest meines Lebens Barbara Stankowicz. Ich kann Jürgen also gar nicht heiraten. Ich will nicht Stankowicz, hinten mit cz, heißen. Ich möchte meinen Namen behalten und Barbara Braun bleiben. Genau das werde ich Jürgen nachher sagen. Jürgen versteht mich fast immer. Zumindest wenn es nicht um Gefühle geht und ich ihm etwas logisch erklären kann.

Außerdem sind Jürgens Eltern ungemein konservativ. Die würden in Ohnmacht fallen, wenn Jürgen den Namen seiner Frau annehmen würde. Das würde er ihnen niemals antun. Wenn ich ihm vorschlage, meinen Namen anzunehmen, wird er auf das Heiraten sicher erst einmal verzichten wollen. Ganz bestimmt!

Ich schenke mir noch ein Gläschen Wein ein und starre auf das Nutellaglas, das ich gerade ausgekratzt habe. Barbara Nutella. Hört sich nicht schlecht an. Barbara Ferrero. Dafür würde ich sogar mein Braun opfern. Mir ist schlecht. Das kommt davon, wenn man zum Frühstück eine Portion Sperma, ungefähr vier Esslöffel Nutella und drei Gläser Eiswein zu sich nimmt.

Es ist zwölf Uhr. Wahnsinn, wie die Zeit vergeht. Ich weiß immer noch nicht, ob ich Jürgen heiraten will. Aber warum eigentlich nicht? Jürgen ist ein toller Mann. Und bestimmt wäre er der perfekte Ehemann. Jedenfalls war damals die Hälfte der Studentinnen an der Uni hinter ihm her. Und jetzt machen ihm bestimmt seine Mandantinnen schöne Augen.

Die Flasche Wein ist fast leer, das Glas mit den braunen Schokospuren sieht mich fragend an. »Das Beste aus entrahmter Milch.« Ich glaube, ich habe gewaltig einen sitzen. Egal, mich sieht ja eh keiner, also flüstere ich leise in die Öffnung des Glases: »Hi, hörst du mich? Was soll ich denn nur machen?«

Leider bekomme ich keine Antwort, doch dafür brummt mein Handy irgendwo. Ich habe eine SMS bekommen. Jetzt könnte ich Jürgen hier gebrauchen, der weiß nämlich immer, wo mein Handy gerade ist. Ganz im Gegenteil zu mir. Ich muss das blöde Ding ständig suchen und mich mehrmals täglich selbst anrufen, damit ich es wiederfinde. Zum Glück hängt unser Festnetz an einer ganz altmodischen Telefonstrippe im Flur, sonst müsste ich das auch ständig suchen. Ich mache mich auf den Weg, da brummt es wieder. Da! Ich habe es genau gehört. Es kommt aus dem Bad. Das Gerät liegt auf dem Waschbecken. Schwerfällig lasse ich mich auf die Toilette fallen und öffne das kleine blinkende Briefchen. Die SMS ist von Maja:

Hallo Puppe. Ich hab 'ne Identitätskrise. Kennst du das Gefühl?

Mit ungelenken Fingern antworte ich ihr postwendend:

Schneckchen, ich BIN eine einzige Identitätskrise!

Ist das nicht herrlich? Leben, du hast mich zurück! Ich liebe die moderne Kommunikation. Und ich habe eine wunderbare Freundin. Maja habe ich gleich im ersten Semester während eines Wochenendseminars kennengelernt, das außerhalb der Uni in der Eifel stattfand. Wir beide waren damals die einzigen Frauen dort. Ohne Maja wäre ich wahrscheinlich vor Langeweile gestorben. Mit Maja wurde dieses Seminar zu einem echten Erlebnis.

Aus ihr wird mit Sicherheit eine geniale Anwältin werden. Wenn ich irgendwann mal eine Bank ausrauben sollte oder etwas anderes anstellen werde, dann wäre Maja als Verteidigerin meine erste Wahl. Und das nicht nur, weil ich weiß, dass sie ihr Fach versteht, sondern auch, weil sie mich notfalls mit einer Nagelfeile aus dem Knast befreien würde.

Das Beste an meiner besten Freundin ist, man kann auch dann Spaß mit ihr haben, wenn man wirklich tiefgreifende Probleme wälzt. Zusammen mit ihr relaxt auf dem Hoteldoppelbett zu liegen, Whiskey-Cola zu trinken und über Männer und das Leben zu philosophieren, ist einfach nur fantastisch. Vor allem weil Maja eine von den Frauen ist, die sich aufrichtig mit dir freuen können, wenn es dir gutgeht, und dir ohne Ausnahme alles gönnen. Maja nennt mich »Puppe«, »Süße« oder »Liebelein«. Wenn sie mich fragt: »Na, wie isset, Liebelein?«, dann geht es mir automatisch immer ein wenig besser. Sie hat eine so mitreißende Art und kann wunderbar herzerfrischend lachen. Außerdem kann sie Witze erzählen, was ich überhaupt nicht kann. Ich kann sie nicht nur nicht erzählen, ich kann sie mir nicht mal merken.

»Süße, warum sind Singlefrauen schlanker als verheiratete Frauen?«

»Hm, weiß nich.«

»'ne Singlefrau kommt nach Hause, schaut in den

Kühlschrank und geht dann völlig frustriert ins Bett. 'ne verheiratete Frau kommt nach Hause, schaut ins Bett und geht dann völlig frustriert zum Kühlschrank!«

Jetzt muss man sich Maja dabei vorstellen. Mit ihrem braunen Wuschelkopf, dem niedlichen Piercing in der Nase und ihrem ansteckenden Lachen. Dazu eine Flasche Whiskey, eine Flasche Cola und ein großes Hotelbett. Und natürlich griffbereit was zum Knabbern. Das Paradies auf Erden!

Maja ist schön. Und sie ist verliebt. In einen Koch. Deshalb ist sie momentan so glücklich. Meistens zumindest, denn ihr Küchenmeister ist verheiratet. Aber das ist Maja egal. Behauptet sie wenigstens.

Damals habe ich mir zwei Nächte mit ihr ein Doppelzimmer geteilt. Das war zum Schreien komisch. Besonders, als ich erfahren habe, wie genial sie seufzen und stöhnen kann. Ich werde nie vergessen, wie wir am ersten Abend mit dem Fahrstuhl in die dritte Etage gefahren sind. Maja und ich und drei Jungs aus unserer Gruppe. Plötzlich fing Maja ohne Vorwarnung an zu stöhnen. Das Geprotze unserer männlichen Begleiter über deren angebliche Liebhaberqualitäten war ihr gewaltig auf den Keks gegangen.

Als Torsten, der aus Mechernich kam, den Spruch in die Runde warf: »Ich bring es eben genau auf den Punkt. Ganz Mechernich ist mit glücklichen Frauen gepflastert«, antwortete Maja mit einem filmreifen »Hm ja, oh, tiefer, ja, ja, jaaaa.«

Das lässt sich schwer in Worte fassen. Maja kann jedenfalls ohne Vorwarnung den besten Orgasmus vom Stapel lassen. Dabei rauft sie sich die Haare, so dass sie sehr wüst aussieht und tatsächlich glasige Augen bekommt. *Harry und Sally* hat seine Wirkung jedenfalls nicht verfehlt.

Wir sind nach dieser Einlage viermal mit dem Fahrstuhl hoch- und runtergefahren. Maja ließ die Jungs erst aussteigen, als Torsten ihr endlich zugestand, dass mindestens die Hälfte dieser glücklichen Frauen aus Mechernich ihm einfach nur was vorgespielt hatten.

Aber es ging noch weiter. Die Jungs brachten uns bis vor die Zimmertüre und sahen uns dann erwartungsvoll an. Da wagte einer den Vorstoß und glaubte, sich mit seiner Frage taktisch klug zu verhalten: »Wie schmeckt eigentlich Sperma?«

Während ich noch darüber nachdachte, wie das Zeug schmeckt, ob es irgendetwas gibt, das dem geschmacklich irgendwie nahekommt, und wie ich es erklären kann, seufzte Maja schon laut auf und sagte: »Schätzchen, das kommt darauf an, was du vorher gegessen hast! Aber probier es doch mal selbst. Du sitzt, besser gesagt, du hängst ja sozusagen an der Quelle.«

Und als ich noch in unserem Zimmer über die betretenen Gesichter der Jungs kicherte, drehte Maja den Duschhahn auf. Kurz darauf tanzte sie splitternackt, nur mit einem Turban auf dem Kopf und einer Flasche Sekt in der Hand, wieder aus dem Bad heraus: »It´s ladies night. Yeah!«

Mit Maja kann ich wunderbar über Blasen, Poppen und Orgasmen (echte, unechte und die dazwischen) quatschen. Mit ihr kann ich einfach über alles reden. Sie versteht sogar meine kompliziertesten Gedankengänge und abwegigsten Probleme. Nur über Jura reden wir glücklicherweise kaum. Das mache ich eher mit Jürgen.

SMS von Maja:

Puppe, mir ist was ganz Blödes passiert. Hab bei Victor zu Hause angerufen und hatte seine Olle an der Strippe!

SMS an Maja:

Was? Seine Frau? Und was hat sie gesagt?

SMS von Maja:

Nix, hab einfach aufgelegt. Und jetzt fühl ich mich scheiße. Der ist voll verheiratet!

SMS an Maja:

Schneckchen, das ist er doch schon von Anfang an!

SMS von Maja:

Ja, ich weiß, aber da war ich noch nicht verliebt ...

SMS an Maja:

Verliebt? Süße, das ist gut für die Figur. Apropos verheiratet: J hat mir einen Antrag gemacht. Hab aus Versehen Ja gesagt. Jetzt bin ich besoffen und Nutella ist auch alle.

SMS von Maja:

Wie? Aus Versehen? Puppe? Neues Nutella ist im Vorratsschrank, haben wir doch da gebunkert.

SMS an Maja:

Ich Blöde hab die Frage nicht verstanden. Was mach ich jetzt?

SMS von Maja:

Was willst du denn?

SMS an Maja:

Keine Ahnung!

SMS von Maja:

Süße, nix überstürzen, treffen uns heute Abend und hexen es gemeinsam aus. Keinen Blödsinn machen. Geh in die Wanne und entspann dich. Danach knall dich ins Bett und schlaf 'ne Runde drüber. Knuddelbussi von deiner Maja, der Identitätskrisenblödkuh.

Maja hat Recht. Ich darf nichts überstürzen. Ich muss herausfinden, was ich wirklich will. Warum kann ich mich nicht einfach spontan freuen, wie es jede normale Frau tun würde, die gerade einen Heiratsantrag von ihrem Freund bekommen hat?

Mein Blick fällt auf den riesigen Kalender, der bei uns in der Küche hängt. Darin trägt Jürgen immer alle Termine ein, damit ich auch ja nichts vergesse. Die ganz wichtigen kringelt er zusätzlich mit gelbem Marker ein und dahinter malt er sorgfältig ein dickes Ausrufezeichen. In dreißig Tagen will Jürgen mich heiraten. Am 6. Dezember. Ob es so kurzfristig überhaupt noch Termine beim Standesamt gibt?

Heute ist der 7. November. Oh je, das ist ja Anfang des Monats! Das heißt, dass ich morgen, übermorgen oder spätestens zu Beginn der neuen Woche meine Tage bekommen werde. Eindeutig, ich leide wieder mal unter dem prämenstruellen Syndrom, kurz PMS genannt. Stimmungsschwankungen, Antriebslosigkeit, Reizbarkeit, aggressives Verhalten und unkontrollierte Heulattacken machen nicht nur mir, sie machen auch Jürgen das Leben schwer. Die Hormone sind schuld! Deswegen kann ich mich nicht freuen.

Vielleicht hätte Jürgen einfach noch eine Woche warten sollen mit seinem Antrag. Oder ihn ein paar Tage früher aussprechen müssen. Immerhin kennt er mich jetzt schon so lange, da müsste er doch eigentlich wissen, wie ich ticke, wenn ich PMS habe. Das sind die besonders anstrengenden Tage vor der Regel, an denen ich morgens aufwache und am liebsten »Hallo, Arschloch!« sagen würde, auch wenn Jürgen gar nicht mehr neben mir liegt.

Ich bin gereizt, habe Pickel, fange völlig grundlos an zu heulen, finde, dass ich einen dicken Hintern und Orangenhaut auf den Oberschenkeln habe, und sehe plötzlich überdeutlich die ersten Fältchen. Ständig stopfe ich irgendetwas in mich rein. Knusprige Waffelröllchen mit Cremefüllung Vanillegeschmack. Gibt es bei Aldi. Danach ein Stück Fleischwurst oder ein Brötchen mit Leberkäse und Senf. Und danach eine Ritter Sport Nougat oder einen Löffel Nutella. An normalen Wochentagen ernähre ich mich weitestgehend gesund: viel Obst, Fisch, wenig Fleisch. Jürgen achtet sehr auf unsere Ernährung und ist auch dabei absolut konsequent. Hähnchenhaut oder Fettaugen auf der Suppe sind bei uns absolut tabu.

An PMS-Tagen aber ist Jürgen mir scheißegal. Denn da ist alles anders. Plötzlich habe ich Lust auf Kakao mit Sahne. Wenn mein Arm wehtut, sehe ich darin das erste Anzeichen für einen Bandscheibenvorfall. Und bei Seitenstechen droht bestimmt bald ein Herzinfarkt. Ständig stoße ich überall an und bin übersät mit blauen Flecken. Meistens an der Hüfte, weil ich die Kurve um gemein platzierte Tische nicht bekomme. Ich lasse dauernd etwas fallen und suche mehrmals am Tag meine Schlüssel. Und wenn ich sie dann endlich gefunden habe, ist mein Portemonnaie weg. Es sind diese Tage, an denen ich Einkaufszettel für Edeka schreibe und sie dann strategisch ungeschickt auf dem Küchentisch liegen lasse. Und in Gedanken erschieße ich die unfreundliche Verkäuferin, die keine Anstalten macht, mich bedienen zu wollen. Egal, ich werde ja ohnehin von der Richterin freigesprochen. Festnahmerecht § 127, Schuldunfähigkeit wegen hormoneller Unzurechnungsfähigkeit. Ob Jürgen verstehen wird, dass ich seinen Heiratsantrag nicht annehmen kann, weil ich gerade PMS habe?

Das ausgekratzte Nutellaglas und die geleerte Eisweinflasche auf dem Tisch starren mich noch immer an. Mir ist schlecht. Und außerdem kalt. Die Idee von Maja mit der Badewanne war gar nicht so übel. Und danach schmeiß ich mich wirklich ins Bett.

3 Ich hab was Schönes für dich und freu mich schon auf dein Gesicht!

Am liebsten bade ich im Baby-Kamillebad von Penaten. Ich habe schon alle möglichen anderen Schäume und Essenzen ausprobiert, komme aber immer wieder darauf zurück. Die zweihundert Liter Warmwasser duften mich einladend an. Dass es so viel ist, weiß ich übrigens ganz genau. Das hat Jürgen mir mal vorgerechnet, nachdem wir eine enorme Nebenkosten-Nachzahlung bekommen hatten. Einmal Baden kostet ungefähr zwei Euro. Die schmeiß ich immer demonstrativ in Schotte. Das ist mein »Schaumschwein«, das ich auf die Wannenablage gestellt habe. Wenn die nächste Abrechnung kommt, wird Schotte geschlachtet. So einfach ist das. Und rechtfertigen muss ich mich auch nicht mehr.

Wankend schäle ich mich aus meinem Schlafanzug und den Wollsocken, dabei fällt mein Blick in den Badezimmerspiegel. Du meine Güte! Nicht nur dass ich einen Heiratsantrag bei einem Blowjob bekommen habe, ich habe dabei auch noch einen dicken Flanellschlafanzug und rote Wollsocken getragen. Wie peinlich ist das denn?

Vielleicht sollte ich doch Nonne werden und irgendwo in ein Kloster ziehen? Dieser Entschluss wäre nicht neu, mit zwölf Jahren habe ich ihn zum ersten Mal gefasst. Damals war ich unsterblich verliebt. In Jean-Paul Belmondo. Danach in Adriano Celentano, in Terence Hill und dann in Robbie Williams, der mit Take That damals gerade groß rauskam. Und dann wurde ich dreizehn. Mit dreizehn hatte ich meinen allerersten Orgasmus ganz mit mir alleine. Ich denke, damit hat der ganze Ärger angefangen.

Es passierte, wie sollte es auch anders sein, in der Badewanne. Es war der sanfte und dennoch feste Wasserstrahl des Duschkopfes, der mich völlig überrascht mit diesem unwahrscheinlich süßen und prickelnden Gefühl unter Wasser gehen ließ. Ich wäre dabei beinahe in der Badewanne ertrunken, doch ich konnte schon damals gut schwimmen. Von da an wurde ich sehr reinlich und verschloss die Badezimmertür immer von innen. Bis heute ist meine Vorliebe für warmes Wasser erhalten geblieben. Meine Badewanne ist mir heilig. Ich würde niemals auf sie verzichten wollen. Scheiß auf die Nebenkosten!

Ich liege in einem riesigen Berg aus duftendem Schaum und versuche, meinen Gedanken freien Lauf zu lassen. Das funktioniert am besten, wenn man sich ganz auf seine Atmung konzentriert. Habe ich beim Yoga gelernt. Es gelingt mir trotz meines Schwipses, mich zu besinnen und tief in meinen Bauch hineinzuatmen, so dass er sich aufbläht und aussieht, als sei ich tatsächlich schwanger. Dabei stelle ich mir meinen Atem vor, wie er seine Farbe verändert. Ich atme weißes Licht ein. Im Bauch wird es rot. Wenn ich es wieder ausatme, ist es ganz blau. Langsam entspanne ich mich, ich atme ununterbrochen weißes Licht ein und blaues aus. Mein Körper wird ganz schwer. Ich lasse meine Gedanken ziehen.

Dabei sehe ich mich in der Kirche stehen, vor dem Traualtar, in meinem blau-gelb-rot gemusterten Flanellschlafanzug und meinen roten Stopper-Wollsocken. Neben mir ist Jürgen. Er trägt einen schicken schwarzen Frack mit Fliege. Ein akkurater Seitenscheitel zieht sich durch seine glatt geföhnten Haare. Jürgen strahlt mich an. Da räuspert sich der Pfarrer. Ich kenne ihn gut, es ist Pfarrer Grossmann. Der hat mich auch konfirmiert.

»Und so frage ich Sie, Frau Barbara Braun, möchten Sie den hier anwesenden Jürgen Stankowicz, hinten mit cz, für immer und ewig ehelichen und ihn jeden Tag glücklich machen, bis dass der Tod Sie scheidet, so antworten Sie mit *Ja, ich will.*«

Hilfesuchend drehe ich mich um und schaue in die Menge. Wow! Es sind wirklich alle gekommen. In der ersten Reihe sitzen seine Eltern, Herr und Frau Stankowicz, auch beide hinten mit cz. Meine zukünftige Schwiegermutter zieht ein Gesicht, als hätte sie gerade in eine Zitrone gebissen. Außerdem hat sie definitiv einen Stock verschluckt, kerzengerade wie sie da auf ihrem knöchernen Hintern auf der Holzbank sitzt. Wahrscheinlich ist meine Herkunft ihr nicht gut genug. Sicher fällt meine Familie unangenehm auf in der Ahnengalerie voller Anwälte und Doktoren. Oder sie ist beleidigt, weil wir in einer evangelischen Kirche heiraten. Jürgens Familie ist nämlich katholisch.

Mein Vater ist Elektriker und meine Mutter hat bis vor kurzem nebenbei in einer Schule geputzt. Sonst war sie immer Hausfrau, hat sich um uns Mädchen und um das Glück ihres Ehemannes gekümmert.

Cool, wenn ich meine Schwiegermutter irgendwann loswerden will, erzähle ich ihr, unter welchen Umständen ihr Goldsöhnchen mir den Heiratsantrag gemacht hat. Dann trifft sie auf der Stelle der Schlag. Jürgens Vater sieht nämlich nicht so aus, als würde seine Angetraute das Geheimnis einer guten Ehe kennen. Aber lassen wir das jetzt. Ich bin mir sicher, dass mein zukünftiger Schwiegervater auf jeden Fall bekommt, was er will. Und wenn nicht von seiner Hildegard, kurz Hilla genannt, dann vielleicht von seinem Büromäuschen, wie Jürgen immer sagt, das den wohlklingenden Namen Natascha Anastasia De la Soir trägt. Passend dazu hat ihr der liebe Gott ein umwerfendes Aussehen mit in die Wiege gelegt. Ich habe Natascha nur ein einziges Mal gesehen. Da hat sie bei einem Umtrunk in der Kanzlei Champagner ausgeschenkt. Hätte Jürgen mir nicht kurz vorher erzählt, dass sie hinter seinem Vater her ist, hätte ich glatt gedacht, sie sei auf Jürgen scharf. Aber manche Mädels stehen einfach auf ältere Herren.

Jürgen soll ja mal die gutgehende Kanzlei seines Vaters übernehmen. Ob er dann Natascha Anastasia auch übernimmt? Vielleicht erbt er sie ja? Ich frage mich, wie

Frau Stankowicz mit dem Büromäuschen klarkommt, und spüre so etwas wie Mitleid und aufkeimende Zuneigung für die Frau in mir aufsteigen, die mich immer noch hartnäckig siezt. Aber das ist ja wohl ab heute vorbei. Wenn wir erst verheiratet sind, darf ich sie sicherlich duzen. Und *Mutter* darf ich sie dann auch nennen. Und das, obwohl ich ja mit einer Mutter schon genug habe. Die sitzt übrigens direkt neben Frau Stankowicz, heult und schluchzt und wischt sich die ganze Zeit mit einem Taschentuch die Tränen aus den Augen, während mein Vater ihr fürsorglich das Knie tätschelt.

Daneben haben Lena Platz genommen und mein Schwager, der dabei ist, genauso fürsorglich das Knie seiner Frau zu tätscheln. Meine große Schwester lächelt mir aufmunternd zu und schimpft dann leise mit ihren beiden Kindern, die unruhig auf der Bank hin und her rutschen. Vielleicht sitze ich ja irgendwann genauso in der Kirche, wenn Marie heiratet? Mit den Tränen kämpfend, während mein mir angetrauter Jürgen fürsorglich mein Knie tätschelt? Aber vielleicht heiratet Marie ja auch niemals? Sie sitzt nämlich feixend in der Bank, mit aufgerissenem Mund, als würde sie laut »Oooooooooh« sagen, und macht mit ihrer Zunge anzügliche Bewegungen, die jeden normalen Menschen erröten lassen würden. Typisch Marie, mich ausgerechnet an meinem Hochzeitstag an den wundervollen Heiratsantrag von Jürgen zu erinnern.

Ich weiß nicht, wie lange ich in die Menge geschaut habe, und auch nicht, warum Maja mich so fragend ansieht. Mir wird langsam kalt hier in der Kirche, nur mit meinem Schlafanzug bekleidet. Da knufft mich Jürgen sanft in die Seite. »Babsi? Babsilein? Geht's dir nicht gut?«

Jürgen sitzt auf dem Wannenrand. Mir ist kalt, weil ich tatsächlich in der Badewanne eingeschlafen bin und das Wasser total abgekühlt ist.

»Mensch, Barbara, du hättest ertrinken können. Was hast du dir nur dabei gedacht? Und was ist das in der Küche für ein Gelage? Hast du alleine auf unsere Hochzeit angestoßen? Aber jetzt komm erst mal raus und rubble dich ordentlich ab, ja? Ich hab eine Überraschung für dich und freu mich schon auf dein Gesicht!«

Oh weia, Jürgen ist zurück. Ist es wirklich schon so spät? Ich kann doch nicht über vier Stunden in der Wanne geschlafen haben! Ungläubig schaue ich auf mein Handy, das ich vorsorglich am Wannenrand deponiert habe. 13.00 Uhr. Was macht der denn schon hier?

4 Liebelein, alles wird gut

»Puppe? Liebelein? Schneckchen? Barbara! Ich bin es, Maja, die Identitätskrise Nummer eins. Ich friere mir die Arschbacken ab hier draußen, mach auf, lass mich endlich rein. Oder gib mir wenigstens ein Zeichen!«

Majas Stimme dringt von weither an mein Ohr, sie hört sich an, als würde sie sich durch himmlische rosa Zuckerwatte den Weg bahnen. Ich starre bewegungsunfähig auf das Fenster, gegen das unablässig kleine Steinchen knallen. Die zweite Flasche Eiswein hat mir endgültig den Rest gegeben. Da trifft mich etwas hart am Arm. Maja muss verrückt sein, denn offensichtlich hat sie diesmal einen Kiesel genommen und damit ein Loch durch die Scheibe geschlagen. Das Aufstehen fällt mir schwer, doch ich schaffe es bis zum Fenster. Unten auf der Straße steht tatsächlich Maja. Ich erkenne sie, auch wenn ich blinzeln und durch einen ganzen Wald an Zuckerwatte gucken muss.

»Aua, Mensch, Maja, hast du sie noch alle? Du hättest mich glatt umbringen können. Du hast mich voll am Arm getroffen. Das gibt einen dicken blauen Fleck.«

»Puppe, du hast Nerven, ich hab mir Sorgen gemacht.

Selbst dran schuld, wenn die Scheibe jetzt kaputt ist. Mach endlich auf!«

»Warum kommst du nicht einfach hoch? Du hast doch einen Schlüssel.«

»Dolle Wurst, Frau Schlauberger, wenn ich den dabeihätte, dann würde ich jetzt schon in deiner Küche sitzen.«

»Ach so, warte …«

Mir ist schon wieder kotzübel. Außerdem friere ich wie ein Nacktfrosch. Die weiche Zuckerwatte hat sich in ein hinterhältiges, böses Dröhnen verwandelt, das sich bei jeder Bewegung verschlimmert. Und mein Arm muss wegen des untrüglichen Schmerzes sicherlich auch bald amputiert werden. Zu allem Überfluss trete ich auch noch auf den Stein, der die Scheibe zertrümmert hat. Plötzlich komme ich auf die glorreiche Idee, den Kiesel einfach zurück durch das kreisrunde Loch nach draußen zu werfen – so wie in der Nutella-Werbung. Nur dass da ein Fußball zielgenau durch das Loch fliegt, von Tim Borowski absolut cool und sicher bugsiert. Ich hole aus, setze an und werfe. Klirr!

Mist! Weder bin ich Tim Borowski noch treffe ich wie der FC-Bayern-Star, obwohl ich mit Sicherheit mehr Nutella futtere als die ganze Fußballnationalmannschaft zusammen. Ich bin ein armes Wesen und ich tu mir ja so leid. Jürgen ist tatsächlich gegangen. Und den wunderschönen Ring, mit dem er mich überraschen wollte, hat er auch gleich wieder mitgenommen.

Ich könnte Sméagol sein aus *Der Herr der Ringe*. In

einen Bademantel gehüllt, mit Puschen an den Füßen und einem riesigen Handtuchturban auf dem Kopf klebe ich an Maja wie Sméagol an Herrn Frodo. »Mein Schatz, meeeeeiiiiiin Schaatz, gib Sméagol den Schatz.«

Ich kann das bestens. Mich bedauern, meine ich. Aber noch lieber lasse ich mich natürlich von anderen bedauern. Maja macht das gut. Meistens wenigstens. Einer ihrer größten Fehler ist jedoch, dass sie mitunter so herrlich realistisch sein kann und mir nun gehörig den Kopf wäscht und Schimpftiraden auf mich loslässt, anstatt mich gebührend zu bemitleiden. Und danach erklärt sie mir geduldig den Unterschied zwischen Mitleid und Mitgefühl und macht mir ein für alle Male klar, dass ich alles andere, nur nicht bedauernswert bin. So ist Maja. Und dafür liebe ich sie. Menschen, die einem im richtigen Moment so ungezügelt die Meinung sagen dürfen, sind rar auf dieser Welt.

»Liebelein, alles wird gut! Mann, du bist ja echt noch bescheuerter als ich – und das heißt was! Warum hast du denn die Scheibe ganz kaputt gemacht?«

»Ach, das ist blöd gelaufen. Kennst du nicht die Nutella-Werbung? Da schießt ein kleiner Junge versehentlich ein Loch in eine Glasscheibe. Und Borowski tritt den Ball zurück durch die Öffnung. Wollte ich auch, aber ich hab das Loch nicht getroffen. Was machen wir denn jetzt damit?«

»Hammer, Nägel, Bretter, 'ne alte Schranktür – irgendwas werdet ihr ja wohl im Keller rumfliegen haben. Gib mal die Schlüssel. Ich mach mich auf die Suche. Und du kochst uns zwischenzeitlich einen Tee oder Kakao. Auf jeden Fall was Heißes. Ich hab mir den Arsch abgefroren da draußen und in deiner Küche zieht es wie Hechtsuppe. Und dann erzählst du mir alles in Ruhe, ja?«

Der Gedanke an kochende Milch lässt sofort schleichende Übelkeit in mir wach werden, da ist mir klares heißes Wasser doch um einiges sympathischer. Unschlüssig stehe ich vor dem Küchenschrank, starre auf unzählige verschiedene Teesorten und kann mich mal wieder nicht entscheiden: *Hot Devil*, *Süße Verführung*, *Süße Romanze* oder *Süße Affäre*? Ich mag einfach Teesorten, die schöne Namen haben. Wahrscheinlich würde ich sogar Spülmittel kaufen, wenn es *Putz dich glücklich* heißen würde. Und wenn es dazu noch pink wäre und einen besonderen Duft verströmen würde, wäre ich tatsächlich glücklich … Ich weiß, ich bin echt blöd!

Da fällt mein Blick auf den Tee, den Jürgen mir letztens mitgebracht hat: *Heiße Liebe*, Himbeere mit cremiger Vanille. Sofort holt mich die Erinnerung ein und ich fange wieder an zu schluchzen. Zum Glück steht Maja Sekunden später in der Tür, bewaffnet mit einer riesigen Sperrholzplatte und einem Hammer.

»Was heulst du da Teebeutel an, Süße?«

»*Heiße Liebe* … Von wegen! Magst du Himbeere mit Vanille?«

»Bah! Hast du nix Vernünftiges? Ordinäre Pfefferminze oder so?«

Ich schüttle den Kopf, Maja verzieht die Mundwinkel und zuckt resignierend mit den Schultern. Sie ist echt genial. Innerhalb von Minuten habe ich eine neue Scheibe. Aus Holz. Mit einer wunderschönen Weihnachtsgirlande inklusive Lichterkette dekoriert.

»Damit es nicht zu dunkel ist für dich, Liebelein. Und das nächste Weihnachten kommt ja sowieso mit Sicherheit. Jetzt lass mal deine *Heiße Liebe* rüberwachsen und erzähl erst mal!«

»Also, Jürgen hat mir heute Morgen einen Heiratsantrag gemacht, ich habe ihn nicht richtig verstanden und aus Versehen Ja gesagt. Dann habe ich ein wenig Eiswein getrunken, so ungefähr zwei Flaschen, und mich, wie du mir geraten hast, in die Wanne gelegt. Jürgen ist extra früher von der Arbeit gekommen und er hatte einen Ring und einen Hotelgutschein besorgt. Und jetzt ist er weg und der Ring auch. Was soll ich denn bloß machen?«

»Okay, und jetzt noch mal in Ruhe. Was heißt denn jetzt *aus Versehen*?«

»Na ja, du weißt schon. Melken am Morgen vertreibt Kummer und Sorgen. Anscheinend war ich *zu* gut. Und da Jürgen dabei in meinen Haaren gewühlt hat, habe ich es einfach nicht richtig gehört.«

»Cool, dann hast du ja wohl ganze Arbeit geleistet. Es heißt ja auch nicht umsonst Blow*job*«. Maja lächelt mich anerkennend an. »Und? Was ist denn jetzt das Problem? Der Heiratsantrag oder dass Jürgen unverrichteter Dinge wieder abgedampft ist?«

»Ich weiß auch nicht, was plötzlich mit mir los war. Jürgen kommt extra früh zurück, eigentlich total süß. Und was mach ich? Erfinde alle möglichen Ausreden, warum ich ihn nicht heiraten kann. Ich will nicht Stankowicz heißen und so was in der Art. Ich meine, ich finde den Namen echt blöd, aber eigentlich müsste es mir doch egal sein, oder?«

»Du kannst deinen Namen doch behalten, Schneckchen!«

»Ja, eben! Das hat Jürgen auch gesagt. Und er wäre sogar bereit, meinen Namen anzunehmen, auch wenn dabei seine Eltern garantiert hopsgehen würden. Ist doch ein echter Liebesbeweis. Eigentlich müsste ich doch jetzt glücklich sein. Jürgen war natürlich total enttäuscht und hat den Ring wieder mitgenommen. Aber den Hotelgutschein hat er dagelassen. Ich solle mich entspannen und nachdenken. Und wenn ich meine, ich hätte irgendwas verpasst, dann solle ich es jetzt nachholen. Dafür hat er mir quasi dreißig Tage geschenkt.«

»Dreißig Tage? Für was denn?«

»Egal für was. Beziehungs-Time-Out sozusagen. Er hat gesagt, er wird keine Fragen darüber stellen, was ich in dieser Zeit gemacht habe. Niemals. Aber nach Ablauf der Frist will er eine Antwort. Ganz oder gar nicht. Für immer oder ganz vorbei. Mensch, Maja, mein Kopp brummt. Ich hab eindeutig zu viel getrunken. Und dabei mag ich Eiswein gar nicht besonders. Ich weiß nicht, was ich will, und der Tee schmeckt auch beschissen.«

»Das war mir klar! Aber jetzt zeig erst mal den Hotelgutschein.«

»Hier, ein Wellness-Wochenende für zwei Personen. In Much. Das liegt irgendwo bei Köln. Es hätte so schön werden können. Ich könnte schon wieder heulen.«

»Was heißt denn hier *hätte*? Zieh dich an und pack deine Sachen. *Wir* gehen uns entspannen! Ich lass dich doch jetzt nicht allein. Liebelein, alles wird gut. Glaub mir!«

5 Der Erste hieß Pocke …

»Oh, Maja! Ist das nicht herrlich?«

Ich bin begeistert und lasse mich schwungvoll auf das gemütliche Doppelbett fallen. Das Wellnesshotel ist besonders schnuckelig und unser Zimmer großzügig geschnitten. Lachend liegen wir nebeneinander und studieren unser Verwöhnprogramm. Vergessen sind der Heiratsantrag und die Tatsache, dass jetzt eigentlich Jürgen neben mir liegen müsste.

Maja ist einfach unschlagbar. Sie hat es tatsächlich geschafft, auf dem Weg von unserem Zimmer bis zur Beauty-Oase den Schlüssel zu verschlampen. So was passiert sonst nur mir. Aber Maja ist wie ich. Sie darf das. Grinsend und ohne viele Worte besorgen wir uns einen Zweitschlüssel. Auf dem Programm stehen nun:

Ayurvedische Ganzkörperölmassage
Entspannende Fußreflexzonenmassage
Straffende Brustmassage
Kosmetische Gesichtsbehandlung

Und schon geht es los. Ich entledige mich meines wolligen weißen Bademantels und mache es mir auf der mir zugewiesenen Bank bequem. Aus versteckten Lautsprechern erklingt sanfte Musik. Die Masseurin gießt handwarmes Öl über meinen Körper. Ich habe das Gefühl, bereits nach zehn Minuten Massage zu schweben. Bei einer Höhe von mindestens dreißig Zentimeter über der Liege lausche ich den sphärischen Klängen und nehme die Düfte aus den Öllampen in mir auf. Mein Kopf wird ganz frei. Ich schwebe wirklich. Und das fünfundvierzig Minuten lang. Zeit zum Träumen und Nachdenken.

Ich liebe Jürgen. Wir sind jetzt schon so lange zusammen. Vier Jahre. Ich kenne ihn in- und auswendig. Auf Jürgen kann ich mich immer verlassen. Ich wäre doch blöd, wenn ich ihn nicht heiraten würde.

Dann holt mich die Masseurin langsam aus meiner Gedankenwelt zurück. Ich bin nackt, liege entspannt auf dem Rücken und schaue sie an. Da zeigt sie auf meine Blinddarmnarbe.

»Hast du Kinder?«

Lächelnd schüttele ich den Kopf.

»Ich habe ein Kind, einen Sohn. Er ist sechs Jahre alt. Verheiratet war ich neun Jahre lang.«

»*War*?«

»Ja, war. Neun Jahre Ehe reichen. Für jede Frau!«

Wir lächeln uns an. »Ich will auch heiraten. Er heißt Jürgen.«

»Oh, herzlichen Glückwunsch, Schätzchen, das freut

mich für dich. Na, dann hoffe ich, dass ihr beiden mehr Glück habt als wir. Was macht dein Jürgen denn?«

»Er ist Anwalt. Schon komisch, als ich klein war, wollte ich immer einen Bäcker heiraten. Einen, der mich ständig mit leckeren Torten und Kuchen versorgt. Wie im Schlaraffenland.«

Da reißt meine nette Masseurin – sie heißt übrigens Denize – überrascht die Augen auf. »Von wegen Schlaraffenland. Mein Mann war Bäcker!«

Ich muss herzhaft lachen und falle dabei fast von der Bank. In der Kabine nebenan liegt Maja. Sie lässt sich von Chantal massieren. Ob sie auch gerade eine derart amüsante Erleuchtung hat? Aus der Traum von der perfekten Ehe mit einem Bäcker.

Ich stehe auf, wickle mich in meinen wollig-weißen Bademantel und warte im Vorraum auf Maja. Sie wirkt genauso entspannt wie ich. Warum, überlegen wir gemeinsam, haben Masseurinnen eigentlich immer Namen, bei denen Männer schon aus Prinzip schwach werden? Ob die beiden wirklich Denize und Chantal heißen? Haben sie etwa Künstlernamen? Egal.

Wir lümmeln gemütlich auf der Couch, als sich die beiden zu uns gesellen. Denize fängt an, wieder von ihrem Bäcker zu erzählen. Der sei durch die ganzen Torten dicker und dicker geworden und habe irgendwann nur noch träge auf dem Sofa rumgelegen. Und dann habe er allmählich ganz merkwürdige Geräusche von sich gegeben. Denize kann das wirklich gut nachmachen. Aber

Chantal ist in ihrer Imitation fast noch besser. Täuschend echt gibt sie rülpsende und pupsende Töne von sich. Lachend sitzen wir zu viert auf der Couch.

Ich denke kurz an Jürgen und muss dabei leicht den Kopf schütteln. Ihm würde so etwas niemals passieren. Wenn Jürgen einen Pups lassen muss, dann entschuldigt er sich vorher und geht ins Badezimmer. Ich habe ihn auch noch nie laut rülpsen gehört, geschweige denn ihn auf der Toilette beim großen Geschäft erwischt. Und eigentlich ist mir das auch ganz recht. Es gibt Dinge, die muss ich mir nicht antun. Und es gibt Dinge, die will ich lieber für mich alleine tun.

Ob Jürgen manchmal im Auto einen fahren lässt? Ob er dabei auch eine Pobacke anhebt, damit die Luft besser entweichen kann? Was würde er wohl sagen, wenn ich ihm erzählen würde, dass er manchmal nachts im Bett pupst und dass seine Pupse mindestens genauso stinken wie alle anderen Pupse auch? Gehört das hemmungslose und freie Pupsen zu einer Ehe dazu? Wird Jürgen auch zum Pupser werden, wenn wir nur lange genug verheiratet sind?

Bei diesem Gedanken grinse ich Maja an. Die rutscht mittlerweile unruhig auf der Couch herum. Was hat sie nur? Ich kenne Maja und weiß, dass sie irgendetwas Verbotenes im Schilde führt. Ich stupse sie an und flüstere: »Was ist?«

»Ich muss dir gleich was vorlesen, geh mal Termine für morgen machen, ja?«

Stimmt, morgen steht noch die Gesichtsbehandlung und die straffende Brustmassage auf dem Programm. Und noch während Chantal und Denize in ihren Kalendern blättern, höre ich es. Ganz eindeutig. Ratsch!

Maja hat irgendeine Seite aus einer der herumliegenden Frauenzeitschriften herausgerissen und knäult sie nun in die Tasche ihres Bademantels. Typisch Maja. Sie hätte ja auch einfach fragen können. Die hätten uns die Zeitschrift bestimmt für einen Abend ausgeliehen. Aber das wäre wahrscheinlich nicht das Gleiche gewesen. Bei Maja muss immer alles ein wenig theatralisch sein.

»Die hat 'se nicht mehr alle.« Maja blinzelt mich wütend an.

»Wer?« Ich habe keine Ahnung von wem sie da gerade spricht.

»Ach, so 'ne Tussi aus einer der Frauenzeitschriften«, sagt sie und hält mir die herausgerissene Seite unter die Nase. »Die hat einen Artikel darüber geschrieben, dass Sex angeblich nicht so wichtig sei. Kein Wunder, dass wir Frauen so was allmählich glauben, jetzt kriegen wir das auch noch in den Frauenzeitschriften serviert. Die Betonung liegt auf *Frauen*zeitschriften, das heißt, die Biester werden extra für uns geschrieben. Und dann so was, Liebelein, zieh dir das mal rein! Ich bin eben fast von der Couch gefallen, ehrlich. Aber das erzähl ich dir nach der Fußreflexzonenmassage. Jetzt will ich mich nicht weiter aufregen. Lass uns weiter genießen und entspannen.«

So ein Tag für die Schönheit kann ganz schön anstrengend sein. Angenehm anstrengend. Wir liegen erschöpft nebeneinander und betrachten unsere dunkelrot lackierten Fußnägel. Maja lächelt mich an.

»Cool, das sollten wir öfter mal machen. Uns verwöhnen lassen wie Lady Godiva oder wie die hieß. Du hast übrigens schöne Füße. Hat dir das schon mal jemand gesagt?«

»Schöne Füße? Danke, du aber auch! Lady Godiva sagst du? Das ist doch die Gräfin, die im frühen Mittelalter nackt auf einem Pferd durchs Dorf geritten ist, damit ihr Ehemann die Steuern der Einwohner senkt.«

»Und ich dachte, das wäre nur so eine Etepetete-Adlige gewesen, die nichts war außer wunderschön und verwöhnt?«

»War sie wohl auch. Wunderschön, meine ich. Die Dorfbewohner haben sich nicht getraut, sie auf ihrem Pferd anzugucken. Nur ein einziger Kerl hat es gewagt, sagt die Legende. Und der ist prompt erblindet.«

»Woher weißt du denn so was? Ich schmeiß mich weg. Stell dir das mal vor! Alle Kerle würden erblinden, wenn sie uns nackt sehen würden. Dolle Wurst! Und, was hat der Ehegatte gemacht? Hat er die Steuern gesenkt?«

»Ja, hat er. Nur die Pferdesteuer nicht!«

»Du bist echt genial! Schön und schlau, Süße. Ich hoffe, Jürgen weiß das gebührend zu schätzen.«

»Oh scheiße, an den habe ich ja gar nicht mehr gedacht. Lass uns über was anderes reden, ja? Und das mit der

Godiva weiß ich auch nur, weil ich mal ein Referat über Steuerrecht gehalten habe und die Sage darin vorgekommen ist. Und daran will ich jetzt auch nicht denken.«

»Hm, dann lass uns über erblindete Kerle reden. Wie viele haben denn wegen dir schon ihr Augenlicht verloren?«

Ich strecke meine so schönen Füße mit den sorgfältig lackierten Fußzehen in die Luft und betrachte sie eingängig. »Die Fußreflexzonenmassage war einmalig. Und eine Pediküre haben wir uns auch noch geleistet. Wenn, dann richtig«!

»Och, das kann ich an einem Fuß abzählen. So viele waren es nicht.« Ich wackle mit dem dicken großen Onkel. »Der Erste hieß Pocke ...«

Aber das hört Maja längst nicht mehr. Neben mir ertönt ein friedliches sanftes Schnarchen. Maja ist eingeschlafen. Es ist fast halb sechs, noch früher Abend. Die Behandlungen haben uns ganz schön geplättet.

An Pocke habe ich schon Ewigkeiten nicht mehr gedacht. Damals war ich sechzehn. Nachdem ich Robbie Williams nicht kriegen konnte, hatte ich mich dazu entschieden, unter meinesgleichen zu suchen. Pocke war mein erster richtiger Freund. Eigentlich hieß er Stanley Pockmann. Er hatte rote Haare und überall Sommersprossen auf seiner milchig weißen Haut. Ich glaube nicht, dass er bei meinem Anblick sein Sehvermögen verloren hat. Aber er hatte eine Brille, die uns beim Küssen gestört hat. Pocke glaubt bestimmt immer noch fest daran, dass er mit mir sein erstes Mal erlebt hat. Beim Zelten im Garten seiner Eltern, in einem engen, schwitzigen Schlafsack. Pocke hatte sein steifes Ding so lange zwischen meinen zusammengepressten Beinen gerieben, bis ich die ganze Suppe zwischen meinen Schenkeln kleben hatte. Wahrscheinlich ist er bis heute davon überzeugt, dass er damals ganz tief in mir drin gewesen ist.

Dann hat mein Vater einen neuen Arbeitsplatz bekommen. Wir sind umgezogen, in seine alte Heimat. Das ist jetzt vierzehn Jahre her. Seitdem wohne ich im Ruhrpott, wo ich eines nachhaltig gelernt habe: Das Schicksal einer jeden Frau ist bügeln und gebügelt werden. Das »Boah ey« ist mir in Fleisch und Blut übergegangen. Ich liebe den Gasometer in Oberhausen, die Missfits, Mettwürstchen und schwarz gegrillten Bauch. Pocke habe ich übrigens nie wiedergesehen. Alles was ich noch von ihm habe, ist ein einziges Foto. Und die Tatsache, dass ich damals bei dieser Aktion glücklicherweise nicht schwanger geworden bin.

Irgendwann war ich dann mit Thomas zusammen, dann mit Gunther und danach mit Martin. Aber diesen Namen darf in meiner Gegenwart keiner mehr erwähnen. Ja, und dann kam Jürgen. Dabei wollte ich immer gerne mal mit einem *Sascha* oder *Angelo* oder einem *Manuel* zusammen sein. Ich hätte gerne einmal im Leben einen Freund gehabt, der einen richtig melodischen, ausgefallenen Namen hat. Ich weiß noch, wie ich damals mit Gunther ankam. Der war richtig nett. Aber wie kann man denn seinem Kind einen Namen geben, der sich auf so bescheuerte Dinge reimt? Lena und Marie haben sich damals ständig bepisst vor Lachen, wenn ihnen mal wieder ein neuer Reim einfiel. »Ist er runter, der Gunther?« war dabei noch eine von den harmloseren Varianten.

Damals habe ich mir fest vorgenommen, dass meine Kinder niemals Namen haben werden, auf die sich irgendwas Blödes reimen lässt. Namen wie Dennis oder gar Nick kommen bei mir nicht infrage. Warum ich so auf schöne Namen stehe, weiß ich auch nicht. Früher wollte ich selbst gerne Janine oder am liebsten Mandy heißen. Ich habe Büchlein voll mit fingierten Unterschriften gekritzelt. *Janine Brown*, *Mandy Brown*, *Barbara Belmondo*. Belmondo, das wäre der einzige Name gewesen, zu dem mein Vorname gebührend gepasst hätte. Hätte mir damals jemand erzählt, dass ich vielleicht mal Barbara Stankowicz heißen würde, hätte ich mich wahrscheinlich geweigert, jemals weiterzuatmen, und wäre auf der Stelle tot umgefallen. Aber damals wollte ich ja auch einen Bäcker heiraten. So ändern sich die Zeiten.

6 Was nicht ist, kann ja noch werden

»Schnecke? Wach auf! Wir sind voll eingeratzt. Guck mal raus, es ist stockdunkel. Wir haben schon nach elf. Das heißt, in diesem Hotel bekommen wir nix mehr zu futtern und ich sterbe gleich vor Hunger. Los, komm schon!«

Tatsächlich. Wir haben den ganzen Abend verschlafen. Wie auf Kommando fängt mein Magen an zu knurren. Zerzaust wie wir sind, schmeißen wir uns in unsere Jeans. Wir sind in der Pampa, umgeben von Wald. Wo sollen wir denn hier noch was zum Essen herbekommen? Da hilft nur eins. Wir werfen unsere Jacken über und fahren los. Der einzige offene Laden, den wir finden, ist eine kleine Eisdiele. Und das im Winter! Dort erbeuten wir eine Flasche Grappa, eine riesige Portion Tiramisu und gefüllte Windbeutel. Und Amicelli finden wir auch noch. Und das um fast zwölf Uhr nachts.

Wieder zurück im Hotel verteilen wir unsere Beute schwesterlich zwischen uns im Bett. Darin sitzen wir mittlerweile in unseren Pyjamas und machen uns über die späte Mahlzeit her. Da fummelt Maja plötzlich an ihrem Handy rum. Stimmt, wir haben unsere Telefone die ganze Zeit über ausgeschaltet gehabt. Vielleicht hat Jürgen ja eine SMS geschickt oder gar angerufen? Prompt finden sich vier Anrufe in Abwesenheit auf dem Display. Zweimal meine Mutter, einmal Lena, einmal Marie. Aber kein Jürgen.

Dazu eine SMS von Marie:

Babs, du bist gemein! Haust einfach ab. Und wir müssen uns das Gejammer von Mutti anhören. Sie hat erfahren, dass du J. nicht heiraten willst. Wohnt der jetzt echt wieder bei seinen Eltern?

Bei dieser Nachricht fällt mir fast der Plastiklöffel aus der Hand. Eine Sekunde später halte ich Maja das Handy unter die Nase. »Lies mal!«

Sie schielt auf das Display. »Keine Panik. Der hält sich doch nur an die Abmachung.«

»Ja, aber warum muss er denn dann gleich ausziehen? Und woher weiß meine Mutter das?«

»Vielleicht ist er einfach nur clever und will dir mit dieser Aktion zeigen, dass er dir fehlen könnte. Gar nicht doof. Außerdem hat er dir doch dreißig Tage geschenkt. Die bringen dir ja nix, wenn er dir ständig auf der Pelle hängt. Und woher deine Mutter das weiß, ist ja wohl sonnenklar. Wahrscheinlich hat Hilla bei ihr angerufen und die Info hat die Welle gemacht. Du weißt doch, wie die ist.«

»Trotzdem, das wollte ich doch so alles nicht. Was soll ich denn jetzt machen?«

»Hier, trink erst mal einen Becher Grappa. Und probier mal das Tiramisu und die Windbeutel. Die sind köstlich!«

»Hm, ja, lecker. Ich hab noch nie Grappa aus Zahnputzbechern getrunken. Hat was!«

»Liebelein, kannst du mir mal einen Gefallen tun und mir mal 'ne SMS schicken? Ich glaube, mein Handy geht nicht mehr.«

Ich nicke mit vollen Backen und tippe gleich los:

Danke, dass du mit mir gekommen bist. Es ist sehr schön hier mit dir.

Kurz darauf lese ich:

So ein Arschloch! Der hat sich wirklich kein einziges Mal gemeldet.

»Wer denn?« Verständnislos gucke ich Maja an.

»Na, Victor! Seit gestern keine einzige SMS von ihm. Und ich blöde Kuh dachte, mein Handy sei kaputt. Wie blöd kann man denn sein?«

So sind wir Frauen eben. Kommt kein Anruf oder keine Kurznachricht, dann denken wir, unser Telefon hätte den Geist aufgegeben. Oder wir machen uns Sorgen um *ihn*. Ich persönlich bin absolute Expertin im »Mir-Sorgen-Machen«, während mein Liebster sich darüber überhaupt keine Gedanken macht. Wenn ich mal absichtlich zu spät nach Hause komme, scheint das Jürgen überhaupt nicht aufzufallen. Ich wünschte, ich könnte meine Zeit ebenso sinnvoll nutzen wie Jürgen das dann tut. Aber wenn ich auf ihn warte, dann bekomme ich gar nichts anderes mehr hin. Sich zu sorgen ist dann immer noch angenehmer als das Gefühl zu haben, man könnte womöglich vergessen worden sein. Vor allen Dingen, weil man dann einfach nur Erleichterung verspürt, wenn der Mann unbeschadet zu Hause eintrudelt. Und das ist immer noch besser als die unbeschreiblich traurige, demütigende Tatsache, dass man nicht wichtig genug ist, um wenigstens einen kurzen Anruf oder eine kleine SMS zu verdienen. In etwa so:

Liebste, mach dir keine Sorgen. Es wird etwas später heute. Ich liebe dich und freue mich darauf, gleich in deine Arme zu fliegen.

So ginge es doch auch, oder? Aber nein, wenn Jürgen mal später von der Arbeit kommt oder abends nach dem Tennistraining nicht gleich nach Hause kommt, dann habe ich auf der Stelle ein Problem. Dann sehe ich ihn in Gedanken schon dreimal verknotet um den Baum gewickelt und hilflos im Auto hängen. Oder im Fluss festsitzend, in den er gerast ist, das Wasser buchstäblich bis zum Halse stehend.

Das eigentlich Schlimme daran ist, dass ich meine freie Zeit dann nicht mehr richtig genießen kann. Ich liebe es nämlich, wenn ich unsere Wohnung ganz für mich alleine habe, besonders abends. Dann mache ich es mir auf der Couch gemütlich, natürlich nicht ohne mich vorher ausreichend mit Gummibärchen, Chips, Milchschnitten und Malzbier versorgt zu haben.

Ich gebe es zu, ich stehe auf Dieter Bohlens Sprüche

und gucke *DSDS*. Bin eben gerne dabei, wenn ganz Deutschland den neuen Superstar sucht. Da kann man so schön mit den Kandidaten mitleiden. Am schlimmsten finde ich, wenn jemand rausfliegt, der echt Gesangstalent hat. Da will ich dann gleich sofort mitheulen und verstehe Gott und die Welt nicht mehr. So was bewegt mich immer total.

Ich lasse mich auch gerne von anderen Talentshows oder irgendwelchen Castingshows unterhalten. Letztens habe ich gesehen, wie in einer Sendung einer der Kandidaten erst einen Krokodilpimmel und dann einen Känguruanus verspeisen musste. Mein Appetit auf Gummibärchen war auf der Stelle gestillt. Beinahe hätte ich mich sogar ganz solidarisch übergeben. Ich kann nicht anders, ich lebe einfach mit den Menschen mit.

Mir ist am liebsten, wenn Jürgen so um sieben Uhr geht und rechtzeitig zur Schlafenszeit wieder da ist. Dann brauche ich mich nicht um ihn zu sorgen. Und ich muss mir trotzdem keine Vorträge über den Verbleib meiner Bildung, meines Intellekts oder über die Bildung und den Intellekt von Dieter Bohlen anhören. Seinen Ratschlägen, dass ich lieber eine anspruchsvolle politische Talkshow schauen sollte oder ein seriöses Buch oder eine informative Zeitung lesen sollte, gehe ich so auch aus dem Weg. Ich lese nämlich zur Entspannung am liebsten die für mich überaus informative *Cosmopolitan*. Und ab und an leiste ich mir eine *Brigitte* oder *Freundin* oder *Für Sie*, meistens wenn neue Frisuren darin gezeigt werden, die ich allerdings selber noch nie ausprobiert habe. Wie die Rezepte aus den Kochzeitschriften, die sich bei uns stapeln und darauf warten, endlich mal von mir nachgekocht zu werden.

In vielen Dingen bin ich eben das genaue Gegenteil von Jürgen. Dafür liebt Jürgen mich für meine Spontaneität und Kreativität. Als unser gläserner Wohnzimmertisch eines Tages in tausend Stücke zerbrach, habe ich kurzerhand aus all meinen gesammelten Zeitschriften einen neuen Unterbau gezaubert. Darüber habe ich eine Holzplatte gelegt, die ich zuvor mit Zeitung, natürlich einem Tagesblatt, beklebt und anschließend lackiert hatte. Jürgen war begeistert. Und unendlich dankbar. Es war immerhin seine Schuld gewesen, dass die alte Tischplatte hinüber war. Er hatte den schweren gusseisernen Aschenbecher ein wenig zu heftig darauf abgestellt – und klirr, das war's gewesen. Ich hatte ja von Anfang an gesagt, dass in unserer Wohnung nicht geraucht wird. Aber Jürgen wollte es unseren Gästen unbedingt erlauben. Nach diesem Ereignis blieb unsere Wohnung rauchfrei.

Ich habe den selbst gebauten Tisch sehr geliebt. Er blieb, bis uns Jürgens Eltern zum ersten Mal besuchen kamen. Eine Woche später wurde er gegen einen schicken Designertisch ausgetauscht, den das Ehepaar Stankowicz, natürlich ganz zufällig, noch irgendwo rumstehen hatten.

An meine Fernseh- und Lesegewohnheiten hat Jürgen sich nie gewöhnt. Eine Zeit lang habe ich mich so dafür geschämt, dass ich noch nicht einmal Maja davon erzählt habe. Bis meine Freundin eines Tages total schlecht gelaunt bei mir in der Wohnung auftauchte und mich ganz vorwurfsvoll mit den Worten begrüßte: »Stell dir mal vor, der Nevio ist rausgeflogen. Ich fass es nicht!«

Natürlich wusste ich sofort, von wem sie spricht. »Guckst du das auch? Das wusste ich ja gar nicht.«

»Klar, guckt doch fast jeder. Gibt nur keiner zu. Ist doch total cool. Da kann man so schön mitleiden.«

»Ich dachte immer, ich bin die Einzige, die sich so was reinzieht. Jürgen bekommt immer die Krise, wenn er mich dabei erwischt.«

»Ach, der versteht so was nicht. Der hat eben nix als Zahlen und Gesetze im Kopf.«

»Und ich dachte immer, ich bin doof, weil ich so was gucke. Von wegen unter meinem Niveau und so …«

»Liebelein, eins ist ja mal wohl klar: Du bist die intelligenteste Frau, die ich kenne. Du hast dein Abi mit Eins gemacht und wirst dein Examen mit Bestnote hinlegen. Du bist von Natur aus gescheit, sozusagen von innen heraus. Da darfst du dir von außen ruhig ein wenig Mist reinziehen. Seien wir ehrlich, das tut doch gut.«

Seitdem ich weiß, dass ich von Natur aus intelligent bin und deswegen von außen ein angeborenes Anrecht auf eine ordentliche Portion Schund habe, geht es mir und meinem Selbstbewusstsein um einiges besser. Das geht manchmal sogar so weit, dass ich mir wünsche, Jürgen würde in echt schon dreimal verknotet um den Baum gewickelt und hilflos im Auto hängen. Oder im Fluss festsitzen, in den er gerast ist, das Wasser buchstäblich bis zum Halse stehend. Nur damit ich in Ruhe auf der Couch liegen und mich über Dieter Bohlen amüsieren darf.

»Mann, das ist ja bescheuert. Du bist in einen Mann verliebt, der schon verheiratet ist, und ich bekomme einen Heiratsantrag und bin zu blöd, einfach JA zu sagen.« Mit einem verzweifelten Seufzen schubse ich meine beste Freundin an.

»Ja, doofe Sache. Dass ausgerechnet mir das passieren muss. Ein verheiratetes Arschloch. Ist doch wahr! Seine arme Frau, wenn die das wüsste. Wenn Victor mein Mann wäre, dann würde ich besser auf ihn aufpassen. Ich würde ihn gar nicht mehr aus meinem Bett rauslassen und mich einfach auf ihn setzen und nie wieder aufstehen. So einfach wäre das.«

»Vielleicht ist Sex gar nicht so wichtig in deren Beziehung? Vielleicht haben die andere Werte – Gemeinsamkeiten, Dinge, die ihnen Spaß machen? Ich meine, bei Jürgen und mir spielt Sex auch nicht so eine große Rolle.«

»Was soll das denn heißen? Ich dachte immer, das läuft ganz gut zwischen euch. Jedenfalls scheinst du dich prächtig um sein Wohl zu kümmern ... Und jetzt hört es sich fast so an, als würdest du dir auch diesen bescheuerten Artikel zu Herzen nehmen. Wo ist der überhaupt? Ach, ist ja auch egal. Alice Schwarzer würde sich auf jeden Fall im Grabe umdrehen, wenn sie davon wüsste.«

»Ist die tot? Habe ich gar nicht mitbekommen.«

»Ja, sie ist vor ein paar Jahren gestorben. Aber wir haben ja jetzt Charlotte Roche und ihre *Feuchtgebiete.* Wahrscheinlich würde die sich über den Artikel totlachen. Dann könnte sie gleich Alice davon erzählen.«

»Bist du dir da sicher mit der Schwarzer? Kann es sein, dass du sie vielleicht verwechselst? Mit Beate Uhse oder so? Die ist nämlich wirklich gestorben.«

»Liebelein, Beate war die mit den Dildos und dem ganzen Sexspielzeug. Und Alice war die mit den Zipfelträgern und der Emanzipation. Wobei das ja schon fast wieder das Gleiche ist. Wie auch immer. Jetzt ist Charlotte dran. Die ist eine coole Mischung aus Beate und Alice. Ihr macht all das wenigstens Spaß. Sie hat mit Sicherheit nicht nur Sex, weil sie geheiratet werden will. Das steht nämlich in dem Artikel: Frauen hätten Sex, weil sie geheiratet werden wollen. Ansonsten wäre Sex im Zusammenleben nicht wichtig. Zumindest nicht für das weibliche Geschlecht. Wenn das so ist, will ich lieber ein Kerl sein, ehrlich. Aber weißt du was? Die blöde Kuh hat wahrscheinlich noch nie richtig guten Sex gehabt, sonst hätte sie so was niemals von sich gegeben.«

»Dann habe ich wahrscheinlich auch noch nie richtig guten Sex gehabt. Ehrlich gesagt war mir das bisher wirklich nicht so wichtig.«

»Echt jetzt? Dann hast du aber gewaltig was verpasst. Und das sollten wir schnellstens ändern. Was nicht ist, kann ja noch werden. Du hast dazu noch fast dreißig Tage Zeit.«

Wenn Maja sich was in den Kopf gesetzt hat, macht es eh keinen Sinn, darüber zu diskutieren. Neugierig schaue ich auf den Zettel, den sie vom Hotelbriefpapier abgerissen hat. Darauf hat sie mit großen Buchstaben *Lotte Liste* gekritzelt.

»So, hier schreibst du alles auf. Eigentlich ist Charlotte ja ein böses Mädchen, aber das macht sie ungemein liebenswert. Findest du nicht? Such die Lotte in dir. Notier alles, was du noch erleben willst, bevor du den ewigen Bund der Treue eingehst, ja? Dreißig Tage sind nämlich nichts im Vergleich zu mindestens dreißig Jahren, die du noch mit Jürgen verbringen willst.«

»Ja, das ist eine gute Idee. Aber der Zeitpunkt ist irgendwie ungünstig. Ich wollte doch demnächst mit dem Lernen anfangen. Du weißt schon, die mündlichen Prüfungen stehen an.«

»Süße, du bekommst den Termin für deine mündlichen Prüfungen erst, wenn deine Examensarbeit korrigiert ist. Und wenn du das Datum hast, bleiben dir immer noch gute drei Monate zum Lernen. Es wird dir guttun, mal an andere Dinge zu denken, glaub mir. Schalt einfach ab. Mach mal was Verrücktes! Zum Lernen hast du danach noch massenhaft Zeit.«

»Gut. Aber erst schütt mal den Rest vom Grappa ein und lass uns noch mal anstoßen. Wie findest du die Windbeutel? Du musst die Creme mal mit einer Amicelli-Stange rauskratzen, das schmeckt echt genial.«

7 Ich habe noch nie etwas Verbotenes getan

Die Sache mit dem Sex ist so eine Sache. Wann ist Sex gut? Und wann ist er schlecht? Eigentlich schlafe ich gerne mit Jürgen. Ich meine, Jürgen macht seine Sache eigentlich gut. Aber eben nur »eigentlich«. Natürlich weiß er, dass meine Klitoris nur kirschkerngroß ist und die weibliche Anatomie aus vier Schamlippen besteht. Das wissen angeblich die wenigsten Männer. Habe ich mal in einer Frauenzeitschrift gelesen, in einem Artikel über vorgetäuschte Orgasmen. Nur dreißig Prozent aller Frauen sollen beim Sex einen Orgasmus bekommen. Jürgen ist nicht doof. Außerdem denkt er sehr wissenschaftlich. Er informiert sich immer gründlich, bevor er irgendwas tut. Er weiß ganz genau, wie ein weiblicher Körper funktioniert.

Vielleicht ist es manchmal genau das, was mich daran so stört. Das ist irgendwie schwer zu erklären und vielleicht bin ich ja wirklich total bescheuert. Erst beschwere ich mich darüber, dass Jürgen mir einen Heiratsantrag gemacht hat, und jetzt fange ich an zu jammern, weil er genau weiß, wie er mir einen Orgasmus verschaffen kann. Jürgen ist ein Gentleman. Es würde gegen seine

Ehre gehen, wenn er vor mir kommen würde. Eigentlich müsste mich das doch schon glücklich machen. Immerhin gehöre ich zu den dreißig Prozent der Frauen, die einen Orgasmus bekommen und ihrem Kerl nichts vorspielen müssen. Wenn es nicht immer so verdammt mühsam wäre!

Nämlich dann, wenn Jürgen mich mit seiner Hand streichelt. Und zwar in einer immer schneller werdenden Bewegungsabfolge, sodass ich ab einer gewissen Geschwindigkeit ganz genau weiß: Jetzt soll ich kommen, jetzt ist es gleich so weit. Würde ich ja dann auch gerne, wenn Jürgen nicht immer seinen Johann – so hat er ihn getauft – in mich reinstecken würde, sobald ich kurz davor bin. Dann wird es anstrengend. Weil ich mich dann immer so biegen muss, dass Johann meine empfindlichen Stellen auch außen trifft. Meinen G-Punkt habe ich leider noch nicht gefunden. Wäre der liebe Gott eine Frau, hätte sie die Klitoris bestimmt nach innen gepackt. Witziger Gedanke. Alle Menschen haben zumindest eins gemeinsam: Sie sind aus einem männlichen Orgasmus entstanden.

Wenn Jürgen so weit ist, fängt er an zu sprechen. »Ich liebe dich, komm jetzt, ja, schön, gut machst du das!« Was ich daran gut machen soll, das verstehe ich ehrlich gesagt nicht, weil ich in diesem Moment eigentlich gar nicht viel mache. Außer natürlich, dass ich Jürgen machen lasse. Und mich etwas verbiege. Aber ich weiß, dass ich mich dann beeilen muss. Ein »Ich liebe dich« im Bett heißt also so viel wie »Ich komme gleich. Könntest du dich bitte etwas beeilen?«

Es wäre schön, würde Jürgen mich mal bis zum Ende streicheln, einfach nur für mich. Und dazu eine Liebeserklärung ohne Johann in mir! Aber das würde ja bedeuten, dass ich Johann gar nicht brauche und damit könnte er wahrscheinlich nicht so gut leben. Ich habe sogar schon versucht, Jürgen auszutricksen und habe so getan, als ob ich noch nicht so weit bin. Damit er mich noch weiterstreichelt und ich dann einfach heimlich kommen kann. Doch leider kann ich mich nicht gut verstellen. Jürgen hat es sofort gemerkt.

»Babsi, stimmt etwas nicht? Geht es dir nicht gut?«, fragte er besorgt.

»Doch, doch, alles in Ordnung. Ich dachte nur, du könntest … noch ein wenig weitermachen.«

»Wieso? Spürst du mich denn nicht gerne in dir?«

Mann, ob es am Grappa liegt, dass ich so komische Gedanken habe? Ich weiß noch, wie wir einmal in der Fußgängerzone bummelten und plötzlich an einem Sexshop vorbeikamen. Jürgen ist das ganze Gesicht entgleist, als ich ihn, nur so aus Spaß, zum Schaufenster hingezogen habe.

»Guck mal, die vielen bunten Dildos. Wollte ich schon immer mal ausprobieren. Schenkst du mir einen?«

Jürgen wäre damals fast gestorben. »Reiche ich dir etwa nicht mehr?«, fragte er betroffen.

Daraufhin hat er fast eine ganze Woche nur das Nötigste mit mir gesprochen. Ich glaube, er hat sämtliche Schubladen und Kisten nach seiner Konkurrenz aus Plastik oder Gummi durchwühlt. Jürgen war erst beruhigt, nachdem er definitiv nichts gefunden hatte. Wenn er wüsste, was ich ab und zu in der Badewanne veranstalte, würde er wahrscheinlich das Wasser abstellen, wenn ich alleine zu Hause bin. Einmal Baden kostet zwei Euro, wie schon erwähnt. Was kostet eigentlich ein Dildo? Vielleicht wäre das auf Dauer ja viel günstiger? Dieses Argument würde Jürgen wahrscheinlich sofort verstehen. Ich greife nach dem Blatt Papier und schreibe auf meine *Lotte-Liste*:

einen Dildo kaufen und ausprobieren

Vielleicht bin ich ja wirklich zu brav? Ich habe noch nie etwas Verbotenes getan, außer vielleicht die Sache mit dem Eistee …

Wenn wir einkaufen gehen, dann tun wir das immer in der gleichen Reihenfolge. Erst fahren wir zu Aldi und dann machen wir die restlichen Einkäufe bei Edeka. Dass Jürgen mittlerweile mit mir bei Aldi aus- und eingeht, hat mich ganz schön viel Überzeugungsarbeit gekostet. Jürgens Familie geht nämlich prinzipiell nicht bei Aldi einkaufen. Und auch Tengelmann, Kaisers und sogar Edeka sind unter deren Niveau. Aber dafür beim Wasser sparen und sich über das Baden aufregen!

Bei Edeka haben wir jeden Samstag das gleiche Programm. Zuerst schieben wir den Einkaufswagen zum Obst, dann zu den Milchprodukten, Wurstwaren, Naschsachen und ganz zum Schluss zu den Getränken. Ich mag Eistee. Den würde Jürgen niemals trinken, aber bei bestimmten Dingen setze ich mich eben doch durch. Genauso verhält sich das auch mit den Pfandflaschen. Ich würde nie Eistee im Tetrapack kaufen, wenn es ihn auch in Pfandflaschen gibt. Und der Kasten mit den Flaschen gehört hinten auf den Einkaufswagen. Dafür gibt es extra ein Konstrukt, das man ausklappen kann, damit er nicht den ganzen Platz im Wagen wegnimmt oder auf empfindliche Waren drückt. Auf jeden Fall hatten wir unseren wöchentlichen Einkauf gerade hinter uns, schoben den Wagen Richtung Auto, da fragte mich Jürgen plötzlich stirnrunzelnd: »Sag mal, haben wir eigentlich den Eistee bezahlt?«

»Keine Ahnung. Aber ich denke schon.«

»Guck mal nach, das müsste dann ja auf dem Kassenbon stehen.«

Ich zog den Zettel aus meinem Portemonnaie und verkündete: »Ja, haben wir!«

Noch wochenlang habe ich von diesem Erlebnis gezehrt. Natürlich stand der Eistee *nicht* auf dem Bon. Noch nie habe ich mich so verwegen gefühlt wie damals, als wir den Kasten in den Kofferraum luden, den Einkaufswagen zurückbrachten und dann ins Auto gestiegen sind. Normalerweise bin nämlich ich immer die, die beschissen wird. Und das Beste ist, dass Jürgen ein paar Tage später

Pfandflaschen weggebracht hat, unter anderem auch die aus dem unterschlagenen Kasten. Ich habe also nicht nur Eistee geklaut, ich habe dafür auch noch Geld bekommen. Mann, so ein Geschäft habe ich noch nie gemacht! Und das Allerbeste ist: Jürgen hat sozusagen als Dealer dabei fungiert, ohne einen blassen Schimmer davon gehabt zu haben.

Kurz sehe ich Maja an, die friedlich neben mir schläft. Ich bin mir sicher, dass Alice Schwarzer noch lebt, und muss plötzlich kichern. Wenn du heute jemanden fragst: »Kennst du Alice?«, dann denken doch alle gleich an das blonde, langhaarige Wesen aus der Fernsehwerbung für diese neue Telefongesellschaft.

Was würde die echte Alice sagen, wenn ich ihr erzählen würde, dass in einer Frauenzeitschrift steht, Frauen würden sich nur auf Sex einlassen, damit sie geheiratet werden?

Wahrscheinlich würde sie mich streng angucken und mit erhobenem Zeigefinger fragen: »Na, dann fassen Sie sich mal an Ihre eigene Nase, Frau Braun. Wie war das noch gleich mit Ihrer Familientradition?«

Aber ich habe ja jetzt Lotte. Die Lotte in mir scheint allerdings nicht sehr ausgeprägt zu sein. Aber immerhin ist meine Liste trotzdem mittlerweile ganze sieben Punkte lang. Neben einem Einkauf in einem Sexshop, steht der »gute Sex« ganz oben. Vielleicht hat Maja ja wirklich Recht und ich habe bisher ordentlich was verpasst. Doch wie kriege ich Jürgen dazu, mal etwas Außergewöhnliches mit mir zu tun?

Danach kritzele ich einen Besuch in einem Schwimmbad auf die Liste. Nachts. Und zwar nackt. Dazu wollten Marie und ihre Freundin mich damals überreden. Erfolglos. Ich war siebzehn Jahre alt und zu feige. Und dann musste ich mir am nächsten Tag Maries glänzende Augen und ihr Grinsen ansehen. Sie hat nie erzählt, was dort genau passiert ist. Aber mich noch tagelang damit aufgezogen, dass ich einfach nicht mutig genug sei. Marie hat schon immer getan, was sie wollte. Und sie hat sich immer genommen, was sie wollte. Das war auch mit den Kerlen so. Sie hat sie einfach angesprochen, während ich stets darauf gewartet habe, angesprochen zu werden. Nun, Jürgen wird mir keine Fragen stellen. Das hat er versprochen. Deswegen werde ich einen wildfremden Mann ansprechen und ihn küssen! Ist doch nix dabei, oder?

Vorher will ich noch zum Friseur gehen. Das ist zwar sehr banal, aber es ist seit langer Zeit schon fällig. Ich will endlich mal anders aussehen. Und wenn ich schon einmal dabei bin, dann frisiere ich mich auch gleich unten anders. Jürgen will es ganz natürlich. Aber ich verlange ja auch nicht, dass er sich für mich einen Bart wachsen lässt.

Bei meinem letzten Wunsch bin ich mir nicht ganz sicher. Es ist etwas, wovon ich schon seit langer Zeit träume. Manche Dinge sind in der Fantasie aber womöglich schöner als in der Realität. Ich schreibe es trotzdem auf. Ob ich wirklich jemals Sex mit einer Frau haben werde?

Müde und trotzdem irgendwie aufgekratzt überfliege ich ein letztes Mal meine gesammelten heimlichen Vorlieben.

Lotte-Liste
- einen Dildo kaufen und natürlich ausprobieren
- guten Sex haben
- nachts nackt im Schwimmbad baden gehen
- einen wildfremden Mann ansprechen und küssen
- eine neue Frisur ausprobieren …
- … auch unten rum
- Sex mit einer Frau haben – na ja, vielleicht

Sorgfältig falte ich das Blatt zusammen und lege es unter mein Kopfkissen. Maja schnarcht leise vor sich hin. Hoffentlich fummelt sie mich heute Nacht nicht noch einmal an. Das hat sie nämlich vorhin schon mal getan. Wahrscheinlich hat sie von Victor geträumt und aus Versehen die Hand nach mir ausgestreckt. Es ist schon fast vier Uhr. Langsam werden auch meine Augenlider schwer.

8 Wer will denn heutzutage schon normal sein?

»Liebelein, aufwachen! Das Frühstück ruft!« Langsam dringt Majas Stimme an mein Ohr. »Berge voll Eier, Bacon und andere leckere Schweinereien. Los, mach schon!«

»Boah, warum bist du denn schon so fit? Ist ja unheimlich.« Schlaftrunken reibe ich mir die Augen.

»Hab geschlafen wie ein Fels, nicht von Victor geträumt. Und heute Morgen wusste ich es. Victor in allen Ehren, ich meine, er ist echt ein toller Typ. Aber wer bin ich denn? Ich hab's doch gar nicht nötig, dem hinterherzurennen. Guck mich doch mal an«, sagt sie und wirft sich in Pose. »Auf diese geballte Pracht wird mein armer Koch in Zukunft verzichten müssen. Und weißt du was? Das teile ich ihm jetzt sofort mit!«

Und während sie tippt, spricht sie die Worte mit:

75 Kilo pure Weiblichkeit danken dir für die schöne Zeit. Schade, ich hatte mir mehr davon versprochen.

»So, das war's! Und jetzt zu dir, Süße. Hast du dir Gedanken darüber gemacht, was du in den geschenkten dreißig Tagen so alles anstellen willst?«

»Ja, das habe ich. Fast die ganze Nacht über. Mein Hirn hat Schwerstarbeit geleistet, zumindest das, was von meinem Hirn nach dem Grappa noch dazu in der Lage war.«

»Und? Mach's doch nicht so spannend.«

Ich greife unter mein Kopfkissen und reiche Maja die Liste. »Hier, meine geistigen Ergüsse. Aber nicht lachen!«

Sie liest mit ernster Miene. Der letzte Punkt scheint sie am meisten zu beeindrucken.

»Sex mit einer Frau? Wow! Hatte ich auch noch nicht. Aber ich habe schon mal eine geküsst. Das war eine Erfahrung! Du solltest den Mann, den du küssen willst, gegen eine Frau austauschen. Einmal im Leben eine Frau zu küssen ist ein absolutes Muss. Oder mach einfach beides.«

Ich gucke Maja an. Sie hat in dieser Nacht wohl wirklich nicht von Victor geträumt. Zumindest hat sie mich nicht wieder angefummelt. Es war ein ganz eigenartiges Gefühl, als Maja sich auf einmal an mich geschmiegt hat. Sie hat ihre Hand auf meinen Bauch gelegt und es fiel mir schwer, sie wieder von mir wegzuschieben. Dennoch kann ich mir beim besten Willen nicht vorstellen, Maja zu küssen. Aber so scheint sie es auch gar nicht gemeint zu haben, denn sie widmet sich schon wieder eingehend meiner Liste.

»Die Idee, ins Schwimmbad einzubrechen, ist wirklich cool. Das können wir direkt hier machen. Wer weiß, vielleicht werden wir ja dann nackt verhaftet? Davon träume ich doch schon lange.«

»Du hast echt ’nen Knall, hat dir das eigentlich schon mal jemand gesagt?«

»Na und? Wer will denn heutzutage schon normal sein? Ich nicht. Also was ist? Heute Nacht. An Ort und Stelle. Hier ist das Wasser wenigstens beheizt.«

9 Warum habe ich nicht einfach Ja gesagt?

»Psst, leise, pass doch auf, Puppe. Leucht mal hier rüber. Autsch!«

Es ist drei Uhr, mitten in der Nacht. Zum Glück liegt unser Zimmer im Erdgeschoss, so dass wir ohne Probleme aus dem Fenster geklettert sind. Mit nichts weiter bekleidet als unseren weißen Bademänteln haben wir uns mit zwei Flaschen Sekt und einer Taschenlampe bewaffnet, die wir im Kofferraum von Majas alter Klapperkarre gefunden haben. Unsere nächtliche Schwimmbadaktion hat Maja bis ins Detail geplant. Sie hat zwischen unseren Terminen für die letzten Kosmetikbehandlungen die Einstiegsmöglichkeiten und Fluchtwege ausgekundschaftet. Ich durfte bei der Planung nicht dabei sein. Maja will mich überraschen. Die heutige Nacht ist sozusagen das »Eröffnungsgeschenk« für mich, der erste eingelöste Wunsch von meiner *Lotte-Liste*.

Ich musste Maja versprechen, die dreißig Tage wirklich für mich zu nutzen. Damit ich mir auch ganz sicher bin, wenn ich Jürgen mein Jawort gebe. Dabei sollen die Punkte auf der Liste nur Anhaltspunkte sein. Schließlich ist es meine ganz persönliche Liste, die ich jederzeit im Laufe dieser vier Wochen ändern kann. Vielleicht fällt mir spontan noch etwas ein, vielleicht will ich einen Punkt wieder streichen. Meine Liste soll Spaß machen, mich aber nicht unter Druck setzen.

»Scheiße, die Erde ist eiskalt und nass. Bestimmt frieren auf dem Weg dorthin meine Füße ab.« Aber egal. Ich tapse brav hinter Maja über die feuchte Wiese. »Vielleicht hätten wir doch lieber wenigstens Schuhe anziehen sollen.« Aber auch dieser Einwand kann Maja nicht stoppen. Unbeirrt läuft sie weiter.

»Wir sind gleich da. Zähl mal mit. Das fünfte Kellerfenster von links. Ich habe es nur angelehnt. Hoffentlich hat keiner was gemerkt. Da ist es!« Maja drückt auf den Fensterrahmen, der quietschend auffliegt.

Ich fühle mich wie Thelma oder Louise oder wie Bonnie oder Clyde oder alle auf einmal. Maja springt ins Dunkle hinunter. »Pass auf beim Reinklettern. Unten auf dem Boden stehen irgendwelche alten Kisten. Warte, ich helfe dir.«

In dem Technikraum, der sich genau unter dem Schwimmbad befindet, ist es stockfinster. Wir verharren einen Moment, es ist mucksmäuschenstill. Bis auf einmal mit lautem Getöse die Heizung anspringt.

»Mann, ich wäre eben fast gestorben. Das ist ja kaum zum Aushalten. Fühl mal, sogar die Wände vibrieren. Lass uns schnell sehen, dass wir Land gewinnen. Hier lang.« Majas Stimme klingt etwas heiser vor Aufregung. Zielstrebig zieht sie mich mit sich mit.

Endlich liegt der Pool vor uns. Still und dunkel. Oder besser gesagt, wir stehen still und unheimlich ergriffen vor dem Becken. Wir haben es geschafft.

»Ich habe heute Nachmittag Kerzen hinter den Pflanzkübeln versteckt«, sagt Maja mit gedämpfter Stimme. »Leuchte mal dahin, hoffentlich sind sie noch da.«

Sie sind noch da. Keine Ahnung, wo Maja die wieder aufgetrieben hat. Vielleicht hat sie die aus der Beauty-Oase mitgehen lassen. Sie duften nämlich alle nach Vanille, Zimt oder Zedernholz. Maja zündet die Kerzen der Reihe nach an.

»Du bist eine Heldin«, flüstere ich beeindruckt. »Wow, sieht das schön aus. Ich glaube, ich habe noch nie so was Schönes gesehen.«

So ähnlich muss sich Kleopatra gefühlt haben. Es ist Nacht und wir sind nackt. Vorsichtig tauchen wir unsere Zehen in das warme Wasser. Ich fühle mich unbeschreiblich anmutig und gleichzeitig verwegen, besonders weil ich mich vorhin wirklich noch frisch frisiert habe und jetzt ein neckischer schmaler Streifen meine Scham ziert.

Plopp, der Sektkorken knallt. Plopp, noch einmal.

»Hier, Liebelein«, sagt Maja und reicht mir eine Flasche. »Lass uns anstoßen auf diesen Moment. Der Pool gehört uns. Die Welt gehört uns. Alles ist möglich!«

Wir lassen uns auf dem Rücken liegend im warmen Wasser treiben und tausend Gedanken schwirren mir durch den Kopf. Die Kerzen zaubern ein warmes, flackerndes Licht auf die Fliesen um uns herum. Es duftet ganz zart nach Vanille und Gewürzen. Bis auf ein leises Plätschern hin und wieder im Wasser hört man gar nichts. Sogar Maja, die meistens redet wie ein Wasserfall, hat sich von der Stille einfangen lassen. Was sie wohl gerade denkt? Wahrscheinlich ist sie mit ihren Gedanken bei Victor. Ich denke an Jürgen, schließe meine Augen und versuche, ihn mir im Geiste vorzustellen.

Jürgen sieht, auch objektiv betrachtet, relativ gut aus. Er ist nicht besonders groß, aber immerhin ein paar Zentimeter größer als ich mit meinen 1,67 Meter. Er hat blonde Haare, wie ich, und ein markantes Gesicht mit hellen grauen Augen. Vom Typ her ähnelt er Robert Redford. Ich stehe eigentlich eher auf Typen wie George Clooney oder Hugh Grant und natürlich noch immer auf Robbie Williams, aber das ist im Moment nicht so wichtig. Jürgen hat eine tolle Figur. Er ist sportlich und geht mehrmals die Woche laufen. Letztens hat er mit Erfolg seinen ersten Marathon absolviert.

Er ist sehr ehrlich und hat einen ausgeprägten Sinn für Gerechtigkeit. Deswegen passt das Jurastudium auch wirklich gut zu ihm, auch wenn bei der Berufswahl sein Vater bestimmt eine große Rolle gespielt hat. Außerdem ist er wahnsinnig intelligent und gebildet. Er weiß immer, was aktuell in der Politik los ist, und kennt sämtliche Politiker mit Namen. Damit meine ich, dass er nicht nur jedem Minister den passenden Namen zuordnen kann. Er weiß auch, wie der einzelne politisch denkt und handelt.

Ich weiß meistens nur, wer eine schiefe Nase hat, wer gerade zum vierten Mal heiratet oder ein uneheliches Kind bekommen hat. Viel haben Jürgen und ich eigentlich nicht gemeinsam, außer dass wir uns eben beide dem Recht verschrieben haben. Aber vielleicht ist ja gerade diese Unterschiedlichkeit das Schöne. Wir ergänzen uns.

Jürgen wundert sich immer, dass ich bei meinen Arbeiten und Prüfungen fast immer mit einer Eins abschneide, weil mir eigentlich das logische Denken komplett fehlt. Meint Jürgen jedenfalls. Aber was Jürgen mit Logik erreicht, mache ich mit Einfühlsamkeit wett. Das geht auch. Selbst bei einem juristischen Text. Und so ganz unlogisch gehe ich ja auch nicht vor. Ich habe eben so meine ganz eigene Taktik. Eigentlich ist es gar nicht so schlecht, immer unterschätzt zu werden. Besonders wenn man dabei noch so überaus blond und zierlich ist wie ich. Ich kämpfe gar nicht erst gegen das Klischee an, sondern nutze es für mich. Manchmal überrasche ich damit sogar Jürgen. Besonders wenn er irgendwo nicht weiterkommt und ich ihm dann wie selbstverständlich eine Lösung präsentiere. Jürgen bringt Ordnung und so was wie Verlässlichkeit in mein Leben. Auf Jürgen kann ich mich immer verlassen. Aber fühle ich mich ohne Jürgen auch verlassen?

Ich horche tief in mich rein. Wenn ich ehrlich bin, hat er mir an diesem Wochenende bisher kein einziges Mal gefehlt. Nur ganz kurz, als ich festgestellt habe, dass er mich nicht darüber informiert hat, dass er vorübergehend ausgezogen ist. Was ist, wenn mir Jürgen auch nach dreißig Tagen noch nicht fehlt? Wie selbstverständlich lebt Jürgen seit fast vier Jahren an meiner Seite. Reicht dies für ein ganzes Leben? Was ist, wenn Maja doch Recht hat und mir wirklich etwas fehlt? Irgendetwas von dem ich noch gar nicht weiß, dass es mir fehlen könnte? Warum habe ich nicht einfach Ja gesagt?

Langsam paddle ich Richtung Maja, die immer noch völlig bewegungslos im Wasser liegt. Sie konnte schon immer besser den »toten Mann« mimen als ich. Da schnellt Maja plötzlich aus dem Wasser. »Puppe, hast du das gehört?«

»Was denn? Da war nix.«

Dass Maja richtiggelegen hat, erfahren wir schon im nächsten Moment. Unser Schwimmbad ist auf einmal hell erleuchtet. Und schon ertönt auch eine tiefe Stimme: »Hallo, ist dort jemand?«

Es ist mitten in der Nacht und wir stehen splitternackt im Hotelpool. Ich bin nicht Kleopatra, denn sonst würde ich jetzt wütend brüllen: »Hinfort mit dir, lästiger Eindringling!«

Es reicht gerade noch für ein eindringlich gezischtes »Lass uns verschwinden«, da zieht Maja mich auch schon aus dem Pool, den Gang entlang, die Treppe hinunter, hinein in den dunklen Keller. Unsere Bademäntel bleiben kunstvoll drapiert dort liegen, wo wir sie von unsern Schultern gleiten ließen.

Mann, ist das dunkel hier ohne Taschenlampe. Gut, dass uns niemand sehen kann. Eine blonde, zierliche Kleopatra mit einer dunkelhaarigen, sehr weiblichen Amazone auf der Flucht vor einem Mann, dessen tiefe Stimme gerade wieder unheilvoll zu uns herüberschallt:

»Hallo, kommen Sie ruhig zurück. Sie sind nicht die Ersten, die nachts im Pool hier baden wollten.«

»Der spinnt doch. Der will uns nur nackt sehen. So ein Spanner!« Maja ist wirklich empört.

»Mensch, Maja, der kann doch gar nicht wissen, dass wir nix anhaben. Es sei denn, er hat bereits unsere Bademäntel gefunden ... Außerdem wolltest du doch sowieso gerne mal nackt verhaftet werden? Übrigens, mir ist saukalt. Was machen wir denn jetzt?«

»In den Mänteln sind auf jeden Fall keine Namen eingestickt. Komm, ich habe auf so eine Nummer jetzt keine Lust, und wieder Hausverbot bekommen, wie damals bei Ikea, will ich auch nicht. Weißt du noch?«

Stimmt, die Nacht bei Ikea ... Also habe ich doch schon mal was Verbotenes getan. Ich gucke Maja an und muss laut kichern. Damals waren wir zwar nicht nackt. Wir lagen einfach nur in unseren Pyjamas auf *Malm*, dem schönsten Ausstellungsstück der Schlafzimmerabteilung, als wir von der morgendlichen Putzkolonne zu deren und unserer größten Überraschung entdeckt wurden. Aber diese Aktion hatte uns Hausverbot und beinahe eine Anzeige wegen Hausfriedensbruch eingebracht. Natürlich weiß ich das noch! Immerhin sind wir damals ja fast verhaftet worden.

Mit Maja bei Ikea einkaufen zu gehen, ist immer ein

Erlebnis. Doch diese Aktion nach Feierabend werde ich wirklich nie vergessen. Wir haben damals kiloweise Zimtschnecken gefuttert. Die sind sensationell köstlich. Ganz besonders, wenn man sie direkt, auf einer gemütlichen Couch vor Ort, verspeist. Und wenn dabei noch *Dirty Dancing* läuft, dann ist das Glück perfekt. Bei Ikea sind die Wohnzimmer so eingerichtet, als würde jemand darin leben. Deswegen sind die Fernseher ja auch echt. Und darum sind wir damals auch auf die Idee gekommen, wir könnten dort übernachten.

»Komm, hier lang, Puppe. Da vorne muss irgendwo unser Fluchtfenster sein.« Maja zieht mich weiter in den zugigen Gang hinein.

Nackt und zitternd durch dunkle Kelleranlagen zu schleichen, hat etwas sehr Unheimliches. Besonders wenn auf einmal in dem Technikraum die krachende Heizung wieder anspringt und deine Begleiterin vor lauter Schreck fast auf dich draufspringt.

»Mensch, hast du sie noch alle? Ich wäre fast schon wieder gestorben!«

»Ich auch, hör dir das mal an. Klingt so, als würde der Teufel hier höchstpersönlich Feuer für die Hölle schüren.«

»Ein kleines Feuer wäre jetzt nicht schlecht. Ich erfriere gleich. Komm jetzt, schnell.«

Zum Glück hat Maja einen guten Orientierungssinn und wir haben schnell das Fenster mit dem angelehnten

Rahmen gefunden. Sieht lustig aus, wie Maja im Halbdunkel vor mir durch die Öffnung ins Freie klettert. Wäre ich ein Kerl, hätte ich ihr jetzt bestimmt anerkennend auf den nackten Hintern gehauen. Ich muss schon wieder kichern. Mann, so was Doofes kann auch nur uns passieren.

Endlich stehen wir wieder auf der Wiese. Nur noch hundert Meter bis zum Hotelzimmerfenster. Es regnet. Und es ist schweinekalt. Was soll's. Das Leben ist mitunter ganz schön verrückt, besonders mit Maja. Wir rennen los. Und dann passiert alles auf einmal. »Die Damen haben ihre Bademäntel vergessen«, schallt eine tiefe Stimme zu uns herüber. In dem Moment verliere ich das Gleichgewicht, schlittere über das nasse Gras, direkt auf Maja zu. Dann sehe ich noch, wie sie die Arme ausbreitet und mich auffangen will. Plötzlich tanzen lustig Sterne vor meinen Augen im Kreis. Und das, obwohl der Himmel mehr als bewölkt ist. Ist das zu fassen? Wie es aussieht, bin ich auf dem einzigen Hundehaufen, der sich weit und breit auf der gepflegten Hotelwiese befindet, ausgerutscht. Und anstatt von meiner Freundin fürsorglich abgefedert zu werden, hat sie mir ihren Ellbogen voll in das linke Auge gerammt.

Als ich wieder zu mir komme, sehe ich in ein mir völlig unbekanntes Gesicht. Dann höre ich Maja. »Oh, Süße, das tut mir so leid. Alles wieder gut?«

Benommen schaue ich zu ihr auf, da mischt sich der Fremde ein. »Hier, nehmen Sie erst einmal Ihren Bademantel. Warum kommen bloß immer wieder Frauen auf die Idee, nachts im Pool baden zu gehen? Ist wohl so ’ne Art Mutprobe, oder? Geht es Ihnen gut?«

Ob es mir gutgeht? Ich liege nackt auf einer regennassen, eiskalten Wiese. Ich fühle mich wie ein Käfer, der hilflos auf dem Rücken liegt und nicht weiß, wie er wieder auf die Beine kommen soll. Über mir steht ein Mann, der mit ausgestrecktem Arm einen weißen Bademantel über meiner Nase baumeln lässt. Er ist gut und gerne siebzig Jahre alt und sieht aus, als wäre er gerade frisch aus einem gruseligen Edgar-Wallace-Film entsprungen. Sein Gesicht ist irgendwie schief und die grauen Haare verklebt. Fragend gucke ich Maja an. Endlich streckt sie ihre Hand aus und hilft mir hoch.

»Puppe, darf ich vorstellen? Das ist Hans, der Hausmeister dieses wunderbaren Etablissements. Er wollte uns nicht erschrecken.«

Hans lächelt nett und sieht gar kein bisschen schadenfroh aus. »Auf einem Hundehaufen auszurutschen bringt übrigens Glück. Das war bestimmt der Hund vom Direktor. Der darf manchmal auf die Wiese.«

Ich schlüpfe schnell in meinen Bademantel. Der Hintern tut mir weh. Und mein Auge auch. Hans begleitet uns noch bis zu unserem Fenster und hilft uns mit verschwörerischer Miene ins Zimmer. Dann stehen wir im Warmen und winken, bis Hans wieder in der Dunkelheit verschwunden ist.

Maja knufft mich in die Seite. »Du, ich muss dir was sagen. Aber nicht böse sein, versprochen?«

»Was denn?«

»Dein Auge wird rot.«

»Das wundert mich nicht, es tut auch höllisch weh. Und das ist alles? Ich bin dir nicht böse. War doch keine Absicht.«

»Da ist noch was. Liebelein, du stinkst!«

Die zwei Wellness-Tage haben gutgetan. Trotzdem oder gerade weil wir am ersten Abend so fürchterlich abgestürzt sind. Eine Flasche Grappa, eine riesige Portion Tiramisu und die beste Freundin sind die beste Medizin gegen Liebeskummer. Obwohl ich ja eigentlich immer noch nicht weiß, wieso ich eigentlich Herzschmerz habe.

Ich liebe Jürgen. Warum bin ich mir noch immer nicht sicher, ob ich ihn heiraten will?

Maja ist während des Wochenendes immer stiller geworden. Die Sache mit Victor scheint ihr wirklich nahezugehen. Ich habe Victor bisher nur auf einem Foto gesehen. Er ist blond und etwas kleiner als Maja, entspricht also gar nicht ihrem »Beuteschema«, so wie sie es ausdrücken würde. Victor scheint nett zu sein, von der kleinen Tatsache mal abgesehen, dass es, zumindest rein theoretisch gesehen, überhaupt nicht nett ist, dass er seine Frau betrügt. Wäre er mit seiner Frau glücklich, besonders im Bett, würde er sich nie auf eine Affäre einlassen!

Warum Jürgen und ich die letzten zwei Monate keinen Sex hatten, weiß ich ehrlich gesagt nicht so genau. Wahrscheinlich ist es nach vier Jahren normal, dass mal eine längere Phase der Enthaltsamkeit dabei ist. Wie viel Sex ist überhaupt normal? Wie oft? Wie lange? Wann ist Sex gut? Warum ist Sex mir nicht wichtig?

Bisher habe ich mir darüber überhaupt keine Gedanken gemacht. Nur eins, eins weiß ich genau, Sex habe ich bestimmt nicht nur, wie es in dem Artikel heißt, damit ich geheiratet werde. Oder ist da vielleicht doch was dran? Immerhin bin immer ich diejenige, die Jürgen verwöhnt – und zwar ohne Gegenleistung gleicher Art.

Wir packen unsere Sachen, machen noch einen Abstecher nach Köln, gehen eine Runde am Rhein spazieren. Dann fahren wir nach Hause.

Irgendwie ist es ein komisches Gefühl, plötzlich ganz alleine in der gemeinsamen Wohnung zu sein. Jürgen war hier. Eindeutig. Das Fenster ist ausgetauscht und auf dem Küchentisch liegen ein Brief und ein Schlüssel. Es ist Jürgens Haustürschlüssel. Zum Glück hat Marie mich mit ihrer SMS über Jürgens Auszug ja schon informiert. Sonst wäre ich jetzt auf der Stelle umgekippt, als ich den Schlüssel neben dem Brief gesehen habe. Jürgen hat mir noch nie einen Brief geschrieben. Er bricht sich ja immer schon einen ab, wenn er mir eine SMS schicken muss. Gespannt wie ein Flitzebogen reiße ich den Umschlag auf.

Liebe Barbara,
ich hoffe, dass du das Wochenende genießen konntest und du jetzt vielleicht einige Dinge klarer siehst.

Ich jedenfalls habe mir das alles ganz anders vorgestellt. Aber mein Angebot steht. Ich gebe dir dreißig Tage Zeit. Danach möchte ich eine Antwort haben auf die Frage, ob du meine Frau werden willst.
Ich hoffe, du tust das Richtige.
Ich liebe dich!
Meine nötigsten Sachen habe ich aus der Wohnung geholt, damit ich dich in der Zeit nicht unnötig störe.
Ich hoffe, ich fehle dir!
PS: Ich habe das Fenster reparieren lassen. Keine Ahnung, wie du das wieder angestellt hast.
Bitte melde dich erst, wenn du dich wirklich entschieden hast!
Dein Jürgen

Wow! Jürgen ist wirklich konsequent. Aber das hätte ich ja eigentlich wissen müssen. Ich pinne Jürgens Brief mit einem farbigen Magneten an den Kühlschrank. Daneben hefte ich dekorativ meine *Lotte-Liste*.

Vorhin im Auto habe ich noch mal versucht, Maja davon zu überzeugen, dass Alice noch am Leben ist, aber Maja ist hartnäckig dabei geblieben. Alice sei tot! Ich schließe die arme Schwarzer vorsorglich in mein Gutenachtgebet ein, das wir als Kinder immer vor dem Zubettgehen aufgesagt haben, dann schlafe ich ein.

10 Ist man Feministin, wenn man Spaß am Sex hat?

Alice lebt! Das war das Erste, was ich heute Morgen in Erfahrung gebracht habe. Ich habe meinen Computer angeworfen und *Alice Schwarzer* in die Suchmaschine eingegeben. Ich bin direkt auf ihrer Homepage gelandet und habe festgestellt, dass sie aussieht wie immer. Komisch, sie hat sich in all den Jahren wirklich kaum verändert. Maja hat sie ganz bestimmt mit Beate Uhse verwechselt.

Ehrlich gesagt, habe ich mich bisher nicht viel mit Alice Schwarzer, Feminismus oder Emanzipation auseinandergesetzt. Bisher fand ich es schon ungemein emanzipiert von mir, dass ich Jura studiere. Wenn ich Alice richtig verstanden habe, ist der einzige Unterschied zwischen Jürgen und mir sein Johann, der da zwischen seinen Beinen baumelt. Und der ist gar nicht so wichtig. Na ja, außer vielleicht zum Nachwuchszeugen. Alles andere hat meine Erziehung aus mir gemacht. Also ist meine Mutter schuld. An allem. War ja klar!

Dass Alice lebt, habe ich von Anfang an nicht bezweifelt, aber wenn Maja an etwas glaubt, dann macht es gar keinen Sinn, sie vom Gegenteil überzeugen zu wollen. Sie würde ihre Meinung erst ändern, wenn Alice ihr wirklich und leibhaftig unter die Augen treten würde.

Dass ein Heiratsantrag irgendwann mal dazu führt, mich Worte wie *Feminismus*, *Emanzipation* und *Zipfelträger* googeln zu lassen, hätte ich niemals gedacht. Als ich *Zipfelträger* eintippe, fragt mich die Suchmaschine: *Meinten Sie: Zapfenträger?* Auch nicht schlecht! Das sind Nadelbäume – und ein Exemplar hat ja bekanntlich mehrere Zapfen auf einmal.

Danach lese ich ein bisschen zu *Charlotte Roche*. Tatsächlich wird Charlotte als Feministin einer neuen Generation gesehen. Sie ist sozusagen eine *sexpositive* Feministin. Da hat Maja mit ihrem Vergleich gar nicht so Unrecht gehabt. Schade nur, dass Charlotte jetzt nicht hier ist. Ich hätte tausend Fragen auf einmal an sie. Aber wozu gibt es Stift und Papier? Ich entscheide mich spontan für einen persönlichen Brief. Nach einem kurzen Moment der Überlegung fange ich an zu schreiben.

Montag, 10. November

Liebe Lotte,
wie fühlst du dich so als sexpositive Feministin? Klingt übrigens gut und hört sich auf jeden Fall viel besser an als Emanze! Das klingt so nach Pomeranze. Was übrigens wiederum eine Zitrusfrucht ist. Wusstest du das? Bist du Feministin? Ich meine, siehst du das auch so? Und ist man schon gleich eine Feministin, wenn man als Frau Spaß am Sex hat?

Hattest du schon mal Sex mit einer Frau? Wenn ja, wie fühlt sich das an?
Bist du verheiratet? Ich habe nämlich aus Versehen einen Heiratsantrag angenommen. Das Ja habe ich sozusagen geschluckt. Wie viel Kalorien ein Blowjob wohl hat?
Liebe Grüße,
deine Barbara

11 Du bist eben wie Mutti

Eigentlich ist mein Name Barbara, Barbara Braun, aber momentan denke ich, Barbara *Blond* würde besser zu mir passen. Würde Jürgen mich heute so sehen, würde er wahrscheinlich auf der Stelle in Ohnmacht fallen. Oder er würde mich verständnislos anschauen und fragen: »Entschuldigung, was machen Sie hier? Können Sie mir sagen, wo Frau Braun ist?«

Heute ist Mittwoch. Am Freitag hat Jürgen mir den Heiratsantrag gemacht. Bis Sonntag war ich mit Maja in dem Wellness-Hotel. Den Montag und Dienstag habe ich damit verbracht nachzudenken, zu schlafen und einen Brief an Charlotte zu schreiben. An meinem Kühlschrank hängt demonstrativ mit einem farbigen Magneten befestigt meine persönliche *Lotte-Liste*. Ich werfe einen kurzen Blick darauf. Einen kleinen Moment verweile ich bei dem Punkt mit dem Friseur und schon wieder könnte ich einen Tobsuchtsanfall bekommen. Kurz danach fange ich an zu heulen und dann schmiede ich Mordpläne. Ich war gestern beim Friseur!

Jede Frau, die was auf sich hält, hat einen guten Friseur. Bestenfalls ist er schwul und entwickelt sich mit der Zeit zu deinem liebsten Freund, einem, der dir in jeder Krise zur Seite steht und verständnisvoll die Hand hält, natürlich *nachdem* er dir den neuesten Look verpasst hat. Nur ich habe keinen schwulen Friseur. Und nicht nur das. Ich habe gar keinen festen Friseur. Und ich wünsche mir, dass der, bei dem ich gestern war, nicht mehr lange zu leben hat. In Gedanken habe ich schon den Text für sein Grabgebinde geschrieben: »Ich hoffe, Sie schmoren in der Hölle und müssen dem Teufel täglich die Glatze polieren!«

Seitdem ich denken kann, hatte ich immer die gleiche Frisur. Alle beneideten mich um meine schönen Haare, die so wunderbar glänzten. Meine Haare sind glatt, aber voll. Ich trug sie bisher entweder offen oder praktisch zu einem Pferdeschwanz gebunden. Irgendwelche Färbemittel oder Bleichungen hatten sie bis gestern noch nie gesehen. Sie waren einfach nur von Natur aus blond. Und alle zwei Monate kam Tante Monika zu meinen Eltern und schnitt mir die Spitzen, sozusagen in der Familienrunde.

Jürgen liebt meine Haare. Er findet sie so schön natürlich und unverfälscht. Wenn ich davon sprach, mal einen anderen Schnitt auszuprobieren, dann kamen immer nur zwei Worte: »Bloß nicht!«

Optisch gesehen war ich, zumindest bis gestern, eher wie Michelle Pfeiffer. Heute sehe ich aus wie Rod Stewart, vorne kurz, hinten lang. Und nicht nur das. Ich betrachte die Strähnchen, die mir der Friseur in die Haare gezaubert hat und denen ich todesmutig zugestimmt hatte.

Honig, Karamell und ein wenig Sonne. Die Sonne strahlt so hell in meinen Haaren, dass von Karamell und Honig nicht mehr viel zu sehen ist. Ich bin wasserstoffblond, mit einem Stich Gelb, Sonnenblumengelb, um es charmant auszudrücken. Ich könnte schon wieder schreien. Und das Schlimmste ist, dass ich gleich zur Arbeit muss. Mittwoch ist mein fixer Bürotag beim Steuerberater.

Schon immer habe ich während des Studiums gearbeitet. Meine Eltern konnten mich nicht finanzieren und ich hätte es auch gar nicht gewollt. Jetzt wäre meine Frisur allerdings ein Grund, meinen Job zu kündigen und gleichzeitig mein Studium zu schmeißen, um eine Auszeit für mindestens ein Jahr einzulegen. Warum nicht ins Ausland gehen? Dann können meine Haare in Ruhe nachwachsen, keiner kennt mich und ich muss vor allem Jürgen so nicht gegenübertreten. Vielleicht weiß ich ja nach dem Jahr auch endlich, was ich wirklich will.

Ich, Barbara Blond, dreißig Jahre alt, stehe vor dem Spiegel und will mich erschießen. Und das nicht etwa, weil ich einsam bin, keine Freunde habe oder keinen Kerl abkriege. Nein, ich sehe keinen Ausweg mehr, weil ich beim Friseur gewesen bin und mich nicht traue, *ihn* umzulegen. Und dabei hat sich der Laden so gut angehört: *Pierres Haarparadies. Haarhölle* wäre treffender gewesen, dann wäre ich erst gar nicht reingegangen, aber ich blöde Kuh habe mir gedacht, *Pierre* hört sich irgendwie schwul an. Und schwule Friseure sind von Natur aus begabt, da kann nichts schiefgehen.

Es ist schiefgegangen. Und zwar mächtig. Pierre ist alles andere, nur nicht schwul, und mittlerweile zweifle ich sogar daran, dass er überhaupt jemals eine Ausbildung zum Friseur gemacht hat. Aber das hilft mir jetzt auch nicht weiter. Hier muss eine Bombendrohung her, und zwar für ganz Bottrop, so dass niemand mehr raus auf die Straße darf, ganz besonders ich nicht! Wie angewurzelt stehe ich vor dem Spiegel und strecke mir die Zunge raus. Da klingelt es an der Tür. Dreimal kurz, einmal lang. Mist, das kann nur Lena oder Marie oder meine Mutter sein. Die läuten nämlich alle immer gleich. Wenn ich Pech habe, stehen sie vielleicht sogar alle drei auf einmal vor der Tür, weil ich die letzten Tage auf ihre Anrufe nicht reagiert habe. Was soll's, schlimmer kann es ja sowieso nicht mehr werden, denke ich, und öffne schwungvoll die Tür.

Draußen steht meine kleine Schwester Marie. »Babsi? Ach du Scheiße!«

»Du sagst es!« Ich stehe einfach nur da und lasse Marie lachen. Zwischendurch verstehe ich ein paar Brocken wie »Tut mir leid« oder »Ich kann nicht anders«.

Wie gerne würde ich jetzt mit Marie tauschen. Ich habe schon lange keinen derartigen Lachkrampf mehr gehabt, dass mir dabei die Tränen über die Wangen liefen und ich mir den Bauch halten musste. Wenn ich mich nur nicht selbst so fürchterlich bemitleiden würde, könnte ich fast in das Gelächter mit einfallen.

»Na, wenigstens siehst du jetzt nicht mehr aus wie

Mutti«, prustet sie und schiebt sich an mir vorbei in die Wohnung.

Wortlos reiche ich Marie ein Taschentuch. Mein Verstand läuft plötzlich auf Hochtouren, alle Alarmglocken läuten. Ich lasse den Satz von Marie in mir nachwirken … »Wie meinst du das? Wie Mutti?«

»Na, ich finde, du bist ihr von uns allen am ähnlichsten. Lena ist wie Papa. Sie ist die Größte von uns und hat wie er einen Strubbelkopf und ein rechthaberisches Wesen. Du bist eben wie Mutti. Du hast Glück gehabt. Hast die schönen Haare, das feine Gesicht und ihre sanftmütige Art. Du gehst jedem Streit aus dem Weg und willst es allen recht machen.«

»Na super, und du?«

»Ich? Ich glaube, ich wurde adoptiert. Ich fall ja wohl ganz aus der Art, oder?«

Stimmt. Marie passt optisch wirklich nicht so recht ins Familienschema. Sie hat zwar die gleiche zierliche Figur wie ich, jedoch die strubbeligen Haare meines Vaters geerbt, die ganz eigenartig in den verschiedensten Rottönen leuchten. Marie ist der einzige Rotschopf in unserer Familie weit und breit – bis auf irgendwelche entfernten irischen Verwandten väterlicherseits, die aber noch nie jemand von uns zu Gesicht bekommen hat.

Wahrscheinlich hat Marie auch ihr Temperament von den Iren. Ich kann mich noch wie heute an ihren Gesichtsausdruck erinnern, als sie Lena vor vielen Jahren feierlich ein liebevoll eingepacktes Geburtstagsgeschenk überreichte. Sie stand da und guckte mit engelsgleichem Gesicht zu, wie Lena plötzlich ihre allerliebsten Turnschuhe in der Hand hielt, zersägt in jeweils zwei Teile. Und das kleine Luder hatte all das auch noch mit vielen bunten Schleifchen und Herzchen dekoriert. Ich weiß heute nicht mehr, worüber sich Marie damals geärgert hatte und warum sie die Dinger überhaupt zerteilt hatte, aber ich kann mich noch lebhaft an die vielen Tränen erinnern, die daraufhin geflossen sind. Ich stand wie immer mittendrin und hielt mich aus allem raus.

Lena und Marie haben sich oft gestritten und dann von mir verlangt, dass ich für eine von beiden Partei ergreifen soll. Das war natürlich schwierig, denn so war immer eine von beiden gegen mich. Deswegen habe ich mich weitestgehend vor einem Urteil gedrückt. Und mir insgeheim vorgenommen, Richterin zu werden, über alle Streitigkeiten erhaben zu sein und Gerechtigkeit auszusprechen. Auch fand ich die Vorstellung klasse, ein Stückchen höher als alle anderen zu sitzen und dass alle aufstehen müssen, wenn ich den Raum betrete. Ich würde mir alles anhören und in Ruhe alle Beweise und Fakten abwägen. Und ich hätte immer Recht!

»Jetzt mal ehrlich, Babs, du siehst wirklich schlimm aus. Allerdings passt dein blaues Auge zu deiner Frisur. Du erinnerst mich an *Rocky* nach einem Wettkampf. Hast du dich deswegen hier eingesperrt und gehst nicht mehr aus dem Haus? Ich konnte Mutti gerade noch zurückhalten, sonst hätte sie dir schon vor Tagen die Türe eingerannt … Boah, bin ich froh, wenn ich endlich zu Hause ausziehe. Ich muss immer alles ausbaden, was ihr beiden, du und Lena, verbockt habt, und es mir dann mindestens fünfmal hintereinander anhören!«

»Ich war gestern beim Friseur. Wollte halt nicht mehr so aussehen wie Mutti. So, jetzt weißt du's. Und das blaue Auge habe ich von Maja. Aus Versehen natürlich.«

»Von Maja? Das passt! He, ich habe 'ne gute Bekannte, die Uschi. Die ist ein bisschen schräg, aber sie kann genial Haare schneiden. Soll ich sie anrufen? Vielleicht kann sie ja noch was retten?«

»Ich muss aber jetzt ins Büro.«

»Spinnst du? Du kannst doch so nicht arbeiten gehen! Meld dich krank, Migräne oder so. Kommt der Sache doch schon ziemlich nahe.«

»Also gut. Noch schlimmer kann's ja jetzt wirklich nicht mehr werden.« Frustriert bin ich ja sowieso schon ohne Ende.

»Uschi wird dir gefallen. Guck dir mal ihre Brüste an, die sind frisch gemacht. Uschi ist ganz stolz darauf!«

Na super! So wie es aussieht, habe ich ab heute einen festen Friseur, genau genommen eine Friseurin. Sie ist meines Wissens nicht schwul, aber sie hat frisch gemachte Brüste und zu allem Überfluss heißt sie auch noch Uschi! Und warum sollte ich sie mir überhaupt so genau ansehen? Ich habe kleine Brüste. Aber sie sind schön und passen zu meiner zierlichen Figur. Marie war vierzehn, da hatte sie schon eine Körbchengröße mehr als ich. Ich war damals achtzehn. Lena war zwanzig und sozusagen außer Konkurrenz, da sie gerade ihre Tochter zur Welt gebracht hatte und ihren Körper zwei riesige pralle Rubensbrüste zierten. Was die Größe meiner Brüste angeht, bin ich eisern. Ich habe lieber ein A-Körbchen, das zu mir passt, als ein D-Körbchen, das ich erst adoptieren muss, damit es zu mir gehört.

Kurz denke ich an die Examensarbeit, die interessanterweise zum Thema passt und die ich vor zweieinhalb Wochen abgegeben habe. *Welchen strafrechtlichen Schutz genießen zu Lebzeiten dem Menschen implantierte medizinische Hilfsmittel mit Körperersatzfunktion?* Wie ist das eigentlich rechtlich gesehen? Gehört eine Silikonbrust zum Körper? Was passiert, wenn jemand Uschis Brust kaputt macht? Ist das Körperverletzung oder Sachbeschädigung? Erfüllen Implantate, die rein aus optischen Gründen eingesetzt wurden, irgendwelche Körperersatzfunktionen? An mir ist alles echt. Und das soll es auch bleiben!

Hoffentlich versteht Uschi wenigstens ihr Handwerk. Auf Marie ist in solchen Fällen aber eigentlich immer Verlass. Sie kennt die besten Ärzte, bei denen man ohne langes Warten einen Termin bekommt. Sie weiß, wo man die coolsten Restaurants und In-Kneipen findet. Und mit Sicherheit kennt sie auch die besten Friseurinnen.

Marie hat Recht. So kann ich ja wirklich nicht arbeiten gehen. Im Grunde kann ich so nie wieder einen Fuß auf die Straße setzen! Und draußen ist es noch nicht kalt genug, um ständig mit einer Kopfbedeckung rumzulaufen. Eigentlich widerstrebt es mir, nicht die Wahrheit zu sagen. Da ich aber meinem Arbeitgeber schlecht erklären kann, dass ich zum Friseur muss und es um Leben und Tod geht, greife ich in diesem Fall doch zu der Notlüge mit den wahnsinnigen Kopfschmerzen, ganz besonders da mein Chef ein Mann ist, und die Sache mit dem Notschnitt niemals verstehen würde.

Und weil ich finde, dass ich wirklich ganz besonders schlimm aussehe, setze ich vorsorglich meine schwarze Wollmütze auf. Darüber ziehe ich noch meine graue Kapuzenjacke. Es könnte ja doch passieren, dass es ausgerechnet heute anfängt zu schneien. Unerwarteter Temperatursturz! Immerhin haben wir bald Dezember.

12 Wer braucht schon einen schwulen Friseur, wenn man auch eine Uschi haben kann?

Ich stehe vor *Uschis Salon* und sehe in den riesigen Spiegel, der im Schaufenster mit viel Gold und Glitter dekoriert ist. Darüber steht quer mit rotem Lippenstift, wahrscheinlich von Uschi höchstpersönlich geschrieben, in großen geschwungenen Buchstaben *Trau dich!* Ich muss unweigerlich kurz an Jürgen denken. Und daran, dass der liebe Gott einem ja immer mal wieder Zeichen mit auf den Weg gibt. Da wird plötzlich schwungvoll die Tür aufgestoßen und eine Frau mit raspelkurz geschnittenem schwarzem Haar steht vor mir. Ein wenig erinnert sie mich an Demi Moore. Sie stemmt ihre Hände in die Hüften und schiebt ihren Oberkörper, genau genommen ihre runden Brüste, weit nach vorne.

»Du musst Babsi sein. He, du siehst ja aus wie *Rocky Balboa*. Ist es so schlimm, dass du nur noch mit Kapuze durch die Gegend rennst?«

Na, zumindest darin sind Marie und Uschi sich einig. Ich denke wirklich einen kurzen Moment daran, Fersengeld zu geben, denn eigentlich habe ich von meinem ersten Friseurbesuch schon genug. Doch ich habe keine

Chance. Sekunden später sitze ich auf einem der Frisierstühle und Uschi wühlt in meinen Haaren. »Da hilft nur eins. Der *Vokuhila* muss weg. Und? Traust du dich?«

Ich schaue sie verständnislos an.

»Das war so extrem nur in den Achtzigerjahren in. Na vorne kurz, hinten lang. Guck mal.« Uschi steht hinter mir und hebt mein *Hila* nach oben. »Das muss ab. Momentan läufst du mit zwei Frisuren rum, die einfach nicht zusammenpassen.«

Schnipp! Das war's. Während Uschi meine Haare kurzschneidet, erfahre ich, dass ich ein wunderschönes Gesicht habe, zu dem kurze Haare sowieso besser passen, weil meine eindrucksvollen Augen dadurch viel besser zur Geltung kommen. Dass mir rauchige Grautöne und Smokey-Eyes gut stehen und Lidschatten in einem tiefen Grün meine Augen noch mehr zum Leuchten bringt. Dass ich eine tolle, ganz liebreizende Schwester habe, und damit meinte sie Marie, und dass ich mir meine Augenbrauen nicht zu stark zupfen, dafür aber meine Wimpern in einem tiefen Dunkelblau färben sollte. Außerdem lässt sie mich wissen, dass meine kleinen Brüste zu mir hervorragend passen, im Gegensatz zu den ihren, die so ganz und gar nicht mit ihrem Körper im Einklang standen, weswegen sie jetzt neue hätte für den Schnäppchenpreis von fünftausend Euro.

Auf Uschis linker Brust liegt übrigens gerade meine rechte Hand. Die hat sie mit einem »Fühl mal, wie echt!« ganz selbstverständlich darauf platziert. Ich kann gar nicht so schnell denken, dass ich irgendwie reagieren kann. Meine Hand berührt tatsächlich gerade eine Frauenbrust. Eine Silikonfrauenbrust. »Nicht so schüchtern, drück ruhig mal zu, die fühlt sich ganz natürlich an.«

Und wirklich, Uschis Brust fühlt sich sehr gut an, irgendwie weich und trotzdem fest. Wenn Marie mir nicht vorher erzählt hätte, dass sie aus Silikon ist, würde ich glatt denken, sie sei echt. Sie gehört eindeutig zu Uschi, zu Uschis Körper. Wären sie nur eine »Sache«, dann hätte ich jetzt nicht so ein kribbeliges Gefühl in der Bauchgegend. Ich denke kurz an meine Liste. Darauf steht ganz unten der Sex mit einer Frau.

Aber da ist Uschi auch schon fertig. Sie hat mir meine Haare geschnitten, neue Strähnchen in einem dunklen Whiskeyton hineingezaubert, die Brauen gezupft, die Wimpern gefärbt und dann noch in den Schminkkasten gegriffen. Von meinem Veilchen ist fast gar nichts mehr zu sehen. Aus dem Spiegel guckt mich mit großen Augen eine fremde Frau an. Es dauert eine Weile, bis ich begreife, dass das wirklich ich bin. Aus Michelle Pfeiffer, Rod Stewart und Rocky ist eine Art Meg Ryan geworden. Der ewig faszinierende Frauentyp. Kumpelhaft und weiblich zugleich. Dankbar schaue ich Uschi an und vergessen ist ihre Brust, die sich so wunderbar weich angefühlt hat. Ich bin ihr einfach nur unendlich dankbar. Wer braucht schon einen schwulen Friseur, wenn man auch eine Uschi haben kann?

Es gibt Dutzende Theorien darüber, warum Frauen

sich die Haare abschneiden lassen. Fast alle sind sich darüber einig, dass sie damit einen neuen Lebensabschnitt beginnen wollen, genauer gesagt, dass sie auch nach außen hin demonstrieren wollen, wie es in ihnen aussieht. Ich für meinen Fall finde, dass ich mit den frech in alle Richtungen abstehenden Haaren einfach nur gut aussehe. So gut, dass ich spontan Lust verspüre, in ein Restaurant zu gehen und mir was Schönes zu essen zu bestellen, und zwar ganz alleine!

13 Warum den eigenen Mann küssen, wenn ein fremder Kuss doch viel besser schmeckt?

Mit Restaurants ist das ja bekanntlich so eine Sache. Ich habe schon immer diejenigen Gäste bewundert, die mutterseelenallein an einem Tisch sitzen und sich so verhalten, als sei dies das Selbstverständlichste auf der Welt. Ich bekomme immer schon die Krise, wenn ich ein paar Minuten alleine am Tisch sitze, weil Jürgen sich ein klein wenig verspätet hat, was ohnehin nicht oft vorkommt. Dann fühle ich mich sofort genötigt, dem Kellner zu erklären, dass ich nur auf meinen Partner warte, der jeden Moment kommen müsse. Wohl sei ihm irgendwas dazwischengekommen, das kenne er sicherlich auch, denn schließlich sei er ja auch ein Mann. Und kommt Jürgen dann prompt kurz darauf zur Tür herein, fühle ich mich wieder verpflichtet, meiner Umgebung zunickend mitzuteilen: »Da ist er ja.« Und all das nur, damit auch ja niemand denkt, ich könne möglicherweise alleine da oder versetzt worden sein, weil ich eine von denen bin, die keiner haben will.

Aber heute ist das anders. Ich bin direkt von Uschi aus ins Restaurant gefahren. Ich habe Hunger, denn schließlich hat mir Pierres Frisur den Appetit verschlagen und von den zwei Aspirin einmal abgesehen habe ich seit längerem nichts mehr zu mir genommen. Heute bin ich eine von den Lässigen, die ganz selbstverständlich alleine was essen gehen. Schade, dass ich keine Zeitung oder ein Buch dabeihabe. Ich finde, es sieht ungemein intelligent aus, wenn man ganz für sich an einem Tisch sitzt und liest.

Ich verputze ein riesiges Schnitzel mit ordentlich Pommes und Jägersoße. Das habe ich mir schon lange nicht mehr gegönnt! Eigentlich esse ich ja nicht viel Fleisch und wenn dann Geflügel, aber Schnitzel zählt irgendwie nicht. Das darf sogar vom Schwein sein.

Durch die Scheibe beobachte ich die Menschen, die draußen vorbeigehen. Ab und an werfe ich einen Blick in den riesigen Spiegel, der quer über der Bar hängt. Auch objektiv betrachtet sehe ich wirklich gut aus. Wann habe ich das schon mal wirklich von mir behaupten können? Ich habe eine zierliche Figur, wirke aber dennoch weiblich. Trotzdem habe ich jahrelang darunter gelitten, dass ich kaum Busen habe. Besonders wenn Lena und Marie mich deswegen aufzogen. Einmal hat Marie einem Porträtfoto von mir einen ordentlichen Vollbart verpasst und »Barbarossa« daruntergeschrieben. Und das alles nur, weil ursprünglich ein Junge aus mir werden sollte. Mutti hatte uns damals erzählt, dass die Hebamme sie auf die falsche Fährte gesetzt habe. Sie habe ihr gesagt, ein stattlicher Junge wachse in ihrem Bauch heran. Meine Eltern freuten sich wahnsinnig auf ihren Stammhalter, doch daraus wurde ja dann nichts. Anstatt eines strammen Jungen brachte meine Mutter ein zierliches Mädchen zur Welt. Weil meine Mutter während der Schwangerschaft die ganze Zeit davon ausging, dass sie einen Sohn bekäme, sind mir wohl keine Brüste gewachsen. Das hat Marie mir damals erzählt, bevor sie mein Foto verunstaltete. Aber heute ist all das vergessen und ich fühle mich wirklich schön und irgendwie sehr geheimnisvoll. Außerdem habe ich mal in einer Umfrage gelesen, dass Männer einer Sharon Stone hinterhergucken, aber lieber eine Meg Ryan heiraten würden. Ob das auf Jürgen wohl auch zutrifft?

Der aufmerksame Kellner wird mit einem vernünftigen Trinkgeld belohnt. Ich bin fast pleite, obwohl der Monat erst angefangen hat. Und das Beste ist, dass das ganze Geld für Dinge draufgegangen ist, für die ich normalerweise überhaupt kein Geld ausgebe, wie für den Nagellack, Chanel Nr. 18 *rouge noir*, der immer noch die Nägel meiner schönen Füße ziert. Doch das weiß momentan nur ich, denn meine Füße stecken unter dem Tisch in Winterstiefeln. Einen weiteren Teil des Geldes hat Pierre bekommen, den anderen Uschi. Den Rest bekommt der nette Kellner, der so schön lächeln kann. Ich trinke noch standesgemäß einen Espresso und genehmige mir als Frau von Welt einen Cognac. Da durchzuckt mich ganz plötzlich ein sehr verwegener Gedanke. Jetzt oder nie!

Ich verlasse das Restaurant, überquere mit suchendem Blick die Straße, lassen niemanden aus den Augen und bleibe spontan vor einem großen, gut aussehenden Mann stehen. Er hat bis eben ganz konzentriert in sein Handy gesprochen. Ich atme tief durch, nehme all meinen Mut zusammen und spreche ihn sehr direkt an: »Entschuldigen Sie bitte, darf ich Sie küssen?«

»Was?« Lachende braune Augen schauen mich fragend an. Der Kerl ist mindestens 1,90 groß. Unwillkürlich senke ich den Blick und suche das Loch, in das ich mich verkriechen kann. Plötzlich ist die ganze Courage verschwunden.

»Sie möchten, dass ich Sie küsse?«, fragt der Mann ungläubig.

»Ja!« Was soll's, schlimmer kann es ja nicht werden. Ist ja eh schon peinlich genug.

Da umfassen zwei große Hände mein Gesicht. Ein mir völlig unbekannter Mund eines mir völlig unbekannten Mannes nähert sich dem meinen. Der Duft von frischer Pfefferminze steigt mir in die Nase und dann denke ich gar nichts mehr. Ich küsse und werde geküsst. Mein Herz versucht, aus meiner Brust zu springen, und ich glaube, dass sogar mein linker Fuß sich gen Himmel hebt, so wie in richtigen Liebesfilmen. Warum den eigenen Mann küssen, wenn ein fremder Kuss doch viel besser schmeckt?

14 Ich sag ja, meine Mutter ist an allem schuld

»Nein, das hast du nicht getan, nie im Leben!«, schreit Maja geradezu ins Telefon.

»Doch, habe ich!«, verteidige ich mich vehement.

»Ich bin begeistert. Und, wie war er?«

»Gut. Bin fast gestorben. Vielleicht war es aber auch nur die Aufregung.«

»Nur die Aufregung? Ich lach mich weg. Ein Mann kann küssen oder er kann es nicht.«

»*Er* kann es!«

»Und was ist dann passiert? Lass dir doch nicht alles aus der Nase ziehen!«

»Er hat nach meiner Telefonnummer gefragt. Und wann er mich wiedersehen kann.«

»Und? Du hast sie ihm doch gegeben!«

»Ich bin doch nicht blöd! Einem wildfremden Kerl! Aber ich hab seine. Nur so für alle Fälle. Er heißt übrigens Bruno.«

»Soso! Hat Jürgen sich denn mal gemeldet?«

»Nein, seit dem Brief auf dem Küchentisch habe ich keinen Mucks mehr von ihm gehört.«

»Der ist echt konsequent, irgendwie bewundernswert.«

»Ja, das ist wohl wahr. Aber wenn er mich jetzt sieht, wird er sich das Heiraten sowieso noch mal überlegen. Ich war nämlich beim Friseur. Haare ab!«

»Das glaub ich jetzt nicht!«

»Solltest du aber. Leg mal auf. Ich mach ein Foto und simse es dir.«

Es dauert nicht lang, da klingelt mein Telefon wieder. »Wow, das ging aber schnell«, flöte ich ins Telefon …

»Was ging schnell? Barbara, hier ist Mutti.«

Mist, ich habe mit Maja und einer großen Lobeshymne auf meine zweite neue Frisur gerechnet. Meine Mutter hat mir gerade noch gefehlt. »Hallo Mutti!«

»Babsi, was ist denn nur los bei dir? Ich mach mir langsam Sorgen. Hast du dich mit Jürgen gestritten?«

»Nein, Mutti, alles in Ordnung. Mir geht's gut, ehrlich.«

»Babsi, nicht dass du wieder den gleichen Fehler machst wie damals bei dem Netten. Du weißt schon, der die großen Schiffe verkauft hat.«

»Mutti, das war der Martin und der war total gestört. Der ist jeden Sonntag in die Kirche gegangen und hat gebeichtet. Und dafür hat er dann im Bett die Sau rausgelassen. Der war echt ekelig und hat lauter Schweinkram dabei gestammelt. Aber das weißt du doch alles schon.«

»Ist ja schon gut. Ich mein ja auch nur. Hat Jürgen sich etwa in eine andere verliebt?«

Das ist ja wieder typisch. Jürgen ist vorübergehend ausgezogen und jetzt denken alle, er hätte eine andere.

Kein Schwein kommt auf den Gedanken, *ich* könnte mich vielleicht in einen anderen verliebt haben.

»Nein, Mutti, ich bin verliebt, und zwar seit langem schon. In meinen Duschkopf. So, jetzt weißt du's!«

Es gibt Dinge, die sagt man, und in dem Moment, wo sie den Mund verlassen, will man sie schon wieder zurückholen. Aber die Worte sind raus, bahnen sich ihren Weg durch die Telefonleitung in das Ohr meiner Mutter, um dann kurze Zeit später in ihrem Gehirn anzukommen.

»Ich habe mir schon oft Gedanken über dich gemacht, Babsi. Du bist so anders als Lena.«

Lena ist seit zehn Jahren mit Peter verheiratet. Glücklich verheiratet. Komisch, dass meine Mutter Marie nicht erwähnt hat. Wer weiß? Vielleicht ist sie ja wirklich adoptiert?

Natürlich lässt meine Mutter nicht locker. »Ich glaube, ich weiß jetzt auch warum.«

»Was, warum?«

»Na, warum du so anders bist.«

»Das weiß ich doch schon längst. Du hast während der Schwangerschaft die ganze Zeit gedacht, dass ich ein Junge werde. Und das nur, weil die Hebamme dir diesen Floh ins Ohr gesetzt hatte. Die konnte das angeblich fühlen. Das hast du schon oft genug erzählt. Es tut mir wirklich leid, Mutti, dass ich kein Junge geworden bin.«

»Nein, das meine ich nicht. Ich weiß gar nicht, ob ich dir das erzählen soll …«

»Dann sage es mir lieber nicht«, unterbreche ich sie schnell, denn ich ahne Schlimmes.

Doch meine Mutter lässt sich nicht davon abhalten. »Auf jeden Fall war ich im neunten Monat mit dir schwanger. Ich stand unter der Dusche. Und da habe ich mit dem Duschkopf …«

»Mutti, ich will das wirklich nicht genau wissen!«

»Auf jeden Fall bist du deswegen zwei Wochen zu früh auf die Welt gekommen.«

Ich sag ja, meine Mutter ist an allem schuld. Hätte sie nicht während der Schwangerschaft mit der Brause gespielt, dann würde ich jetzt wahrscheinlich Sozialpädagogik studieren. Oder Hauswirtschaft, wenn man so was überhaupt studieren kann. Wahrscheinlich wäre ich schon seit Jahren verheiratet, mit einem Mann, den ich jeden Tag glücklich machen würde.

Aber das Gespräch ist noch nicht beendet. Ich klammere mich hilfesuchend an den Telefonhörer, da höre ich die glockenklare Stimme meiner Mutter wieder.

»Babsi? Barbara? Bist du noch da? Ich habe ein Buch für dich. Das ist wirklich sehr interessant.«

»So, wie heißt es denn?«, frage ich missmutig.

»*Die perfekte Liebhaberin*. Das musst du unbedingt lesen. Lena war auch ganz begeistert.«

Super, nicht nur, dass meine Mutter denkt, Jürgen hätte mich verlassen, weil er eine andere hat. Sie denkt zudem auch, er hätte eine andere, weil meine Sextechniken zu wünschen übrig lassen. Ich *bin* eine gute Liebhaberin!

Jürgen war immer mehr als zufrieden. Und Gunther auch. Zumindest hat sich noch keiner von beiden bei mir beschwert. Na ja, Martin hätte wahrscheinlich immer was zu verbessern gewusst, aber das war ja auch ein Spinner. Und überhaupt, was macht eine gute Liebhaberin denn schon aus? Und warum schenkt meine Mutter mir nicht gleich den zweiten Teil, das männliche Pendant, dazu? Warum sind in meiner Familie alle Frauen immer so darauf versessen, ihre Männer glücklich zu machen?

Diesmal will ich es genau wissen, also flöte ich zuckersüß ins Telefon zurück: »Schön, wenn du meinst. Aber kann ich das Gegenexemplar bitte auch haben? Ich meine, *Der perfekte Liebhaber*?«

»Ach, weißt du, Babsilein, dein Vater liest ja nicht so gerne. Und ich bin ja auch ganz zufrieden.«

Das freut mich für meine Mutter, ehrlich. Und zur Not hat sie ja auch noch den Duschkopf. Nur dass sie mir das erzählt hat, werde ich ihr niemals verzeihen. Jetzt kann ich nie wieder baden gehen, ohne dabei an sie denken zu müssen.

Über die Ehe meiner Eltern habe ich mir nie Gedanken gemacht. Sie sind jetzt schon seit sechsunddreißig Jahren verheiratet und machen keinen unglücklichen Eindruck. Sie haben sich immer liebevoll um uns gekümmert, wobei mein Vater eigentlich nie viel zu sagen hatte. Aber das lag wohl daran, dass er oft außer Haus war und viel gearbeitet hat. Einer musste ja schließlich die Brötchen verdienen. Die Erziehung hat voll und ganz meine Mutter übernommen. Bücher haben dabei immer schon eine große Rolle gespielt. Mutti hat uns immer schon gerne welche geschenkt, auch als wir noch ganz klein waren. Vor dem Schlafengehen hat sie uns immer etwas vorgelesen. Als Lena selbst lesen konnte, hat sie diesen Part übernommen. Und dann war ich mit Vorlesen dran. Als Marie so weit war, hatte die Vorleserei ein Ende. Dann hatten wir die Wahl. Entweder schlafen oder lesen. So hat uns unsere Mutter immer zum Lesen gebracht, weil wir natürlich freiwillig nie schlafen wollten. Vor dem Lesen durften wir früher immer noch die neueste Folge der aktuellen Kinderserie gucken.

Ich weiß noch ganz genau, wie Marie mal eine ganze Zeit lang Brot vom gedeckten Tisch geklaut und versteckt hat. Das hatte sie sich damals von *Heidi* abgeguckt. Die hatte nämlich auch die ganzen Brötchen im Schrank versteckt, weil sie die der Großmutter auf der Alm schenken wollte. Dann ist Heidi dabei erwischt worden, von der blöden Frau Rottenmeier oder wie die hieß, und die Arme musste sämtliche hart gewordenen Brötchen zurückgeben.

Mann, waren das noch Zeiten, als wir keine Folge verpassten und vereint auf der Couch mit Heidi mitgelitten haben. Ich kann die Titelmelodie heute noch auswendig singen.

Mein Blick fällt in den Spiegel, der direkt neben dem Telefon im Flur an der Wand hängt. Grün geschminkte Augen sehen mich fragend an. »Was ist?«, frage ich mein

Spiegelbild. Gut, dass das hier niemand mitbekommt. »Bringst du deiner Tochter später auch mal die Anleitung für ein perfektes Liebesspiel mit?«

Zwei Minuten später hänge ich wieder am Telefon. Zum Glück ist Lena zu Hause.

»Lena, sag mal, bin ich wirklich wie Mutti?«

»Hä? Was ist denn mit dir los?«

»Na, ich meine, hab ich wirklich so viel mit ihr gemeinsam? Meint jedenfalls Marie.«

»Na klar, ihr habt nicht umsonst das gleiche Sternzeichen. Und manchmal siehst du so aus wie sie, besonders wenn du lachst.«

»Eigentlich müsste ich ja ein anderes Sternzeichen haben. Ich bin doch zwei Wochen zu früh zur Welt gekommen.«

»Babsi, was ist denn nur los mit dir?«

»Ach, nix. Außerdem wirst du es eh irgendwann erfahren. Und charaktermäßig? Bin ich Mutti da ähnlich? Ich meine unabhängig davon, dass wir beide das gleiche Sternzeichen haben?«

»Neee, so verrückt bist du nicht. Du bist auch nicht so offen wie Mutti. Von dir bekommen wir immer am wenigsten mit. Wenn Frau Stankowicz nicht bei Mutti angerufen hätte, wüssten wir wahrscheinlich heute noch nicht, dass Jürgen ausgezogen ist.«

»Der ist nicht ausgezogen. Oder zumindest nur vorübergehend.«

»Kommt doch aufs Gleiche raus. Ich finde es übrigens

gut. Wollt ich dir die ganze Zeit schon sagen, aber du igelst dich ja total ein.«

»Was findest du gut? Dass Jürgen weg ist?«

»Dass du nicht so schnell Ja gesagt hast. Konzentrier dich erst mal auf dich, mach dein Examen und bau dir selbst was auf. Du musst ja nicht gleich Karriere machen, solltest dir aber wenigstens eine Grundlage schaffen. Sonst geht es dir irgendwann wie mir.«

»Wie dir? Bist du denn nicht glücklich?«

»Doch, schon. Aber Luise ist jetzt zwölf Jahre alt und Tom ist sechs. Ich bin zweiunddreißig Jahre alt. Wer will mich denn nach der langen Pause noch? Ich bin technische Zeichnerin. In meinem Beruf ist doch heute alles ganz anders. Ich hätte weiterstudieren sollen damals. Du kannst dir nicht vorstellen, wie oft ich das schon bereut habe. Wenn hier eine ist wie Mutti, dann bin ich das. Mich will doch heute eh keiner mehr. Wenn ich Pech habe, kann ich bald Putzen gehen.«

»Quatsch!«

»Das sagst du so einfach. Guck dich doch mal um. Wie viele Frauen gibt es denn, die nach der Erziehungszeit ihrer Kinder wieder in den alten Beruf zurückkönnen?«

»Keine Ahnung. Darüber habe ich mir ehrlich gesagt noch keine Gedanken gemacht.«

»Solltest du aber. Jürgen will doch bestimmt Kinder. Und der bleibt sicher nicht zu Hause, um sich um sie zu kümmern. Oder etwa doch?«

»Jürgen? Nie im Leben!«

»Na siehst du. Auf jeden Fall bist du nicht wie Mutti, lass dir da nix einreden. Dann wärst du nämlich jetzt schon längst verheiratet und würdest um deine Familie rumturnen.

»Und was mach ich jetzt? Ich meine, mit Jürgen?«

»Ach, Babs, mach dir doch nicht immer so viele Gedanken. Ist doch ganz normal, dass du Angst hast vor so einem entscheidenden Schritt!«

»Das sagst du so einfach. Übrigens klopft da jemand schon die ganze Zeit an. Willst du nicht mal hören, wer da in der Leitung hängt?«

»Ach, das ist Mutti. Die kann warten.«

»Na super, das geht ja wieder mal echt schnell hier … Du erfährst bestimmt gleich, dass ich so ganz anders bin.«

»Na, dann bin ich ja mal gespannt. Und hör auf, so herumzugrübeln. Irgendwann weißt du, was du wirklich willst. Und zwar von ganz alleine.«

15 Nur noch ein kleines bisschen pusten

Eiswein ist wie gesagt gar nicht mein Ding. Ich trinke lieber Whiskey. Aber immer nur einen kleinen Schluck, rein zum Genießen. In Whiskey habe ich mich verliebt, als ich mit Gunther in Schottland war. Am liebsten mag ich die ganz rauchigen Sorten, die, die ordentlich nach Torf schmecken oder so, als würde man ihn aus einem alten Holzfass trinken. Jürgen mag es nicht, wenn ich Whiskey trinke. Er findet, es passe nicht zu Frauen.

Irgendwie fühle ich mich ganz plötzlich ganz fürchterlich einsam. Komisch, seit Lena mich mit den Worten zu trösten versucht hat: »Mach dir nicht zu viele Gedanken. Es ist ganz normal, dass du Angst hast vor so einem entscheidenden Schritt«, ist mir wirklich ganz anders geworden. Ich habe ein verdammt flaues Gefühl im Magen. Vielleicht liegt das aber auch an dem riesigen Schnitzel, das ich vorhin verdrückt habe?

Zum Glück habe ich noch eine Flasche Talisker, meinen Lieblingswhiskey, in meiner geheimen Kiste versteckt. Darin befinden sich wirklich persönliche Dinge von mir, wie das einzige Foto von Pocke, das mir gerade jetzt in die Händen fällt. Und jede Menge Briefe von Gunther.

Der konnte echt toll schreiben. Er hat sich immer ganz süße Namen für mich einfallen lassen, wie zum Beispiel »Skhem«, das heißt »süße, kleine, hocherotische Muse«. Der Schottlandurlaub mit ihm hingegen war eine Katastrophe. Es hat ständig nur geregnet, Gunther bekam immer schlechtere Laune und war dann sauer auf mich, weil mir der Regen nichts ausmachte. Ich mag Regen. Ich mag auch lieber den Herbst als den Sommer. Der Schottlandurlaub bedeutete auf jeden Fall das Ende für unsere Beziehung. So viel Regen hatte Gunther damals einfach nicht verkraftet.

Ich schenke mir ein klitzekleines Gläschen Talisker ein und wühle weiter in der Kiste. Ich ziehe ein Kondom mit Verfallsdatum 7/2004 heraus und ein rotes Aidsschleifchen, das ich damals immer ganz solidarisch an meine Pullis geheftet hatte. Wahnsinn, wie die Zeit vergeht. Dass Kondome auch schlecht werden können, war mir bisher gar nicht klar. Ob die dann ranzig werden oder anfangen zu müffeln? Oder werden sie einfach nur undicht und fangen an, sich aufzulösen? Es ist Ewigkeiten her, dass wir beim Liebesspiel ein Kondom benutzt haben. Ich nehme die Pille. Bevor Jürgen und ich das erste Mal Sex hatten, haben wir uns beide auf HIV testen lassen. Damit ich das Einnehmen der Pille nicht vergesse, erinnert mich mein Handy jeden Morgen mit einem Piepton daran. Und falls ich sie dennoch einmal vergesse zu schlucken, haben wir einfach keinen Sex, bis wir wieder dürfen.

Deswegen brauchen wir keine Kondome. Komisch, ein

Kondom und Jürgen, das passt irgendwie gar nicht zusammen.

Ob dieses hier noch gut ist? Beim Joghurt steht ja auch ein Mindesthaltbarkeitsdatum drauf und trotzdem ist er ein paar Tage länger genießbar. Egal. Irgendwann hat Jürgen mir den Unterschied zwischen Verfall und Mindesthaltbarkeit erklärt. Das Kondom ist futsch! Wozu aufheben? Vorsichtig öffne ich die Verpackung, auf der in großen Buchstaben GEFÜHLSECHT gedruckt steht. Was bedeutet das eigentlich? *Echt* können die Gefühle ja nicht sein. Immerhin ist da dieses hauchzarte, beschichtete Etwas dazwischen, das den direkten Kontakt verhindert. »Gefühle *wie* echt« wäre wohl treffender. Ich denke an Jürgen. Sind meine Gefühle echt? Warum beschleicht mich dann ausgerechnet jetzt dieses dumpfe Gefühl, dass da eine dünne Haut zwischen uns ist, die uns vor direktem Kontakt schützen will?

Na warte! Ich puste das Kondom auf wie einen schönen bunten Luftballon. Gleicht platzt es! Nur noch ein kleines bisschen pusten. Pustekuchen! Das Kondom will einfach nicht platzen. Es zischt wie ein Düsenflieger durchs Zimmer. Sieht interessant aus, wie es in meinem Ficus landet und schlaff an einem Zweig hängen bleibt. Ich stecke mir das rote Schleifchen an die Kapuzenjacke, mit der ich heute Vormittag meinen »Vokuhila« verstecken wollte, und schenke mir noch ein Gläschen Talisker ein. Dazu genehmige ich mir eine Tafel Schokolade. Das passt gut zusammen, finde ich. Aber es hilft mir auch nicht weiter.

Ich fühle mich immer noch sehr einsam und das merkwürdige flaue Gefühl turnt auch nach wie vor in meiner Bauchgegend herum. Ich habe heute tatsächlich einen fremden Mann geküsst. Eigentlich hätte ich ja Jürgen oder Jürgen mich küssen müssen.

Wann hat Jürgen mich das letzte Mal geküsst? Hat Jürgen mich überhaupt jemals so geküsst, dass mein Herz wie wild anfing zu klopfen und mein Fuß sich Richtung Himmel hob? Ob ich Bruno anrufen soll? Immerhin habe ich seine Nummer. Oder soll ich mich lieber bei Jürgen melden? Um einfach da weiterzumachen, wo wir letzten Freitag aufgehört haben? Was Jürgen wohl gerade treibt? Es ist fast elf Uhr abends. Wahrscheinlich liegt er schon im Bett und schläft tief und fest. Mittwochs spielt er immer Tennis und danach ist er ausgepowert und müde und will einfach nur schlafen. Und ich kuschle mich dann meistens an ihn. Jürgen hat immer warme Füße. Ganz im Gegenteil zu mir. Ob Bruno auch warme Füße hat? Haben ja die meisten Männer. Ich hätte ihn wenigstens nach seinem Nachnamen fragen sollen. Er hatte schöne, dunkle braune Augen und hat so herrlich nach Pfefferminze geschmeckt.

Talisker geht irgendwie sofort ins Blut. Ich wühle weiter in meiner Kiste und finde die *Lotte-Liste*, die mittlerweile vom Kühlschrank in dieses geheime Versteck gewandert ist. Nicht auszudenken, wenn meine Mutter sie zufällig sehen würde. Ich stibitze einen Stift von Jürgens Schreibtisch, auf dem alles immer übersichtlich sortiert ist. Meine Stifte verschwinden immer eigenartigerweise. Auf dem Regal an der Wand steht ein Foto von Jürgen und mir. Das Foto wurde auf der einzigen Karnevalsveranstaltung aufgenommen, die wir gemeinsam besucht hatten. Wir waren damals ungefähr ein halbes Jahr zusammen. Jürgen war als Teufel verkleidet und ich als Engel. Aber nur ihm zuliebe, denn ich wollte viel lieber auch als Teufel gehen. Aber zwei Teufel fand Jürgen irgendwie doof und ich konnte ihn nicht dazu überreden, dass er sich als Engel verkleidet. Wäre doch witzig gewesen. Wie Jürgen mich anstrahlt! Und wie glücklich ich darauf aussehe. Wann habe ich mich das letzte Mal so gefühlt? Warum hat Jürgen mich nicht wenigstens beim Heiratsantrag so angestrahlt wie auf diesem Foto?

Noch immer halte ich meine Liste in der Hand. Energisch streiche ich die Punkte, die ich schon erledigt habe. Jürgens Stift gehört jetzt mir! Dass ausgerechnet ich jetzt eine To-do-Liste angefertigt habe, ist wirklich eine komische Sache. Mir liegt es eigentlich nicht, sämtliche Aufgaben aufzuschreiben, und ich rege mich immer fürchterlich auf, wenn Jürgen sagt: »Babsilein, notier dir doch einfach alles, was du erledigen musst. Du weißt doch, wie du bist!«

Lotte-Liste
- einen Dildo kaufen und natürlich ausprobieren
- guten Sex haben
~~*- nachts nackt im Schwimmbad baden gehen*~~

- ~~*einen wildfremden Mann ansprechen und küssen*~~
- ~~*eine neue Friseur ausprobieren …*~~
- ~~*… auch unten rum*~~
- ~~*Sex mit einer Frau haben – na ja, vielleicht*~~

Den Punkt »Sex mit einer Frau« streiche ich vorsorglich auch schon mal durch. Ehrlich gesagt hat mir Uschis Brust da schon voll und ganz gereicht. Ob das allein schon eine Körperersatzfunktion ist, dass sie sich gut angefühlt hat? Wenn ich nicht gewusst hätte, dass es sich hier um ein Implantat handelte, dann wäre mir wirklich nichts ungewöhnlich daran vorgekommen. Nur das Gefühl, dass meine Hand irgendwie deplatziert ist, hat mich verwirrt. Das Kribbeln dabei im Bauch hatte ich bestimmt nur, weil ich völlig unvorbereitet in den Genuss von Uschis Silikon gekommen bin. Komisch, seitdem ich eine ihrer Brüste in der Hand hielt, kann ich mir Sex mit einer Frau gar nicht mehr vorstellen. Und dabei war das immer meine heimliche Fantasie, wenn Jürgen mich obenrum gestreichelt hat.

Dummerweise habe ich einmal den Fehler gemacht, Jürgen davon zu erzählen. Ich dachte, ihn erregt das vielleicht auch. Das habe ich mal irgendwo gelesen. Männer träumen davon, zwei Frauen beim Sex zuzuschauen. Beim Gedanken an gleichgeschlechtlichen Geschlechtsverkehr zwischen zwei Männern bekommen die meisten Kerle allerdings sofort die Krise. Jürgen bekam aber auch die Krise bei dem Gedanken, ich könnte Sex mit einer Frau haben wollen. Noch lebhaft kann ich mich an sein entsetztes Gesicht und die Frage erinnern: »Oh Gott, Barbara, bist du etwa unterschwellig lesbisch veranlagt?« Seitdem habe ich meine Fantasien immer für mich behalten.

Gedankenverloren sitze ich an Jürgens Schreibtisch. Da brummt plötzlich mein Handy in meiner Hosentasche. Eine SMS von Marie. Die stille Post in unserer Familie funktioniert tatsächlich perfekt.

Du Arme! Aber es hätte ja auch viel schlimmer kommen können. Stell dir mal vor, Mutti hätte anstatt mit dem Duschkopf mit einer Gurke gespielt. Dann hättest du nie wieder mit gutem Gewissen ihren leckeren Gurkensalat essen können.

Wow! Marie hat Humor, das muss man ihr lassen. Verzweifelt werfe ich einen letzten Blick auf meine *Lotte-Liste*. Der Name »Lotte« gefällt mir. Charlotte, Lotte, Lotta, Lottchen – wie sie wohl am liebsten genannt wird? Gut, dass Jürgen immer einen Stapel Papier in seiner Schublade aufbewahrt. Ich schreibe noch einen Brief an Lotte. Ob sie die Briefe irgendwann mal zu lesen bekommt?

Mittwoch, 12. November

Liebe Lotte,
hast du es dir schon einmal mit einer Gurke gemacht? Die sollte man allerdings rechtzeitig aus dem Kühlschrank holen, damit sie beim Gebrauch wohltempe-

riert ist. Außerdem sollte man sie vorher schälen. Isst du gerne Gurkensalat? Der von meiner Mutter schmeckt mir persönlich am besten. Bei Gelegenheit musst du ihn unbedingt mal probieren.
Einer Banane gehört im ungeschälten Zustand ein Kondom übergestülpt. Und man darf sie nicht schälen. Sonst hast du irgendwann die ganze Matsche in dir. Und wenn du Pech hast, bekommst du nicht mehr alles raus. Ist Maja, meiner besten Freundin, schon mal passiert. Hat sie mir erzählt.
Was mich aber eigentlich interessieren würde: Hast du deine Mutter schon mal gefragt, was sie während der Schwangerschaft so alles getrieben hat? Solltest du. Dann weißt du nämlich ganz genau, warum du bist, wie du bist.
Hat dir deine Mutter auch schon mal das Buch »Die perfekte Liebhaberin« empfohlen? Hast du schon mal einer Frau an die Silikonbrust gefasst? Entschuldigung, ich bin etwas betrunken … Magst du Whiskey? Ich darf nicht mehr so viel trinken. Normalerweise tue ich das auch nicht. Aber momentan ist sowieso nichts normal.
Kannst du ein Geheimnis für dich behalten? Ich habe heute schon wieder Eistee geklaut! Ich muss unbedingt damit aufhören, immerhin will ich mal Richterin werden.
Was meinst du? Ob ich Bruno heute noch anrufen soll? Oder soll ich mich doch einfach bei Jürgen melden?

Aber du kennst sie ja beide gar nicht.
Schade, dass du jetzt nicht hier bist, sonst könnten wir gemeinsam ein Gläschen trinken.
Liebe Lotte, bist du glücklich?
Deine Barbara

Sorgfältig pinne ich das Schreiben an meinen Kühlschrank, genau neben den Brief von Jürgen. Den habe ich die letzten Tage bestimmt schon zwanzigmal gelesen. Und genauso oft habe ich mich über diese Sätze geärgert: *Ich jedenfalls habe mir das alles ganz anders vorgestellt. Aber mein Angebot steht. Ich gebe dir dreißig Tage Zeit. Danach möchte ich eine Antwort haben auf die Frage, ob du meine Frau werden willst.*

Was denkt er sich eigentlich? *Er* hat sich das also alles ganz anders vorgestellt. Und ich? Ich habe immer davon geträumt, einen ganz besonderen Heiratsantrag zu bekommen. Einen, bei dem mir das Herz überläuft. Einen Antrag, der mir zeigt, dass ich eine ganz besondere Person bin. Eben die »Eine«, für die es sich lohnt, wenigstens einmal im Leben in die Knie zu gehen. Aber Jürgen hat es sowieso nie verstanden, mir dieses Gefühl zu geben. Außer ganz am Anfang, als wir beide knackig ineinander verliebt waren. Jürgen denkt eben mehr anstatt zu fühlen.

Ich kann mich noch lebhaft an die Diskussion darüber erinnern, ob es überhaupt so etwas wie eine Bestimmung füreinander gibt. Das ist jetzt fast ein Jahr her, aber ich werde es niemals vergessen. Es lief gerade das Lied »Die Eine« im Radio. Die Eine oder keine. Und ich blöde Kuh hatte nichts Besseres zu tun und habe Jürgen gefragt, ob das auf mich auch zuträfe. Die Eine gäbe es nicht, meinte Jürgen. Außerdem müsste er alle Frauen der Welt kennen, um dies überhaupt beurteilen zu können. Nun, rein theoretisch gesehen hat er natürlich Recht. Aber welche Frau will so etwas Technisches hören? Ein schlichtes *Ja* hätte mir besser gefallen. Und weil Jürgen weiß, dass ich anders und viel bildhafter denke als er, hat er versucht, mir seine Antwort anhand eines Beispiels zu erklären. Das sei nämlich wie mit der Suppe, die seine Oma immer für ihn kocht. Es könnte die beste Suppe der Welt sein, denn es ist seine absolute Lieblingssuppe. Aber was wäre, wenn er irgendwann, natürlich rein zufällig, eine Suppe kostet, die ihm noch besser schmeckt? Vielleicht, weil eine klitzekleine Zutat hinzugefügt wurde und ihr den ultimativen Geschmackskick gibt?

Dass Jürgen nicht an »die Eine« glaubt, hätte ich ja noch verkraftet. Dass er mich in dem Moment mit einer Suppe verglichen hat, hat mich schwer getroffen. Jürgen hat meine Empörung damals nicht verstanden. Auch nicht, als ich ihm am nächsten Tag sämtliche Tütensuppen des Maggi-Sortiments als Abendessen serviert habe. Es waren immerhin acht Stück, die ich ihm milde lächelnd vor die Nase gesetzt habe. Jürgen mag keine Tütensuppen. Das wusste ich schon vorher. Er war sauer. Und ich war verletzt. Verziehen habe ich ihm das nie. Es gibt Dinge im Leben, die vergisst man eben nicht so leicht.

Nun, vielleicht hat Jürgen ja Recht. Es gibt wirklich viele leckerere Suppen auf der Welt. An einer neuen Sorte habe ich ja schon genascht. Hat verdammt gut geschmeckt. Ob ich Bruno doch noch anrufen soll?

Ich schütte mir noch ein klitzekleines Gläschen Whiskey ein, nehme Jürgens Brief vom Kühlschrank, falte ihn ordentlich zusammen und verstaue ihn in meiner Kiste.

16 Ja, Meisterin, ganz so wie du befiehlst!

Heute ist Donnerstag. Seit dem Antrag ist erst knapp eine Woche vergangen und ich habe schon fast alle Punkte von der Liste abgehakt. Maja will mich unbedingt bei meinem nächsten Gang begleiten. Aber es gibt Dinge, da muss man alleine durch. Ganz besonders ich. Außerdem ist es *meine* Liste. Und überhaupt, wie sieht das denn aus, wenn zwei Frauen zusammen in einen Sexshop gehen? Da könnte man doch glatt denken, wir seien lesbisch. Maja war das natürlich egal. Im Gegenteil, sie hätte es sogar witzig gefunden.

Das Wort »Privatsphäre« kennt Maja nicht, zumindest was die meine betrifft. Ich erzähle ihr ja auch immer alles. Sie weiß zum Beispiel ganz genau, wie Jürgen untenrum bestückt ist und dass er sein Ding *Johann* nennt. Dass Jürgen ihm überhaupt einen Namen gegeben hat, wundert mich immer wieder. Das passt eigentlich gar nicht zu ihm. Na ja, wahrscheinlich ist er darauf so stolz, dass er ihn unbedingt taufen musste. Ist ja auch egal. Ich stehe in dem Laden, der *Pussy Pleasure* heißt, und bekomme große Augen. Sachen gibt es da!

Den Tipp hierherzukommen, habe ich natürlich von

Maja. Nachdem ich aus dem ersten Sexshop rückwärts wieder raus bin, weil da lauter schmierige Kerle rumhingen und die Verkäuferin in Lack und Leder mir Angst eingejagt hat, habe ich dann doch völlig kleinlaut bei Maja angerufen und nach der Adresse ihrer Empfehlung gefragt. Und hier stehe ich jetzt. Der Laden ist klein, irgendwie gemütlich, fast schnuckelig. Die Frau hinter der Kasse sieht sympathisch aus. Sie erinnert mich ein bisschen an Lena. Cool, das muss ich ihr unbedingt erzählen. Vielleicht schwenkt sie um, bewirbt sich hier als Verkäuferin und ich bekomme Rabatt?

In den Regalen stehen viele bunte Dildos in den unterschiedlichsten Formen. Irgendwie erinnern sie mich an bunte Zuckerstangen in einem Süßwarengeschäft. Und sogar Spiele gibt es hier! Ich habe ja immer schon gerne gespielt. *Partnerlink*, ein Seitensprung mit dem eigenen Partner, hört sich gut an. Außerdem müsste ich Jürgen dann nicht betrügen. Ob ich es ihm schenken soll? Zu Nikolaus? Ich muss schmunzeln, da spricht mich die vertraulich aussehende Verkäuferin an.

»Das ist ein schönes Spiel«, sagt sie. »Man lernt den Partner dabei ganz neu kennen, indem man einfach in andere Rollen schlüpft. Es wird oft gekauft.«

»Keine schlechte Idee, aber mein Freund hätte da mit Sicherheit keine Lust drauf.«

»Kann ich denn sonst irgendwie helfen?«

Mist, jetzt werde ich doch tatsächlich ein bisschen rot. »Also, eigentlich wollte ich mir ja einen Dildo kaufen, aber ich kenn mich damit überhaupt nicht aus. Ehrlich gesagt ist es mir ein bisschen unangenehm. Ich war noch nie in so einem Laden. Ich meine natürlich, ich war noch nie hier.«

»Ach, das ist ganz normal. Das Gefühl geht wieder weg. Beim nächsten Mal fühlen Sie sich ganz anders, Sie werden sehen. Die meisten brauchen zwei Anläufe und gucken beim ersten Mal nur. Mir gehört der Laden hier. Für mich ist es ganz normal, so als ob ich Brötchen verkaufen würde. Stellen Sie sich also einfach vor, Sie wären in einer Bäckerei, nur dass Sie hier auch ruhig alles anfassen dürfen.«

Mutig greife ich ins Regal und halte zum ersten Mal in meinem Leben einen Dildo in der Hand.

»Das ist *Little Paul*«, sagt Frau *Pussy Pleasure* und fügt auf meinen verständnislosen Blick hin hinzu: »Unsere Spielzeuge haben alle einen Namen. Sie stehen auf den kleinen Zettelchen darunter. Die Dildos liegen übrigens hier.« Dabei deutet sie auf das Regal gegenüber.

Okay, die Spielzeuge haben Namen. Vielleicht finde ich hier ja sogar einen *Johann*? Aber die Wahrscheinlichkeit ist wohl eher gering. Also ich würde mir jedenfalls niemals freiwillig ein Spielzeug kaufen, wenn es *Johann* heißen würde.

Ich folge mit den Augen ihrer Geste und schaue auf das Regal gegenüber. Dann sehe ich der Ladeninhaberin ratlos ins Gesicht. Die deutet meinen fragenden Blick richtig und ich lerne, dass mein Dildo gar kein Dildo ist.

Es ist ein Vibrator. Ein Dildo ist im Prinzip ein Vibrator ohne Batterie. Sozusagen ein *Ersatz-Johann* ohne Leben. Oder einfacher gesagt: Ein Vibrator vibriert, wie der Name schon sagt, ein Dildo nicht. Cool, dann kann ich den Dildo ja nachher von der Liste streichen. Ich will einen Vibrator. Natürlich soll das Ding vibrieren!

Instinktiv habe ich mich also vor das richtige Regal gestellt. Aber welchen nehmen, wenn man die Qual der Wahl hat? Die Vibratoren stehen hier nicht nur in den verschiedensten Farben und Größen, sie sind auch in den unterschiedlichsten Materialien und Formen zu haben.

»Sie können die Modelle ruhig anmachen, Batterien sind drin.« Frau *Pussy Pleasure* sieht mich ermutigend an.

Ich greife mir *Dinky Digger.* Er liegt gut in der Hand. Unten ist ein Rädchen, daran drehe ich bis … Huch!

Ich stehe tatsächlich in einem Erotikshop, einem Spielzeugladen für Frauen, und halte den brummenden *Dinky Digger* in der Hand. Und ich habe Spaß dabei! Knuffig sieht er aus, finde ich. Er erinnert mich wirklich an einen kleinen Maulwurf. »Der ist aber klein«, sage ich anerkennend.

»Er ist für die Handtasche.«

»Für unterwegs?« Ich bin fasziniert. Ein kleiner Maulwurf für mal eben zwischendurch. Leider habe ich keine Handtasche. Mochte ich noch nie.

»Wir haben auch größere Spielzeuge. Schauen Sie sich mal *Magnum* an.«

Groß und beeindruckend steht *Magnum* im Regal. Aber ich will keinen Vibrator, bei dem ich schon beim bloßen Anblick in Ehrfurcht verfalle. Irgendwie sieht er sogar fast ein bisschen furchteinflößend aus. Ich will ein nettes, ein sympathisches Spielzeug. Eins, das immer freundlich zu mir ist.

Nacheinander lasse ich *Dolly Dolphin*, *Little Paul*, *Heartbreaker* und *Patchy Paul* brummen. *Patchy Paul* hat von Stiftung Ökotest sogar ein »Sehr gut« bekommen.

»Wofür steht die Ökotest-Bestnote?«, frage ich Frau *Pussy Pleasure* ahnungslos.

»Sie können sich gar nicht vorstellen, was da in manchen Teilen so drinsteckt. Im Prinzip ist es wie mit Kinderspielzeug. Das wird ja auch ständig getestet. Nach Schadstoffen und Anwendersicherheit.«

Ich ziehe die Augenbrauen nach oben. »Was kann denn hier nicht sicher sein?«

»Es gibt Dildos aus Holz. Und Holz kann splittern. Vibratoren können schädliche Weichmacher enthalten. In der Regel nehmen sie ihn ja nicht in den Mund, aber vielleicht führen sie ihn ein, wenn sie nicht nur ihre Klitoris stimulieren wollen. Unsere Schleimhäute sind empfindlich.«

Interessant. Vor allem die Tatsache, dass man Vibratoren kauft, um sie in sich einzuführen. Fast hätte ich vergessen, weswegen ich eigentlich hier bin. Fasziniert betrachte ich weiter das bunte Sortiment. Am meisten beeindruckt mich *Minx*. *Minx* hat einen Extraplatz in einem Extraregal. Er ist pink und tatsächlich mit echten Swarowski-Steinchen besetzt. Ich habe einen ausgeprägten Hang zum Kitsch. Den flauschigen Marabu-Federschwanz finde ich einfach nur genial. Damit könnte ich wahrscheinlich sogar Jürgen beeindrucken – und ihn für immer und ewig vertreiben. Beeindruckend ist aber auch leider der Preis. *Minx* bleibt für mich unerschwinglich.

Da fällt mir das schöne Spielzeug in Lila auf, das ganz oben im Regal steht und ich greife beherzt danach. Liegt gut in der Hand! Ich fühle mich schon wie eine Expertin. Auf dem kleinen Schildchen steht *Angelo*. Wer sagt's denn. Ich wollte doch schon immer einen Freund mit einem wohlklingenden Namen haben. »Den nehme ich!«, sage ich entschieden.

»*Angelo*? Gute Wahl. Haben Sie denn Gleitgel zu Hause?«

So ganz Expertin bin ich wohl doch nicht, aber ich lasse mich ja gerne aufklären. Ich brauche also ein Gel, Öl verträgt *Angelo* nicht. Da wird plötzlich die Tür schwungvoll aufgestoßen und eine gut gekleidete ältere Dame, Haare schlohweiß mit einem Stich ins Lila, betritt den Laden.

»Ach, Frau Kannenberg, haben Sie was vergessen?«

»Ja, ich wollte doch noch eine Tube Gleitgel mitnehmen. Die mit dem Fruchtgeschmack habe ich irgendwie nicht vertragen«, sagt sie ohne Umschweife und grinst mich dabei an.

Mir fällt ein wenig die Kinnlade nach unten. Die Dame ist schätzungsweise siebzig Jahre alt und spaziert fröhlich und ohne Hemmungen, ganz so als wäre es wirklich eine Bäckerei, in einen Erotikshop. Und dort kauft sie nicht nur Kuchen, nein, sie kauft auch gleich die Sahne dazu, natürlich aromatisiert. Ich nicke ihr anerkennend zu.

»Dann versuchen Sie doch mal unser neues Bio-Gleitgel«, rät ihr Frau *Pussy Pleasure*. »Das gibt es jetzt auch mit Schokoladengeschmack. Es heißt *Sinnliche Schokolade*.«

Frau Kannenberg öffnet die Tube und schnuppert versonnen daran. Der Duft verbreitet sich sofort in dem kleinen Laden. »Riecht gut!«, lacht sie, bevor sie bezahlt und gut gelaunt wieder verschwindet.

Ich bin begeistert. Das Gel muss ich auch haben! Das ist mehr als sonnenklar. Und *Bio* ist es noch dazu, also tu ich gleichzeitig etwas für unsere Umwelt. Besser geht's doch gar nicht!

»Die Dame war vor einem Jahr das erste Mal hier. Mit ihrer Enkeltochter, die ihr einen Einkaufsgutschein zum Geburtstag geschenkt hat. Süße Idee, oder?«

Ich nicke zustimmend und muss dabei an Oma Grete denken. Ich könnte sie unter dem Vorwand, Weihnachtseinkäufe zu machen, mit in den Laden locken. Schon wieder muss ich grinsen. Nein, das Unternehmen wäre zum Scheitern verurteilt.

Ich verlasse das *Pussy Pleasure* mit einer schönen, bunten Tüte. Darin befinden sich eine Tube *Sinnliche Schokolade*, mein neuer Freund *Angelo* und einige frische Kondome in verschiedenen Geschmacksrichtungen. Wer weiß, vielleicht werde ich ja doch noch mal eine neue Suppe essen?

Zu Hause muss ich mein neues Spielzeug natürlich sofort ausprobieren. Jürgen kann mich nicht stören, der hat seinen Schlüssel auf dem Küchentisch liegen lassen, aber man weiß ja nie. Außerdem hat Maja ja auch ein Exemplar. Sie hätte zwar bestimmt überhaupt kein Problem damit, wenn sie mich mit *Angelo* finden würde. Aber *ich* hätte eines damit. Also schließe ich vorsichtshalber von innen ab und lasse den Schlüssel stecken.

Wow, ist das aufregend. Ich kuschle mich mit *Angelo* ins Bett. Irgendwie passt jetzt Eros Ramazotti. Der säuselt leise »Ti sposerò perché, mi sai comprendere e nessuno lo sa fare come te«, was so viel heißt wie »Ich werde dich heiraten, weil du mich so gut verstehst.« Passt doch wie die Faust aufs Auge!

Das Gleitgel fühlt sich witzig an. Ganz glitschig. Na ja, ist ja auch Sinn der Sache. Und es riecht, wie sollte es auch anders sein, verdammt lecker nach Schokolade. Ob ich mich vorher ein wenig mit *Angelo* unterhalten sollte? Damit wir uns besser kennenlernen? Nein, das bringe noch nicht einmal ich fertig. Ich schalte ihn einfach ein.

Brumm …

Ich greife zur Stereoanlage und stelle Eros etwas lauter.

Brumm …

Angelo ist verdammt laut. Das ist mir im Laden gar nicht aufgefallen. Aber da war ich auch nicht mit ihm alleine. Er ist sogar lauter als Jürgen, obwohl man das kaum vergleichen kann, weil Jürgen sowieso eher von der stillen Sorte ist. He, vielleicht gibt es ja auch sprechende Vibratoren?

Ich mache die Musik noch etwas lauter, aber das bringt auch nichts. So gut gefällt mir Eros dann auch wieder nicht. Mist, ich kann mir ja schlecht Ohrstöpsel in die Ohren schieben, wenn ich mit *Angelo* spielen will. Oder doch? Wo sind die Dinger noch gleich? Ich finde die Ohrstöpsel im Bad, hüpfe wieder zurück ins Bett.

»Hallo, mein Schatz, bin wieder da. Jetzt benimm dich bitte und sei nicht wieder so laut. Sonst können dich noch sämtliche Nachbarn hören!«

»Ja, Meisterin, mach ich, kein Problem!« Ich könnte Bauchrednerin werden. *Die* Neuentdeckung am Comedy-Himmel. Barbara und der sprechende Dildo *Angelo*. Quatsch, der sprechende Vibrator natürlich. Vorne auf die Eichel könnte ich sogar ein Gesicht malen. Ich gucke *Angelo* streng an und sage: »Jetzt ist Schluss mit lustig. Jetzt wird gearbeitet.«

»Ja, Meisterin, ganz so wie du befiehlst!«

Brumm …

Es geht nicht. Ich liege wie eine Blöde mit Ohrstöpseln im Bett und gucke meinen *Angelo* genervt an. »Wenn ich das gewusst hätte, hätte ich einen Verwandten von dir gekauft. Einen, der still genießen kann und ein wenig sensibler ist.«

Egal, es war einen Versuch wert. Wenigstens konnte

ich mich beherrschen und habe die *Sinnliche Schokolade* nicht vor lauter Frust aufgefuttert. Der arme *Angelo* wird ordentlich mit Wasser und Seife gewaschen und dann in meiner geheimen Kiste verstaut. Ich greife nach der *Lotte-Liste*, von der ich jetzt einen weiteren Punkt streichen kann.

Lotte-Liste
~~*- einen Dildo kaufen und natürlich ausprobieren*~~
- guten Sex haben
~~*- nachts nackt im Schwimmbad baden gehen*~~
~~*- einen wildfremden Mann ansprechen und küssen*~~
~~*- eine neue Friseur ausprobieren …*~~
~~*- …auch unten rum*~~
~~*- Sex mit einer Frau haben – na ja, vielleicht*~~

Jetzt fehlt nur noch der gute Sex. Und das ist leichter gesagt als getan und es gehören bekanntlich immer noch zwei dazu. Vielleicht kann ich Jürgen ja doch überreden, mit mir in den Erotikshop zu gehen? Das Spiel mit dem Seitensprung, in dem man einfach die Rolle einer anderen Person spielt, hat sich wirklich spannend angehört. Ob Jürgen wohl für mich den Professor mimt, der seiner Studentin auf den Zahn fühlt? Oder den Kranken, der sich von der Krankenschwester gesund pflegen lässt? Nie und nimmer!

Aber ich habe ja noch Bruno. Mit ihm treffe ich mich morgen im *La Luna*. Das ist eine kuschelige kleine Bar.

Schade, dass Bruno nicht *Angelo* heißt. Bruno, das hört sich irgendwie gutbürgerlich, fast bayerisch an. Und hieß nicht auch der entlaufene Braunbär so? Der, den sie dann erschossen haben? Man sollte ja nicht gleich vom Schlimmsten ausgehen. Einen bunten Strauß Kondome habe ich vorsorglich schon mal in meiner Jackentasche deponiert.

17 Wie sagt man einem Typen, dass man mit ihm ins Bett will?

»Mein Name ist übrigens Bruno. Aber das weißt du ja schon.«

Es ist Freitag. Genau vor einer Woche habe ich Jürgens Heiratsantrag bekommen. Eigentlich müsste ich jetzt glücklich vor dem Spiegel stehen und mein Brautkleid betrachten. Aber was mache ich? Ich sitze mit Bruno im *La Luna* und erröte tatsächlich gerade ein wenig. Ich bin eine von den Frauen, die ständig und überall rot werden. Das Schlimme daran ist, dass ich die Hitze, die dabei langsam in mir hochsteigt, regelrecht spüren kann. Dann weiß ich, jeder, der sich in einem Umkreis von mindestens drei Metern befindet, kann ganz genau sehen, dass mir irgendetwas unangenehm ist.

»Ich bin Barbara.« Schnell trinke ich ein Schlückchen von dem Rotwein und hoffe, dass das riesige Glas mein Gesicht verdeckt.

»Barbara? Dann bist du ja die Schutzheilige der Zimmerleute. Die heilige Barbara. Das ist ein sehr schöner Name.« Es hört sich gut an, wie Bruno meinen Namen ausspricht. Er rollt das R auf eine ganz besondere Art, so dass sich mein Name sehr weich anhört.

Was soll ich sagen? Ich habe es also doch getan! Das kommt davon, wenn man sich die Telefonnummer eines wildfremden Mannes geben lässt. Nach dem dritten Glas Talisker am Mittwoch habe ich ihn angerufen. Ich glaube, er hat schon geschlafen. Eigentlich wollte ich ihn ja ganz cool mit den Worten »Entschuldigen Sie bitte, darf ich mit Ihnen schlafen?« begrüßen. Als ich dann aber plötzlich seine tiefe Stimme am Ohr hatte, hat mich der ganze Mut wieder verlassen und ich wollte reflexartig auflegen.

Aber Bruno machte mir einen Strich durch die Rechnung, indem er fragte: »Ist da die Frau mit diesen wunderschönen grünen Augen?«

Das mit meinen Augen ist nämlich so eine Sache. Meine Augen sind, was Männer angeht, für mich ein wunder Punkt. Wegen meiner Augen hätte ich mich mal fast von Jürgen getrennt. Wir lagen nebeneinander auf der Couch und haben eine Sendung über Schönheitsideale gesehen und da ich ja auf eine gewisse Art auch eitel bin, wollte ich gerne von ihm wissen: »Findest du mich eigentlich schön?«

»Natürlich finde ich dich schön«, sagte er leicht irritiert. »Was soll denn diese Frage?«

»Und was genau macht meine Schönheit aus?«, hakte ich nach.

»Na, zum Beispiel deine blonden Haare und deine blauen Augen.«

Das Schlimme ist, Jürgen meinte das wirklich ernst. Ich wollte ihn auf der Stelle sofort teeren und federn. Erschwerend kam noch dazu, dass ich mich just in diesem Moment an die Sache mit den Tütensuppen erinnert habe. Ich fühlte mich wie eine Hühnerbrühe, obwohl in dicken roten Buchstaben Rinderbrühe auf der Packung steht.

Jürgen versuchte dann, sich mit allen möglichen blöden Begründungen rauszureden. Doch seine Erklärung »Du wirkst halt so blauäugig« machte alles noch schlimmer. Das hat gesessen. Meine Augen sind definitiv grün! Und ich bin alles andere, nur nicht naiv.

Und jetzt sitze ich einem Typen gegenüber, der mich gerade mal zwei Minuten gesehen beziehungsweise einmal geküsst hat. Und er weiß, dass meine Augen grün sind. Und gut küssen kann er auch. Vielleicht werde ihn heute abschleppen. Habe ich mir zumindest felsenfest vorgenommen. Gut vorbereitet bin ich auf jeden Fall.

Heute Morgen war nämlich Mutti bei mir. Zum Glück war ich da gerade unterwegs und anscheinend habe ich sie knapp verpasst. Aber sie hat mir was dagelassen. Es lag ohne Verpackung und für alle sichtbar vor meiner Wohnungstür. Das Buch, von dem sie so geschwärmt hat. Die Anleitung, wie man zu einer perfekten Liebhaberin wird. Nachdem ich es an mich genommen und ungefähr eine halbe Stunde lang einfach nur feindlich betrachtet habe, habe ich es doch getan und darin gelesen. Und seitdem weiß ich es ganz sicher: Ich bin die *perfekte Liebhaberin*!

Es stand nicht viel Neues darin, außer dass ich bisher

nicht wusste, dass der Abstand zwischen seiner Zeigefingerspitze bis zum unteren Ende seiner Handfläche der Länge seines erigierten Penis entspricht. Und je länger oder breiter der Mond seines Daumennagels ist, desto länger oder breiter ist sein Penis. Den Spruch »Wie die Nase des Mannes, so sein Hannes«, kann ich also getrost vergessen. Die Hände sind wichtig. Das muss ich bei nächster Gelegenheit unbedingt Maja erzählen. Natürlich habe ich sofort eingehend meine Hände betrachtet und mit einem Lineal nachgemessen. Wäre ich ein Kerl, wäre mein bestes Stück genau 17,8 Zentimeter lang. Natürlich im erigierten Zustand.

Danach habe ich minutenlang vor dem Spiegel gestanden, weil es Männer anscheinend scharfmacht, wenn man beim Trinken die Zunge ein klein wenig herausstreckt und sie an den Rand des Glases oder der Tasse drückt. Sah irgendwie komisch aus, aber wenn es hilft? Immerhin will ich heute einen Mann abschleppen. Deswegen habe ich mich auch nicht zum Essen einladen lassen, sondern mich lieber hier im *La Luna* mit Bruno verabredet. Sex mit vollem Bauch geht gar nicht. Bei meinem Glück würde es in meiner Leibesmitte nämlich dann die ganze Zeit rumoren und gluckern. Und wenn ich ganz viel Pech hätte, müsste ich zwischendurch vielleicht aufs Klo rennen, weil ich bestimmte Gewürze nicht vertrage. Dafür habe ich mich mit Kokoslotion eingecremt und stundenlang Dessous vor dem Spiegel anprobiert. Ich habe sogar allen Ernstes überlegt, ob ich mir dafür etwas

Neues, etwas besonders Neckisches kaufe, habe mich aber dann für sportliche weiße Hotpants mit passendem BH entschieden, weil es mir wichtiger war, dass ich mich wohlfühle, und das Ganze nicht so offensichtlich wirken soll.

Da ich mich am Telefon nicht getraut habe, ihn einfach ganz direkt zu fragen, muss ich Bruno jetzt irgendwie zeigen, dass ich ihn will. Ich lege meine Zungenspitze gekonnt auf dem Rand des Weinglases ab und schaue ihm tief in die Augen. Bruno strahlt mich an. Ich komme mir vor wie eine Idiotin. Wenn ich Pech habe, trägt meine Zunge irgendwelche Lähmungserscheinungen davon, ohne dass Bruno überhaupt was davon mitbekommen hat.

Soll ich es ihm doch einfach sagen? Wie sagt man einem Typen, dass man mit ihm ins Bett will? Aber nur einmal, weil man ja wahrscheinlich einen anderen heiraten wird? Vielleicht sollte ich ihn einfach irgendwie verführen und dann abhauen? Er kennt nur meinen Vornamen und meine Telefonnummer hat er immer noch nicht, da ich natürlich taktisch klug meine Nummer ausgeblendet habe, als ich ihn anrief.

Ich hatte noch nie einen One-Night-Stand. Übersetzt ist das ja ein »einmaliges Gastspiel«. Ob ich einmal Gast in Brunos Bett sein darf? Er scheint wirklich nett zu sein. Und er sieht verdammt gut aus mit seinen braunen Augen, den süßen Lachfältchen, dem dunklen, wuscheligen Haar. Dazu hat er eine angenehme, sonore Stimme. Fasziniert betrachte ich seine großen Hände. Schade, dass ich kein Lineal dabeihabe. Ich muss ein kleines bisschen grinsen und nur zu gerne wüsste ich, ob die Sache mit dem Maßstab tatsächlich stimmt.

Bruno sieht mich fragend an. »Was ist? Warum lachst du?«

Schon wieder werde ich ein wenig rot. »Du hast schöne Hände.«

»Ja, findest du? Ich bin Tischler.«

Wow, ich sitze einem echten Traummann gegenüber. Er baut Möbel. Und nicht nur das! Ich habe ihn geküsst. Und der Kuss hat verdammt gut geschmeckt und das nicht nur wegen des leckeren Pfefferminzgeschmacks. Die Qualität eines Kusses ist vergleichbar mit den Qualitäten, die ein Mann als Liebhaber hat. Behauptet Maja immer. Wenn das stimmt, ist Bruno ein sehr leidenschaftlicher Liebhaber.

Ich will sagen »Schläfst du mit mir?« und frage stattdessen »Wo kommst du her? Du siehst aus, als hättest du etwas Südländisches in dir.«

»Meine Mutter ist Schweizerin, mein Vater ist Italiener.«

Wir unterhalten uns und lachen sehr viel. Die Zeit vergeht wie im Flug. Ich erfahre, dass Bruno der Älteste von vier Söhnen ist und welche Art von Möbeln er baut. Massive Holztische, Stühle, Betten.

Ich überlege einen kurzen Moment, ob ich hier einhake und ihn frage: »Kannst du mir mal eins von deinen Betten vorführen?«, da sagt Bruno schon: »Ich erzähle so viel von mir, du gibst kaum was von dir preis. Du faszinierst mich. Ich habe noch nie eine so mutige Frau wie dich getroffen. Die Sache mit dem Kuss war der Wahnsinn. Erzähl doch mal was von dir.«

»Dass ich Barbara heiße, weißt du ja schon. Manche nennen mich auch Babsi oder Babs. Ich bin alles andere, nur nicht heilig. Ich klaue regelmäßig Eistee, aber das muss absolut unter uns bleiben, weil ich nämlich mal Richterin werden will. Ich studiere Jura und stehe kurz vor den mündlichen Prüfungen. Das blaue Auge, das du die ganze Zeit anstarrst, habe ich von Maja. Das ist meine beste Freundin. Sie hat es mir verpasst, als wir letztens nachts in ein Schwimmbad eingebrochen sind. Ich bin nämlich bei der Flucht auf der nassen Wiese ausgerutscht und volle Kanne in sie reingeknallt. War ein tolles Gefühl, so auf der Wiese zu liegen und Sternchen zu sehen! Aber wenigstens sind wir nicht nackt verhaftet worden, obwohl sich Maja das gewünscht hätte.

Neben Maja habe ich noch einen besten Freund. Er heißt *Angelo*. Aber mit dem spreche ich momentan nicht. Ehrlich gesagt ist er mir einfach zu laut. Trotzdem hätte ich ihn beinahe mitgebracht. Vielleicht hättet ihr euch ja gut verstanden?«

Bruno sieht mich aufmerksam an und lächelt breit. »Du hättest deinen Freund ruhig mitbringen können. Angelo. Kommt er aus Italien?«

»Nein, aus Duisburg. Vielleicht lernst du ihn ja irgendwann mal kennen.«

»Schön. Ich freue mich auf jeden Fall, dass du hier bist, Barbara. Hört sich spannend an, dein Leben.«

»Ach, so spannend ist es auch wieder nicht. Erst seit ein paar Tagen. Bisher war es eher ganz normal. Genauso wie ich. Ich esse für mein Leben gerne Nutella, meistens mit einem Esslöffel, bin fürchterlich chaotisch und verbringe meine Abende am liebsten gemütlich auf der Couch. Ich vergesse oder suche ständig etwas und bis Mittwoch hatte ich noch lange Haare und sah total brav aus. Und? Bist du jetzt geschockt?«

Nein, Bruno sieht ganz gelassen aus. Und er lächelt immer noch amüsiert.

»Ich esse nicht so gerne Nutella, aber dafür Leberwurst mit Marmelade. Du musst dich unbedingt mal mit meiner Mutter unterhalten. Letztens hat sie ein Glas Nutella in die Mikrowelle gestellt. Sie wollte das Zeug flüssig machen, um es als Soße über Eis zu schütten. Es dauerte nur ein paar Sekunden, da rannte sie völlig aufgelöst ins Wohnzimmer und holte uns zu Hilfe. Das Glas hat in der Mikrowelle fürchterlich Funken geschlagen und fing an zu schmoren. Die goldene Folie war nicht richtig ab und Metall hat in der Mikrowelle ja nichts zu suchen.«

Die Geschichte von Brunos Mutter und den Funken in der Mikrowelle ist der Hammer. Erstens, weil ich noch nie auf den Gedanken gekommen bin, Nutella in der Mikrowelle zu verflüssigen, und zweitens, weil das mit der Mikrowelle absolut auch mir hätte passieren können. Natürlich werde ich das bei nächster Gelegenheit sofort ausprobieren. Ich meine natürlich das Schmelzen von Nutella, nicht das Funkenschlagen. Eine Mikrowelle habe ich nämlich schon gehimmelt. Mit einem Kirschkernkissen, das ich erhitzen wollte und das plötzlich Feuer gefangen hat.

Bruno wird mir immer sympathischer, so sympathisch, dass ich mir jetzt sogar auch einen Tisch oder Stuhl von ihm zeigen lassen würde. Und das nicht, um irgendwelchen Schweinkram darauf zu veranstalten. Nein, ich möchte einfach nur sehen, was Bruno für Möbel baut. Ich stelle sie mir schön und schlicht vor. Und ich stelle mir Bruno bei der Arbeit vor, wie er nur mit Jeans und einem weißen T-Shirt bekleidet an einem neuen Möbelstück arbeitet.

Da brummt mein Handy auf einmal in meiner Tasche. Eine Nachricht von Maja. Mann, das muss aber wichtig sein. Sie weiß doch, dass ich gerade mein Date habe!

18 Die Zeit heilt alle Wunden

Ständig und überall verfahre ich mich. Ich muss nur einmal anstatt links nach rechts abbiegen und schon bin ich verloren. Mein Auto ist mein Ein und Alles, weil ich zum einen fürchterlich faul bin und weil es mir zum anderen ein Gefühl von Unabhängigkeit schenkt. Doof ist nur, dass es ständig piept und immer wieder Anzeigen aufleuchten. Jetzt steht auf dem Display »Bitte tanken!«. Scheiße, schon wieder! Wie viele Kilometer kann ich noch fahren, wenn mein Auto Benzin will? Vor allem, wenn es vorhin schon einmal ein Piepsen von sich gegeben hat und gestern auch schon?

Maja wohnt in Oberhausen. Bis dahin sind es nur etwa zehn Kilometer. Das schaffe ich dicke. Es ist halb zehn. Ich brauche etwa fünfzehn Minuten bis zu ihr. Im Eiltempo düse ich über die Autobahn. Für die beste Freundin lässt man eben alles stehen und liegen, besonders wenn sie eine SMS mit dem Inhalt schickt: *Puppe, ich ertränk mich gleich in der Badewanne*. Nachdem auf meine Antwort: *Soll ich dich retten, ich habe den DLRG-Rettungsschein*, keine Reaktion kam, bin ich unruhig geworden.

Ich habe mich sofort auf den Weg zu ihr gemacht, natürlich nicht, ohne vorher noch einen sehnsuchtsvollen Blick auf Bruno geworfen zu haben. Süß, er hat sich sofort angeboten, mich zu begleiten. Falls es wirklich zum Schlimmsten kommen sollte. Aber wahrscheinlich hat Maja Liebeskummer. Und da kann ich ja schlecht mit einem Kerl auftauchen. Dafür kann ich ihn jederzeit anrufen, wenn wir doch Hilfe brauchen. Auch mitten in der Nacht. Er lässt sein Handy an. Für mich. Und für meine beste Freundin Maja, die er noch gar nicht kennt.

Ich habe es fast geschafft, die Ausfahrt liegt schon in Sichtweite, da fängt mein Auto plötzlich an zu stottern. Ich trete auf das Gaspedal, doch es zieht nicht mehr. Da fällt mir die leuchtend rote Aufforderung »Bitte tanken!« wieder ein. Gerade noch schaffe ich es bis zur nächsten Ausfahrt. Ich drücke auf die Warnblinkanzeige und lasse das Auto hinunterrollen. Glücklicherweise ist die Ausfahrt abschüssig. Ich versuche ja, immer alles positiv zu sehen. Ist doch irgendwie 'ne Leistung, es ohne Benzin fast bis zu Maja zu schaffen und nicht mitten auf der Autobahn stehen zu bleiben. Toll gemacht, Barbara Blond! Ich strecke mir im Rückspiegel die Zunge raus und überlege, ob ich Bruno anrufen soll.

Da hält hinter mir ein dicker blauer BMW und der Fahrer steigt aus. Ich setze mein charmantestes Lächeln auf, obwohl mir gar nicht danach zumute ist.

»Na, kein Benzin mehr?« Der gut aussehende Mann – auch das noch – grinst mich mitfühlend an.

Was antwortet man in einem solchen Moment? Dass die Tankanzeige ganz plötzlich und ohne Vorwarnung und überhaupt nicht nachvollziehbar und wie aus heiterem Himmel ausgefallen ist? Oder dass das unangenehme Piepen seinen Zweck verfehlt und man sich einfach lieber von einer freundlichen Stimme ans Tanken erinnern lassen möchte? Ist doch alles Mist. Also grinse ich frech zurück.

»Jap, alles alle, kein Tropfen mehr drin!«

Sekunden später sitze ich im BMW. Neben einem mir völlig unbekannten Mann. Und das, obwohl ich mal gelernt habe, nie in das Auto eines Fremden zu steigen. Schon gar nicht, wenn es dunkel ist. Wir machen uns auf den Weg zur nächsten Tankstelle. Hoffe ich zumindest.

Mein Retter in der Not guckt mich von der Seite an und sagt: »Ist mir auch schon passiert!«

Irgendwie kann ich das so gar nicht glauben, fühle mich aber dennoch ein kleines bisschen getröstet. Aus den Augenwinkeln beobachte ich den Mann, der entspannt neben mir sitzt und leicht vor sich hinlächelt. Er sieht verdammt gut aus. Und das, obwohl er eine Glatze hat. Er hat ein scharf geschnittenes Profil, zu dem der polierte Schädel einmalig passt. Es gibt eben Männer mit Glatze – und Männer mit Glatze. Ihm steht es auf jeden Fall.

Wie alt er wohl sein mag? Er könnte gut und gerne fünfzig sein. Vielleicht aber auch erst fünfundvierzig. Tiefe Falten ziehen sich durch sein Gesicht. Entweder hat er schon viel erlebt oder er war zu oft im Solarium.

Die gebräunte Haut steht im allerdings gut. Wie es sich wohl anfühlt, wenn man über eine Glatze fasst? Ob einem da etwas fehlt, wenn man sich liebt? Ich wühle nämlich gerne dabei in Haaren. Nur bei Jürgen muss ich immer aufpassen, dass ich es nicht übertreibe. Er mag es nicht, wenn ich zu fest in sein Haar greife.

Bruno hing vorhin die ganze Zeit eine einzelne Haarsträhne über dem linken Auge. Ich musste mich beherrschen, ihm sie nicht instinktiv zurückzustreichen. Hätte ich ihm noch länger gegenübergesessen, hätte sich meine Hand mit Sicherheit selbstständig gemacht. Nun gut, das kann dem Herrn neben mir nicht passieren. Er sieht auch ohne Haare wirklich gut aus. Irgendwie wie eine Mischung aus Ben Kingsley und Sean Connery, beide allerdings im fortgeschrittenen Alter. Der junge Connery gefällt mir als James Bond überhaupt nicht. Aber als Richard Löwenherz mit schütterem Haar in *Robin Hood* war er eine Wucht! Es gibt eben Männer, die werden erst im Alter interessant. Dass ich immer alle Menschen mit Schauspielern vergleiche, ist wohl irgendwie eine Marotte von mir. Manchmal rege ich mich dabei sogar über mich selbst auf. Nämlich dann, wenn mich irgendjemand an einen bestimmten Schauspieler erinnert, mir aber absolut der Name nicht einfällt. Das kann sogar so weit gehen, dass ich deswegen nachts nicht einschlafen kann. Das ist bei dem Herrn hier aber nicht der Fall. Da ist es eindeutig.

»Mein Name ist übrigens Kreischmann, Ben Kreischmann.«

Wow, der Kerl heißt wirklich Ben, das kommt der Sache ja schon ziemlich nahe! »Kreischmann? Das kommt mir irgendwie bekannt vor. Mein Name ist Barbara, Barbara Braun.«

»Ich unterrichte in Bochum an der Universität. Aber erst seit einem Semester.«

Ich fasse es nicht. Deswegen kam mir der Name bekannt vor! Ich sitze neben Professor Dr. Ben Kreischmann, Professor für Rechtsphilosophie. Der Frauenschwarm schlechthin. Bisher habe ich nur von ihm gehört, ihn aber noch nie gesehen, da ich ja einige Zeit brav zu Hause an meiner Examensarbeit gearbeitet habe. Und an Seminaren muss ich nicht mehr teilnehmen, was eigentlich sehr schade ist, wenn ich ihn so betrachte. Es ist schwer, Maja zu beeindrucken, aber *er* hat es geschafft. Neben mir sitzt also »das Leckerchen«, wie sie ihn mal genannt hat. Und mit ihm und den Erstsemesterstudenten fährt Maja nächste Woche auf Kennenlernseminar ins Sauerland. Maja hat nämlich seit neuestem einen Job als Tutorin an der Uni und kümmert sich um die Studienanfänger.

Wenn ich ihr das gleich erzähle, kippt sie auf der Stelle um. Wenn sie nicht sowieso vor lauter Herzschmerz schon gestorben ist. Denn dass es sich um Liebeskummer handeln muss, ist ja wohl klar.

19 Wie tröstet man seine beste Freundin bei Liebeskummer?

Es dauert nicht lange und mein Auto bekommt, wonach es verlangt hat. Frisch gezapftes Benzin gluckert aus dem blauen Kanister in den Tank. Ich lächle Professor Connery, äh Kreischmann dankbar an. Er erwidert mein Lächeln und schreibt mir seine Handynummer auf einen Zettel. Dann gibt er Gas und ist weg. Dass ich Jura studiere, habe ich ihm lieber nicht erzählt. Jetzt kann ich nur hoffen, dass er nicht zufällig im Gremium sitzt, wenn ich die mündlichen Prüfungen habe.

Den Zettel mit der Handynummer heb ich auf. Wer weiß, vielleicht brauche ich sie noch? Das ist jetzt schon die zweite Telefonnummer innerhalb einer Woche. Früher ist mir das nie passiert. Vielleicht liegt es an meinen Haaren und der frechen neuen Frisur?

Meg Ryan und Sean Connery,
Meg Ryan und Ben Kingsley,
Meg und Ben,
Meg und Bruno,
Barbara und Bruno.
Wie Bruno wohl mit Nachnamen heißt?

Mittlerweile ist es zehn Uhr. Ich rufe Maja an.

»Maja, alles okay? Ich bin gleich da! Hatte 'ne Panne. Und stell dir vor, ›Leckerchen‹ hat mich gerettet! Erzähl ich dir gleich ... Soll ich uns was zum Futtern vom China-Mann mitbringen? Ich hab tierisch Kohldampf.« Ohne eine Antwort abzuwarten, beende ich das Gespräch. Jedenfalls ist sie ansprechbar und ob sie Hunger hat, werden wir sehen.

Die Nummer von Majas Chinesen habe ich im Handy gespeichert. Ich bestelle die 59a und die 60. Wie immer. Zum Mitnehmen. Als ich dort zwanzig Minuten später ankomme, steht das Essen schon bereit.

Kurz darauf stehe ich in Majas Flur und überreiche ihr strahlend die Tüte. »Da, hab lecker gekocht.«

Maja fällt mir sofort um den Hals. »Gut, dass du da bist«, sagt sie. »Ich bin kurz vorm Durchdrehen. Ich hab dich gerade noch mal angerufen, um zu hören, ob du auch wirklich gleich da bist.«

»Wie? Ich hab es gar nicht klingeln hören.« Da dämmert es mir. »Na super, ich blöde Kuh hab mein Handy beim Chinesen liegen lassen. Scheiße, Mann!«

Zum Glück hängt die Speisekarte mit der Telefonnummer griffbereit an Majas Kühlschrank. Kurz darauf habe ich den diensthabenden China-Mann an der Strippe.

»Hallo, hiel Kim Lee, was kann ich fül Sie tun?«

»Hallo, hier Barbara Braun, ich habe eben mein Handy bei Ihnen liegen lassen.«

»Hiel nix Han Dee, hiel Kim Lee!«

He, was soll das denn? Seit wann können die mich denn da nicht mehr verstehen? Sehnsüchtig schaue ich auf das Essen. Maja kaut schon, so schlimm kann ihr Kummer also nicht sein.

Ich mach mich wieder auf den Weg zum Chinesen, der wahrscheinlich gerade Dauergespräche mit seiner ganzen Verwandtschaft im fernen Asien führt. Und das auf meine Kosten. Als ich dort bin, ist es zwanzig vor elf Uhr. Doch mein Handy hat niemand gesehen. Eigentlich bin ich mir ja sicher, dass ich es dort auf den Tresen gelegt habe, aber weil ich mich gut kenne, schaue ich vorsichtshalber noch mal im Kofferraum meines Autos nach. Immerhin habe ich den Ersatzkanister wieder an seinen Platz gestellt. Ich hebe die Laptoptasche hoch, die ich schon seit Mittwoch im Auto spazieren fahre, weil ich ja eigentlich ins Büro wollte. Vielleicht ist es ja daruntergerutscht. Nein, ist es nicht.

Noch während ich fieberhaft überlegend wieder einsteige und den Rückwärtsgang einlege, macht es »Palopp!« Oh Gott, habe ich da gerade etwas totgefahren? Was liegt jetzt platt und blutend unter meinem Auto? Nur wenige Sekunden später fällt es mir ein. Es kann gar kein Blut verlieren, denn ich habe gerade meinen Laptop getötet. Ich bin im Schritttempo darübergefahren, weil mich keiner darauf aufmerksam gemacht hat, dass meine Laptoptasche noch auf der Straße steht.

Einen kurzen Moment fühle ich, wie Panik in mir hochsteigt. Mist, meine Examensarbeit ist darauf gespeichert.

Aber natürlich habe ich sie auf Diskette gesichert. Außerdem habe ich sie ja sowieso bereits abgegeben. Wer weiß, vielleicht wurde sie ja sogar von Professor Kreischmann korrigiert? Aber für solche Gedanken habe ich jetzt keine Zeit. Ich muss zu Maja, die wartet auf mich. Und dabei könnte ich jetzt schon nackt mit Bruno in einem seiner selbst gebauten Betten liegen. Bruno fühlt sich bestimmt gut an. Ich wollte immer schon einen großen Mann haben, einen mit schönen starken Händen. Einen, bei dem ich mich geborgen fühle.

Aber ich musste ja unbedingt Maja retten, die vorhin irgendwie so überhaupt nicht selbstmordgefährdet ausgesehen hat. Aber bei Maja kann man nie so genau wissen, besonders seitdem sie Victor kennt. Nachdem sie ihm vergangenes Wochenende die Abschieds-SMS geschickt hat, ist sie plötzlich ganz merkwürdig still geworden. Und als sie am Nachmittag immer noch keine Reaktion von Victor hatte, fing sie tatsächlich an zu weinen. Das war das erste Mal, dass ich Maja wegen eines Mannes in Tränen ausbrechen sah. »Also, was ist los?«, rücke ich ihr nun zu Leibe. »Ich habe mir Sorgen gemacht und alles für dich stehen und liegen lassen.«

»Ich habe Victor gesehen.«

Es dauert eine Weile bis ich mir aus den Brocken, die Maja mir erzählt, die ganze Geschichte zusammenreimen kann. Victor hat sich auf Majas SMS hin doch noch gemeldet. Die beiden haben sich getroffen und sind – wie immer – im Bett gelandet. Alles war gut. Bis Maja auf die blöde Idee kam, Victor zu folgen, um vielleicht einen Blick auf seine Frau werfen zu können. Natürlich hatte Maja insgeheim die Hoffnung, sie würde mindestens hundertfünfzig Kilo wiegen, einen abscheulichen Buckel und mindestens drei Beine haben. Hat sie aber nicht. Im Gegenteil. Sie ist klein, blond, zierlich, unheimlich süß und maximal zehn Jahre alt. Victor hat eine Tochter. Er ist also nicht nur der Ehemann einer anderen Frau, er ist auch Vater!

Maja hat Victor dann eine Nachricht auf die Mailbox gesprochen, die ungefähr in ähnlichem Tonfall wie ihre erste Abschieds-SMS an ihn gewesen sein muss, nur irgendwie tausendmal schlimmer. Und seitdem versucht Victor unaufhörlich, bei Maja anzurufen, doch sie drückt ihn jedes Mal weg. Und seine Simse löscht sie einfach ungelesen. Sie ist total fertig.

Wie tröstet man seine beste Freundin bei Liebeskummer? Letztendlich kommt es doch immer aufs Gleiche raus. »Alle Männer sind Schweine!« oder »Der Penner hat dich doch gar nicht verdient. Und überhaupt, der ist keine einzige Träne wert!« Und schließlich und endlich die eine, alles entscheidende Wahrheit, die, die irgendwann immer hilft: »Die Zeit heilt alle Wunden!« Oder natürlich eine neue Liebe.

Dass Victor eine Tochter hat und ihr nichts davon erzählt hat, finde ich obermäßig arschig. Eine Affäre zu haben ist eine Sache, eine Affäre mit einem »Vater« zu haben, ist eine andere Sache. Wie sagt Maja immer so schön? »Puppe, es gibt anständige Schweine und richtige Schweine.« Hier liegt der Fall ja wohl klar.

Genau das will ich Maja gerade begreiflich machen, da brummt ihr Handy erneut. Kommentarlos drückt sie es mir in die Hand. Ich blicke auf das Display, eine SMS von »Victor Straub«. Straub? So heißt doch Maja? Wow, die muss echt hammermäßig verknallt sein. Zumindest kann ich mir nicht vorstellen, dass Victor ausgerechnet den gleichen Nachnamen wie sie haben soll. Maja hat ihn also gedanklich schon geheiratet und er hat ihren Namen angenommen. Wie süß!

»Von Herrn Straub«, sage ich wie selbstverständlich. »Soll ich sie öffnen?«

»Ja, aber sag mir nicht, was drinsteht. Nur so in etwa, ob er auch ordentlich leidet, ja?«

Ich öffne das blinkende Briefchen von Majas Ehemann in spe.

Maja, das war Nadja, meine Tochter. Es ist alles nicht leicht für sie. Sie hat vor etwa einem Jahr ihre Mutter verloren. Es ist alles noch so frisch. Ich möchte dich nicht auch noch verlieren. Bitte sprich mit mir!

Auf der Stelle bekomme ich Gänsehaut. So etwas gibt es normalerweise doch nur im Film. Wenn das wirklich stimmt, wird Maja irgendwann vielleicht Ehefrau und Mutter werden – und das beides auf einmal.

Ich bin ja gerne die Überbringerin guter Botschaften. Früher wollte ich sogar mal Lottofee werden. Einen kurzen Moment überlege ich, ob ich Maja noch ein wenig zappeln lasse. Immerhin habe ich wegen ihr kein Handy mehr, mein Laptop ist im Arsch und meinen Bruno werde ich bestimmt auch nie wiedersehen – es sei denn, mein Telefon mitsamt der eingespeicherten Nummern taucht wieder auf.

»Wie heißt Victor eigentlich wirklich mit Nachnamen?«

»Hrachoniva.«

»Wie?«

»Hrachoniva. Das kommt aus dem Tschechischen und bedeutet Erbsenschote.«

Ich grinse und lege Maja das Handy genau unter die Nase. »Na, dann lies mal, du zukünftige Frau Erbsenschote.«

20 Bruno gesucht

Mein Handy bleibt verschwunden. Mit Sicherheit werde ich es niemals wiedersehen. Und Brunos Telefonnummer damit auch nicht. Und für das Ersatzhandy musste ich auch noch 79 Euro bezahlen. Wenigstens bin ich ab jetzt wieder erreichbar. Nur meine Kontakte sind fast alle futsch. Warum habe ich blöde Kuh ihm nicht bei unserem letzten Treffen wenigstens meine Nummer gegeben? Dann hätte ich mir das Wochenende nicht in dem Restaurant um die Ohren hauen müssen, in dem ich damals das Schnitzel gegessen habe. In der Hoffnung ihn auf der Straße vorbeigehen zu sehen, habe ich einen Milchkaffee nach dem anderen getrunken und die Zeitung, natürlich die *FAZ*, mindestens zehnmal gedreht, geblättert und gewendet. Ich habe dreimal so getan, als ob ich den Finanzteil lesen würde. Dann habe ich mich der Politik und dem Feuilleton gewidmet. Dort habe ich einen Artikel gefunden, der mich wirklich interessiert hat. Über irgendwelche spanischen Politiker, die sich nackt ausgezogen haben, nur um zu zeigen, wie sie wirklich sind. Mit vollem Körpereinsatz. Nur Bruno habe ich nicht wiedergesehen.

Bevor ich mich mittags in dem Restaurant häuslich niedergelassen habe, habe ich am frühen Morgen den Computer angeworfen und die Worte »Bruno«, »Tischler«, »Möbel« und »Schreiner« in die Suchmaschine eingegeben. Dabei habe ich einen Bruno Tischler in Wismar gefunden und eine ganze Menge Brunos, die wirklich und wahrhaftig Tischler sind. Aber keinen in meiner Nähe.

Daraufhin habe ich mir am Montagmorgen sämtliche Tischlereien und Schreinereien aus den Gelben Seiten vorgenommen. Und Dutzende Male ins Telefon geflötet: »Entschuldigen Sie, ich suche Bruno. Arbeitet bei Ihnen zufällig jemand, der so heißt?« Das war sehr anstrengend. Besonders wenn ich Männer am anderen Ende der Leitung hatte. »Hier gibt es keinen Bruno, wie wäre es mit einem Hubert?« Oder: »Ich kann dir einen Michael, einen Frank und einen Friedrich bieten.«

Nach dem fünfundvierzigsten Anruf hatte ich dann die Nase voll. Da hatte ich eine Frau am Apparat, die im Büro der Werkstatt arbeitete. Für ihren Ehemann, der Bruno heißt und dort der Chef war. Ich glaube nicht, dass das die richtige Adresse war. Die Frau hat sich angehört, als wäre sie mindestens sechzig. Mir war auf jeden Fall total peinlich, als sie wissen wollte, was ich von ihrem Mann will und ich habe einfach aufgelegt. Hoffentlich denkt sie jetzt nicht, ihr Ehemann hätte irgendetwas angestellt. Hoffentlich ist »mein Bruno« nicht verheiratet oder lebt in fester Beziehung und ist auf der Suche nach etwas Abwechslung, wobei ich das ja eigentlich auch tue.

Egal, ich brauche Gewissheit. Jetzt bleibt mir nur noch das *La Luna*. Vielleicht kennt ihn da irgendjemand. Immerhin kam der Tipp dorthin zu gehen, ja von ihm. Ich habe Maja genötigt, mit mir sobald wie möglich dort Cocktails trinken zu gehen und die Lage auszukundschaften. Alleine in einem Restaurant zu sitzen kann ab und zu ganz cool und witzig sein. Hingegen alleine in einer Bar herumzuhängen ist unmöglich. Schon gar nicht als Frau. Also muss Maja dran glauben. Immerhin kann ich ihr die Schuld daran geben, dass aus Bruno und mir nichts geworden ist. Ihr und natürlich Victor.

Zwischen den beiden ging es noch richtig zur Sache. Maja war stinksauer, dass er ihr nicht von Anfang an die Wahrheit gesagt hat. Und mir kommt es immer noch mehr als komisch vor. Wer weiß, was er ihr demnächst noch so alles offenbart. Aber Maja war diese Lüge eben lieber als der Gedanke, Victor hätte überhaupt kein Interesse mehr an ihr. Letztendlich war der ausschlaggebende Grund, warum Maja sich dann doch noch mal mit Victor getroffen hat, die Tatsache, dass sie schlicht und ergreifend immer noch in ihn verliebt ist. Das Gespräch muss dann ziemlich hitzig geworden sein, weil Victor behauptete, er hätte seine Tochter Nadja nur vor ihr verschwiegen, weil Maja direkt am Anfang ihrer Beziehung erwähnt hätte, sie wolle keine Kinder und überhaupt könne sie nichts mit ihnen anfangen. Maja wiederum hat das aber nur gesagt, weil sie irgendwie mitbekommen hatte, dass Victor am Telefon über irgendwelche »Gören« geschimpft hat. Dass es seine eigene war, konnte sie ja nicht ahnen.

Als Maja dann schließlich nach langem Hin und Her zu Victor nach Hause gefahren ist und Nadja auch kennengelernt hat, ist ihr übergroßes Herz komplett übergelaufen. Offensichtlich konnten sich die beiden von Anfang an gut leiden. Und wahrscheinlich hätte sie in diesem Moment Victor alles verziehen. Auch dass er ihr nichts von dem Tod seiner Frau erzählt hat. Die ist allerdings gestorben, als sie schon längere Zeit getrennt waren. Natürlich hat er dann Nadja sofort zu sich genommen. Die Frau, die Maja mal am Telefon hatte, war das Kindermädchen, das ab und an nach der Kleinen guckt, weil Victor nicht will, dass sie im Restaurant aufwächst.

Wie auch immer. Hätte Victor Maja von Anfang an die Wahrheit gesagt, dann hätte ich jetzt mein Handy noch. Und vielleicht wüsste ich sogar, ob die Betten, die Bruno baut, auch wirklich was taugen. Es gibt nämlich nichts Schlimmeres als quietschende, instabile Betten. Ich hätte Brunos Nummer eben doch ganz altmodisch auf ein Blatt Papier schreiben sollen. So wie Professor Ben Kreischmann das getan hat. Der Zettel mit seiner Nummer ist fein säuberlich gefaltet in meiner geheimen Kiste gelandet.

Na, immerhin habe ich alle anderen wichtigen Rufnummern irgendwann mal brav auf einen Bogen Papier gekritzelt. Dazu hat mich Jürgen mal überredet. Weil ich mein Handy ständig verlege. Und irgendwann könnte es ja auch mal passieren, dass es verschwunden bleibt, meinte Jürgen. Heute bin ich ihm dankbar dafür, dass er mich damals so sehr damit genervt hat, vor allem weil erschwerend hinzukommt, dass ich mir Zahlen überhaupt nicht merken kann.

Die einzige Handynummer, die ich auswendig kann, ist die von Maja, und das auch nur, weil ich mir in einer langweiligen Minute eine Eselsbrücke aus dem Sportbereich dazu hab einfallen lassen: Die Nummer lautet 11 271 021. 11 Fußballer auf jeder Seite teilen sich 2 Spielhälften, da schießt einer einen 7-Meter als Ausgleich für ein Foul der anderen Mannschaft. Der Böse wird vom Platz genommen, da sind es nur noch 10 Spieler, also zusammen 21 Spieler auf dem Feld. Natürlich weiß ich, dass Fußballer keinen Siebener, sondern einen Elfer schießen. Was nicht passt, wird manchmal eben passend gemacht.

Apropos *passend*, wenn es so weitergeht, werde ich bald arge Probleme mit meiner Kleidung haben. Nichts wird mehr passen. Ich war gerade auf der Waage. Ganze zweieinhalb Kilo habe ich zugenommen. Und das innerhalb von eineinhalb Wochen! Bisher musste ich mir glücklicherweise noch nie Gedanken über mein Gewicht machen. Nehme ich in diesem Tempo weiter zu, werde ich gute zehn Kilo drauf haben, bis Jürgen zurückkommt.

Ich suche im Schrank nach meinem schicken schwarzen Kleidchen für festliche Anlässe und streife es mir über. Es hat zum Glück einen guten Anteil Stretch in der Wolle und dehnt sich vorteilhaft.

Heute ist Montag und wir haben große Familienfeier. Bei uns werden die Feste immer so gefeiert, wie sie fallen. Mein Vater wird runde sechzig Jahre alt.

21 Im Teiche schwimmt 'ne Leiche, der Arsch war bemoost. Prost!

Familienfeiern laufen bei uns immer in der gleichen Art und Weise ab. Um die siebzig Gäste werden geladen – engste Familienmitglieder, Tanten, Onkel, Oma Grete, Nachbarn, Kegelclub und Freunde – und treffen sich in der Kleingartenanlage zum Krügersberg, wo meine Eltern ihren Schrebergarten haben. Es werden haufenweise Salate, Frikadellen und heiße Würstchen verspeist. Um Mitternacht schmeißt mein Vater den Grill an, und das bei jedem Wetter und bei jeder Jahreszeit. Dann gibt es schwarz gegrillten Bauch und Mettwürstchen. Dazu werden literweise Altbier getrunken und das eine oder andere Schnäpschen gekippt.

An der Auswahl der Trinksprüche kann man normalerweise problemlos in solchen Runden den Promillegehalt sowie die fortgeschrittene Zeit erkennen, auch wenn man keine Uhr dabeihat:

19 Uhr: »Der Kopf tut weh, die Füße stinken. Höchste Zeit, ein Bier zu trinken!«

20 Uhr: »Nich' lang schnacken, Kopp in Nacken!«

22 Uhr: »Ein Hund und ein Schwein, die gingen eine

Ehe ein. Und das Produkt aus dieser Runde sind wir versoffnen Schweinehunde!«

23 Uhr: »Zur Mitte, zur Titte, zum Sack, zack, zack!«

Lena, Marie und ich haben zugesagt, heute Abend für die Bewirtung der Gäste zu sorgen. Das wird was werden! Außerdem hat es sicher schon die Runde gemacht, dass Jürgen weg ist. Und jeder wird natürlich ganz genau über den Hergang des Heiratsantrages Bescheid wissen. Ist ja immer so in unserer Familie.

Als Erste läuft mir Oma Grete über den Weg. Sie hat die blöde Angewohnheit, uns bei jeder Gelegenheit herzhaft in die Wange zu kneifen. So hat sie, seitdem wir auf der Welt sind, meinen Schwestern und mir schon den einen oder anderen blauen Fleck im Gesicht beschert. Zum Glück wurde Oma Grete mit den Jahren immer kleiner und wir wurden immer größer, so dass die blauen Flecken allmählich nachließen. Pech hat man nur, wenn man von Oma Grete im Sitzen erwischt wird. Deswegen stehen wir natürlich immer auf, wenn sie den Raum betritt. Und sie denkt dann, wir tun das, weil wir solch einen großen Respekt vor ihr haben. Was sie wiederum sehr glücklich macht.

Doch heute steht sie überraschend vor mir, als ich mich gerade neben meinem Vater auf der Couch im Vereinsheim niedergelassen habe und ihm gespannt dabei zusehe, wie er mein Geschenk auspackt. Ich habe ein altes Foto von Mutti und ihm gefunden, es nachbearbeiten lassen, vergrößert und wunderschön gerahmt. Oma Grete hat sich hinterhältig von hinten angeschlichen und schon spüre ich ihre knochige Hand in meinem Gesicht. Kurz darauf durchfährt mich ein stechender Schmerz.

»Babsilein, du siehst aber gesund aus. Gar nicht so, als hättest du Liebeskummer.« Ihre Finger vergraben sich tief in meiner Wange »Komm, lass dich angucken, mein Engelchen!«

Ich wusste es. Oma Grete weiß also auch Bescheid. Und wie wahrscheinlich alle anderen hier denkt sie auch, dass ich verlassen wurde und jetzt ganz schlimmen Liebeskummer habe. Das ist ja wieder mal typisch! Oma Grete nimmt keinerlei Rücksicht. Weder auf meine Gefühle, die ich haben könnte, wäre ich denn wirklich verlassen worden, noch auf das gefährdete Bindegewebe in meinem Gesicht. Und schon gar nicht auf meinen Vater, der ja immerhin heute das Geburtstagskind ist und sich auf mein Geschenk konzentriert. Immerhin hat Oma Grete ein verdammt gutes Gespür für mein Gewicht.

»Du siehst aber gesund aus«, kommt es auch prompt. Und zu allem Überfluss zieht sie jetzt die Haut in meinem Gesicht prüfend vor und zurück. Das muss mit den zweieinhalb Kilo zusammenhängen. Ganz klar!

Vorsichtshalber stehe ich auf. Es könnte ja sein, dass sich ihre Hand auch noch in andere Regionen meines Gesichts verirrt. Oma Grete scheint immer kleiner zu werden. Sie schrumpft regelrecht. Geschieht ihr recht! Ich meine, ich bin mit meinen 1,67 Meter ja auch nicht gerade groß, aber Oma Grete ist fast noch einen ganzen Kopf kleiner als ich. Hinter mir höre ich Lena und Marie kichern. Das war schon immer so. Ich war immer diejenige, die sich ständig von ihr hat erwischen lassen. Diejenige, die die meisten blauen Flecken hatte. Und auf mich freute sich Oma Grete immer am meisten.

»Gut siehst du aus, Engelchen! Und lass dir ja nichts vormachen, hörst du? Also wenn ich noch mal jung wäre … Bevor ich noch mal heiraten würde, ich sag dir, da müsste mir erst mal einer die ganze Welt zu Füßen legen.«

Opa Paul ist vor vier Jahren gestorben. Ehrlich gesagt, hat mir mein Großvater immer leidgetan, weil Oma Grete ihn immer fürchterlich rumkommandiert hat. Opa Paul war die gute Seele unserer Familie und ich habe fürchterlich geweint, als er damals gestorben ist. Mein Vater ist Opa Paul sehr ähnlich. Er hat von ihm die schweigsame, ruhige und sanfte Art geerbt. Mein Großvater vertrat immer die Meinung, man müsse zufrieden sein mit dem, was der liebe Gott einem schenkt. Und er war es auch. Die Sticheleien von Oma Grete schien er gar nicht wahrzunehmen oder er ertrug sie mit stoischer Gelassenheit. Und wenn wir Kinder uns hinter seinem riesigen Sessel vor Oma Grete versteckten, dann schmunzelte er still und leise vor sich hin. Er sah wirklich immer glücklich und zufrieden aus. Und ich glaube, er war auch bei seinem Tod mit sich im Reinen. Sein Herz hat versagt. Einfach so. Er ist im Sessel beim Lesen eingeschlafen und nie wieder aufgewacht.

Eigenartigerweise scheint es ansonsten niemand weiter zu beeindrucken, dass Jürgen vorübergehend ausgezogen ist. Oder aber ich werde nicht darauf angesprochen. Was mir natürlich absolut recht ist. Die einzigen Kommentare, die ich mir anhören muss, gelten meiner Frisur. Jeder Neuankömmling begrüßt mich mit den Worten: »Der neue Haarschnitt steht dir aber gut!« oder »Das sieht aber flott aus!« oder »Macht dich um mindestens fünf Jahre jünger!«

Aber auch daran haben unsere Gäste sich schnell gewöhnt und so nimmt die Party ihren Lauf. Es ertönt der Trinkspruch mit dem Hund und dem Schwein, ein untrügliches Zeichen dafür, dass es auf 22 Uhr zugeht. Marie, Lena und ich grinsen uns an. Damit wäre die Hälfte der Feier geschafft.

Da knufft Lena mich in die Seite und sagt: »Sag mal, hat Mutti dir erzählt, dass Jürgen heute da war?«

»Jürgen? Was wollte der denn hier?« Sofort kriecht ein ganz eigenartiges Gefühl durch meinen ganzen Körper. Mist, ich hatte gar nicht damit gerechnet, dass der heute hier auftauchen könnte.

»Ach, der weiß halt, was sich gehört. Hat Vati gratuliert.«

»Und, war eine von euch beiden dabei? Wie sah er denn aus?«

Lena und Marie schütteln synchron ihre Köpfe. »Nö, der war wohl heute Morgen da, ganz früh. Hat angeblich 'ne ganze Weile mit Mutti gesprochen«, sagt Lena mit Unschuldsmiene.

»Na toll, da weißt du mal wieder mehr als ich. Hat sie dir denn auch erzählt, was sie so geredet haben?« Neugierig schaue ich sie an.

»Nein. Und wenn sie ins Detail geht, dann würde ich ihr sowieso kein Wort glauben. Du weißt doch wie Mutti ist. Sie verdreht gern die Tatsachen. Bis am Ende alles ganz anders ist, als es wirklich war. Ich würde sie an deiner Stelle nicht fragen.«

Aber das höre ich schon längst nicht mehr, denn ich habe mich auf der Stelle auf den Weg in die Küche gemacht, wo ich meine Mutter kurz vorher noch das Grillfleisch zubereiten gesehen habe.

»Sag mal, war heute echt Jürgen hier? Du hast mir ja gar nichts gesagt!«

Dass hier irgendetwas nicht stimmt, erkenne ich daran, dass meine Mutter sich auf einmal eine Spur zu intensiv um das hilflose Grillfleisch kümmert. Sie spießt es auf die Gabel, um es erneut in der Marinade zu wenden – und das bestimmt zum achten Male.

»Ach, Babsilein, du bist es. Ja, Jürgen war hier. Aber nur ganz kurz. Sah schlecht aus, der arme Junge. Ganz blass und dunkle Ringe unter den Augen. Und er hat kaum ein Wort geredet.«

Lena hat Recht! Das stimmt nie im Leben. Wahrscheinlich sah Jürgen ungemein gut aus und die beiden haben mindestens eine Stunde miteinander fröhlich gequatscht. Meine Mutter hat ihm bestimmt erzählt, dass ich mir aus lauter Verzweiflung die Haare habe abschneiden lassen und ohne ihn bald zur Säuferin, oder, schlimmer noch, gar zum Junkie mutieren werde. Wahrscheinlich weiß Jürgen auch, dass ich so um die fünf Kilo zugenommen habe, quasi völlig aus dem Leim gegangen bin, weil ich ohne ihn komplett lebensunfähig sei. Und wenn er nicht sofort zu mir zurückkomme, dann bekäme ich mein Leben gar nicht mehr in den Griff. Ich würde eine fette, alte, griesgrämige und bedauernswerte Frau werden. Was meine Mutter ihm wirklich erzählt hat, werde ich wahrscheinlich niemals erfahren. Wenn sie sich einmal festgefahren hat, dann bleibt sie auch dabei. Und zwar so lange, bis die Geschichte wirklich zur Wahrheit wird und sogar Jürgen irgendwann hundertprozentig dasselbe erzählt.

Jürgen war also heute bei meinem Vater. Irgendwie ist das ja schon total süß. Es ist eben doch immer noch Verlass auf ihn. Jetzt habe ich ihn schon über eine Woche nicht mehr gesehen. Was wohl passiert wäre, wenn ich heute Morgen auch hier gewesen wäre? Und was, wenn Jürgen heute Abend hier noch einmal auftaucht? Immerhin ist er ja eingeladen. Auf diesen Schrecken muss ich mir ein Gläschen Schnaps genehmigen. Und dann direkt noch eines hinterher. Ehe ich dieses Anschlussvorhaben jedoch in die Tat umsetzen kann, stürmt Tante Hilde auf mich zu und drückt mir ein Blatt Papier in die Hand.

»Da nimm, das singen wir gleich. Die Melodie von *Marmor, Stein und Eisen bricht* kennst du doch?«

Natürlich kenne ich die Melodie, ich kenne sogar den ganzen Text auswendig! Das war eine Zeit lang mein absolutes Lieblingslied. Und zwar ziemlich genau kurz nachdem ich mit Jürgen zusammengekommen bin. Den Text habe ich ihm sogar mal als Liebesbrief geschickt. Vor etwa vier Jahren.

Teufel aber auch! Bisher habe ich an diesem Abend nicht an Jürgen gedacht und jetzt werde ich gleich zweimal kurz hintereinander an ihn erinnert. Zuerst von meiner Mutter, dann von mindestens siebzig Gästen auf einmal, die lautstark auf Anweisung von Tante Hilde im Chor grölen:

»Weine nicht, wenn du sechzig wirst, damm-damm, damm-damm.

Freu dich, dass du sie geworden bist, damm-damm, damm-damm.

Zähne rein und Brille auf, heute machen wir einen drauf.

Alles, alles geht vorbei, bleib uns ewig treu!

Tut's mal vorne und mal hinten weh, damm-damm, damm-damm.

Das geht vorüber wie eh und je, damm-damm, damm-damm.

Zähne rein und Brille auf …

Kommen Falten an Gesicht und Po, damm-damm, damm-damm.

Lächle drüber und zeig dich froh, damm-damm, damm-damm.

Zähne rein und Brille auf, heute machen wir einen drauf!

Alles, alles geht vorbei, bleib uns ewig treu!«

Ich stehe im Vereinshaus der Kleingartenanlage zum Krügersberg und werde von siebzig teilweise schon zahnlosen Gästen an den Schwur erinnert, den ich Jürgen am Anfang unserer Beziehung gegeben habe. Wir wollten uns treu bleiben! Mir wird auf der Stelle ganz flau in der Magengegend. Immerhin habe ich einen mir völlig fremden Mann auf der Straße geküsst. Und nicht nur das – ich wollte ihn abschleppen und mit ihm ins Bett hüpfen. Und wäre Maja mit ihrer blöden Beziehungskiste nicht dazwischengekommen, dann hätte ich es bestimmt auch getan. Zumindest hätte ich es versucht! Ich trinke noch einen Schnaps. Und danach noch einen. Und noch einen. Wie singt Drafi Deutscher noch mal?

»Nimm den goldenen Ring von mir, damm-damm, damm-damm.

Bist du traurig, dann sagt er dir, damm-damm, damm-damm …«

Da haben wir es! Jürgen ist selbst schuld. Es liegt alles nur daran, dass er den blöden Ring nicht dagelassen hat. Er hätte ihn gleich an meinen Finger stecken sollen, so wie sich das gehört. Aber nein, er musste ihn ja unbedingt wieder mitnehmen. Jürgen ist und bleibt eben ein Sparbrötchen. Wahrscheinlich hatte er Angst, ich könnte letztendlich doch Nein sagen und er hätte die Kohle für den Ring umsonst ausgegeben. So kann er ihn wenigstens wieder zurückbringen. Und überhaupt. Wäre Jürgen nicht so blöd gewesen und hätte den Quatsch mit den dreißig Tagen angezettelt, dann hätte ich Bruno niemals geküsst.

Ich meine, was erwartet Jürgen denn von mir? »Tu was du willst. Ich werde keine Fragen stellen.« Ist doch irgendwie bescheuert. Das ist doch ein Freibrief zum Fremdgehen. Oder sogar eine Aufforderung dazu. Vielleicht will Jürgen ja sogar, dass ich fremdgehe? Damit ich merke, was ich an ihm habe? Ein Seitensprung soll gar nicht so schlecht sein für eine Beziehung. Habe ich mal gehört. Was kann ich denn dafür, dass Bruno so gut küssen kann? Und was kann ich dafür, dass ich ständig an ihn denken muss? Ich trinke Schnaps Nummer sechs und beschließe, dass es Jürgens Absicht war, ihn zu betrügen. Jürgen wollte betrogen werden! So ein Arsch! Wer weiß, vielleicht will er mich ja auch loswerden und alles war ein ganz abgekartetes Spiel? Ganz berechnend, von Anfang an geplant mit diesem bescheuerten Heiratsantrag?

Es hilft alles nichts. Ich kann mir einreden, was ich will, das schale Gefühl im Bauch und das schlechte Gewissen bleiben. Ich will mich nicht schlecht fühlen. Jürgen wollte es so. Er hat mir doch die dreißig Tage geschenkt! Außerdem ist bisher ja nichts Schlimmes passiert. Bruno werde ich sowieso nie wiedersehen. Bestimmt war es ein Zeichen, dass mein Handy mit seiner darin gespeicherten Nummer verschwunden und nicht wieder aufgetaucht ist. Und wenn der liebe Gott gewollt hätte, dass ich Bruno wiedersehe, dann hätte ich ihn sicherlich bei meiner Suchaktion in einer der Tischlereien gefunden. Dafür hat mir der liebe Gott *Marmor, Stein und Eisen bricht* geschickt. Sozusagen als Zeichen. Morgen rufe ich Jürgen an. Alles wird gut!

Ich trinke Schnaps Nummer sieben und stelle mich vor Onkel Karl an den Tisch. Onkel Karl hat eine Glatze, wie Professor Ben Kreischmann, sieht aber damit nicht annähernd hollywoodverdächtig aus, sondern eher wie eine alte, verschrumpelte Melone. Meine Hand nähert sich langsam seinem Kopf und ich überlege ernsthaft einen kurzen Moment, ob ich einfach mal darüberstreichen soll.

22 Diese SMS war nicht für mich bestimmt!

Wow, so betrunken war ich schon lange nicht mehr. Ich schätze, ab heute habe ich einen neuen Lieblingsonkel. Onkel Karl freut sich bestimmt schon auf die nächste Familienfeier. Dann kennt er mit Sicherheit auch wieder neue Trinksprüche, die er mir alle beibringen wird. Bei Schnaps Nummer elf habe ich aufgehört zu zählen. Das war der Zeitpunkt, ab dem ich nicht mehr stehen konnte und an dem ich Onkel Karl wirklich gefragt habe, ob ich mal über seine schöne Glatze streichen darf. Durfte ich! Hat sich ganz merkwürdig angefühlt.

Irgendwann hat Lena mich nach Hause gefahren. Sie hat keinen Tropfen getrunken und mich nach oben bis ins Bett gebracht. Ich habe mich standhaft geweigert, meinen Schlafanzug anzuziehen. Hoffentlich ist Lena jetzt nicht sauer auf mich. Ich glaube, ich habe ihr gesagt, sie sei wirklich wie Mutti und solle besser ihre eigenen Kinder zu Hause beglucken.

Mein Körper fühlt sich ganz schwer an und ich fürchte mich davor, eine Bewegung auszuführen. Dann wird mir wieder übel und Sekunden später hänge ich über der Toilette. Maja hat übrigens schon mal aus meinem Fenster gekübelt. Da hatten wir wohl zu viel Rum in den Glühwein geschüttet und beim Sitzen haben wir von unserem Zustand nichts gemerkt. Bis Maja von der Couch aufgestanden ist. Sie hat es nicht mehr bis zur Toilette geschafft und da das Fenster gerade zum Lüften offen stand … Zum Glück war es schon spät und Majas Ladung hat niemanden getroffen.

Ich denke an meine Freundin und ein starkes Glücksgefühl macht sich in mir breit. Schade, dass sie heute nicht dabei war. Sie hätte Onkel Karl bestimmt unter den Tisch getrunken. Lächelnd liege ich im Bett, meine Augenlider werden immer schwerer. Kurz vorm Einschlafen vibriert plötzlich mein Handy an meinem Hintern. Hä? Wer ist das denn? Es ist ein Uhr. Kann eigentlich nur Maja sein. Es dauert eine Weile, bis ich mein Kleid angehoben und mein Handy aus der Strumpfhose gefischt habe. Fahrig öffne ich das blinkende Briefchen. Die Nachricht ist von Jürgen! Was ist denn mit dem los? Dass der noch nicht tief schläft? Ich versuche, auf der Stelle hellwach zu werden, doch es gelingt mir nicht ganz. Fieberhaft versuche ich, meine ganze Konzentration zusammenzunehmen, damit ich Jürgens Worte lesen und verstehen kann:

> Ich freue mich auch. Es wird bestimmt schön. Wir treffen uns morgen, also eigentlich heute, um sieben vor dem Theater. Bin gespannt, wie dir das Phantom gefällt. Schlaf schön!

He, ich bin vielleicht betrunken, aber ich kapiere es trotzdem sofort: Diese SMS war nicht für mich bestimmt! Jürgen geht ins *Phantom der Oper*. Und zwar nicht mit mir. Was ist das denn für eine Scheiße? Die dreißig Tage waren doch für mich. Oder gönnt er sich etwa auch eine Auszeit? Ohne zu zögern tippe ich mit wackeligen Fingern in mein Handy:

Du bis ech so gemein. DA wollt ich doch mitdir hin. Jaja, dreißi Tage un keine fragen. Auch für DICH??

Mit wem Jürgen wohl verabredet ist? Dass er ohne mich das *Phantom der Oper* sehen will, finde ich mehr als fies. Vor allem, weil ich ihn schon wochenlang bearbeite, mit mir dorthin zu gehen. Jürgen mag nämlich keine Musicals. Ich lese noch einmal die Nachricht, die ich ihm gerade geschrieben habe und drücke auf »Löschen«. Wenn ich nüchtern bin, denke ich erst einmal in Ruhe über alles nach. In und über mir dreht sich alles. Ich denke an Jürgen, da sehe ich plötzlich Bruno vor mir. Er lacht mich an, sagt »Barbara«. Es hört sich schön an, wenn Bruno meinen Namen sagt. Ich bin die heilige Barbara. Eine Schutzheilige. Das hat er mir letztens erzählt. Was ich wohl getan habe, damit ich heiliggesprochen wurde? Bestimmt habe ich in einem früheren Leben mit meinen heiligen Händen Betten gesegnet. Und in den von mir gesegneten Betten sind dann besonders glückliche Babys gezeugt worden. Weil die aus einem männlichen und einem weiblichen Orgasmus entstanden sind.

Als ich aufwache, ist es schon hell am Morgen. Mann, ich muss wirklich aufhören mit dieser Trinkerei. Danach träume ich immer einen Müll zusammen, den ich gar nicht mehr verkraften kann, wenn ich wieder nüchtern bin. Die heilige Barbara! Innerhalb von Sekunden bin ich hellwach und schmeiße den PC an. Ich erfahre, dass Barbara die Schutzheilige der Bergleute ist, der Geologen, Glöckner, Glockengießer, Schmiede, Maurer, Steinmetze, Zimmerleute, Dachdecker, Elektriker, Architekten, Artilleristen, Feuerwerker, Feuerwehrleute, Totengräber, Hutmacher, der Mädchen und der Gefangenen. Außerdem zählt sie zu den Vierzehn Nothelfern und hilft gegen Gewitter, Feuergefahr, Fieber, Pest und plötzlichen Tod.

Praktisch! Das muss ich unbedingt Maja erzählen. Wo ist nur mein Handy? Es liegt in der Besucherritze. Dort, wo ich es gestern Nacht hineingestopft habe, nachdem diese eigenartige SMS von Jürgen kam. Plötzlich fällt mir alles wieder ein. Oder habe ich das auch nur geträumt? Nein, das war schon echt. Ich rufe die Nachricht noch einmal ab und schüttle den Kopf. So ein Arsch! Wie gehe ich denn nun damit um? Zum Glück habe ich eine beste Freundin, die ich um Rat fragen kann. Ich wähle ihre Nummer.

»Maja? Gut, dass du schon wach bist. Ich muss dir unbedingt was erzählen.«

23 Und morgen regnet es bunten Regen

Ist ja klar. Wenn es mal wirklich wichtig ist, hat Maja natürlich keine Zeit. Ist mit Victor ausgeflogen. Also sitze ich alleine im Café des Essener Theaters und warte. Alle paar Minuten gucke ich auf meine Uhr, deren großer Zeiger sich so gar nicht bewegen will. In zehn Minuten ist es sieben Uhr. Vorsichtshalber habe ich mein schwarzes Kleid noch mal angezogen, damit ich unter den meist dunkel gekleideten Zuschauern möglichst nicht auffalle. Natürlich habe ich es noch glatt gebügelt, damit nicht jeder gleich sieht, dass ich darin geschlafen habe.

Zum Glück habe ich noch eine Karte für die Aufführung bekommen. Ganz hinten, in der letzten Reihe. Die Wahrscheinlichkeit, dass ich da neben Jürgen sitzen werde, ist gleich null. Letzte Reihe käme für ihn nie und nimmer infrage. Außerdem habe ich mir eine von diesen weißen Phantom-Masken gekauft, die man hier neben den Programmheften erwerben kann. Das Begleitheft habe ich jetzt zum dritten Mal durchgeblättert. Ich nippe elegant an meinem Champagner und beobachte aus dem Augenwinkel die Eingangstür des Theaters auf der Suche nach Jürgen.

Fünf Minuten später sehe ich sie. Frau Stankowicz, gehüllt in einen Traum aus rotem Chiffon, steht mitten im Foyer und winkt. Mit allem hätte ich gerechnet, nur damit nicht! Jürgen geht mit seiner Mutter ins Musical? Er hat sich auf *sie* gefreut? Und er schickt *ihr* nachts um eins Kurznachrichten? Auf diesen Schreck hin leere ich das Glas in einem Zug. Wahnsinn, wie schnell man zwölf Euro vernichten kann. Aber es wird noch besser: Nicht Jürgen, sondern eine andere Person eilt nun freudig auf Frau Stankowicz zu. Ich halte inne und lasse fast das leere Champagnerglas fallen. Die kenne ich doch irgendwoher. Natürlich, es ist … Natascha, Natascha Anastasia De la Soir! Das Büromäuschen aus der Kanzlei! Sie liegt in den Armen meiner zukünftigen Schwiegermutter, Küsschen hier, Küsschen da.

Jetzt könnte ich eine ganze Flasche Champagner gebrauchen. Und Onkel Karl und Maja oder besser noch Bruno. Das wäre doch mal ein interessantes Treffen geworden. Aber ich blöde Kuh sitze alleine hier im Café und beobachte mit großen Augen, wie sich auch noch Herr Stankowicz senior und Jürgen selbst zu den beiden sich sichtlich amüsierenden Damen gesellen. Was läuft hier denn für ein Film? Und zu allem Überfluss kommen sie jetzt auch noch direkt auf mich zu. Scheiße, da hilft nur eins. Ich halte mir die weiße Maske vor mein Gesicht und sprinte zum Klo.

Jetzt sitze ich wie festgewachsen auf dem Deckel und warte. Mist, die trinken bestimmt auch standesgemäß ein

Gläschen Champagner. Das Stück beginnt erst in fünfzehn Minuten. Ich schließe die Augen und lehne mich seufzend zurück. Direkt gegen die Klospülung, die ich damit betätige. Was mache ich nur hier? Warum bin ich nicht einfach cool im Café sitzen geblieben? Dann wäre der Überraschungsmoment auf meiner Seite gewesen. Ob ich mal durch die Tür spähe? Vielleicht sind sie ja schon weg? Vorsichtig wage ich mich vor und sehe gerade noch rechtzeitig, wie Jürgens Mutter sich auf den Weg zur Toilette macht. Wumms! Wieder sinke ich ergeben auf den Klodeckel.

»Hallo?« Die Stimme von Jürgens Mutter ist unverkennbar. Jetzt spricht sie mich auch noch an! Ich verhalte mich mucksmäuschenstill.

»Sie haben Ihre Karte auf dem Tisch liegen lassen. Ich dachte, ich bringe sie Ihnen lieber, damit sie nicht verlorengeht. Sie sind jetzt schon so lange hier auf der Toilette. Ist Ihnen nicht gut?«

Super! Und was nun? Ob mich Frau Stankowicz trotz Maske und neuer Frisur vorhin erkannt hat? Ich brumme so etwas wie: »Mmh ja, alles okay«, und fange an, fürchterlich zu husten. Dabei schiebe ich meine Hand unter der Toilettentüre hindurch, in die die bestimmt verdutzt dreinblickende Frau Stankowicz die Eintrittskarte legt. »So was aber auch«, höre ich noch, da erklingt zum Glück der erste Gong, der die Besucher auffordert, ihre Plätze einzunehmen.

Vorsichtshalber warte ich noch bis zum dritten Gongschlag, dann gehe ich zügig und mit streng nach vorne gerichtetem Blick in den Saal und lasse mich auf meinen Sitz fallen. Familie Stankowicz plus Anhang kann ich nicht sehen. Ist vielleicht auch besser so. Das Musical gefällt mir, auch wenn ich es mir ohne Begleitung ansehen muss. Immer noch besser als mit Jürgens Eltern hier zu sein. In der Pause bleibe ich lieber brav auf meinem Platz sitzen, meine weiße Maske für den Notfall immer griffbereit. Aber bis zum Ende der Aufführung gibt es keine weitere brenzlige Situation mehr. Noch als die Zuschauer applaudieren verlasse ich fluchtartig den Saal. Schnell hole ich meine Jacke von der Garderobe und flitze an die frische Luft.

Und nun? Mit dem Taxi nach Hause? Gute Idee. Nichts mehr hören, nichts mehr sehen. Bestimmt hat das alles gar nichts zu bedeuten. Jürgen hat ja immer vermutet, dass sein Vater ein Auge auf Natascha geworfen hat. Ob der so abgebrüht ist und seine Geliebte auf einen Familien-Musical-Besuch einlädt? Verrückte Welt.

Ich steige ins Taxi ein, der Fahrer guckt mich lächelnd an. »Wohin darf ich die junge Dame denn bringen?«

Noch bevor ich zur Antwort ansetzen kann, sehe ich Jürgen und Natascha Anastasia auf den Taxistand zukommen. Die schöne weiße Maske verfehlt heute Abend nicht ihren Zweck. Der Taxifahrer denkt bestimmt, ich hab sie nicht mehr alle. Ist ja auch so.

»Einen Moment noch, ja?«, bitte ich ihn mit verhülltem

Gesicht. Wenn Natascha Anastasia jetzt alleine ins Taxi steigt, ist alles gut. Dann muss ich mir keine Gedanken mehr machen und kann heute Nacht gut schlafen.

Sie steigt natürlich nicht alleine ein. Und nicht nur das. Jürgen setzt sich neben sie. Nach hinten auf die Rückbank. Das reicht!

»Können Sie bitte dem Taxi hinter uns unauffällig folgen?«

»Aber gerne doch. Darf ich fragen, wer da drinsitzt? Irgendjemand, den ich kennen müsste?«

»Nein. Es ist mein Freund mit dem Büromäuschen seines Vaters«, sage ich freimütig.

»Ach so. Na dann mal los. Das machen wir schon. Wir können auch den Funk einschalten, dann hören wir, wohin mein Kollege fährt. Die Fahrten werden über die Zentrale geplant, also gehen dort alle Fahrtziele ein.«

»Das ist aber praktisch …«

Die Fahrt geht nach Bottrop, in die Kolpingstraße. Kommt mir irgendwie bekannt vor. Zum Glück ist Bottrop nicht weit weg von Essen. Ich habe noch ganze zwanzig Euro bei mir. Der Monat ist echt kostspielig. Bald bin ich wirklich pleite. Und stinksauer bin ich mittlerweile auch. Wir sind nämlich am Zielort angekommen und ich weiß jetzt, wieso mir die Adresse so bekannt vorkam. Hier ist das kleine, gemütliche Restaurant, in dem ich ab und zu, nur zu ganz besonderen Anlässen, mit Jürgen gewesen bin. Das letzte Mal haben wir dort an unserem Jahrestag gegessen. Und jetzt sitzt der Penner hier mit Natascha

Anastasia. Wie dreist sind die eigentlich? Ich bin wenigstens mit Bruno ins *La Luna* gegangen. Dort war ich mit Jürgen noch nie.

»Soll ich mit reingehen?«

Ich schaue den Taxifahrer verständnislos an.

»Ja«, sagt er augenzwinkernd, »wir tun so, als wäre ich Ihr neuer Freund. Wird bestimmt lustig.«

Ja, da könnte sich wirklich einer amüsieren. Jürgen nämlich. Denn der Taxifahrer wiegt mindestens zwei Zentner. Und Jürgen sitzt da mit einer perfekten Barbie.

»Danke für das nette Angebot, aber ich geh alleine rein«, meine ich bestimmt.

»Ich warte hier. Vielleicht brauchen Sie mich ja doch noch.«

Ich nicke ihm zu und mache mich auf den Weg ins Restaurant. Lange muss ich nicht suchen, denn das *Intermezzo* ist nicht groß. Jürgen und Natascha sitzen in der gemütlichsten Ecke, die es gibt. An »unserem« Tisch. Das ist zu viel.

Der Überraschungsmoment liegt nun wirklich ganz auf meiner Seite. Da Jürgen sitzt, bin ich endlich mal größer als er und ich kann auf ihn herabschauen. Meine linke Augenbraue zieht sich gefährlich nach oben, als ich ihn süffisant lächelnd begrüße: »Hallo, Jürgen.«

»Babsi? Barbara? Was machst du denn hier?«

»Das wollte ich dich auch gerade fragen. Du sitzt mit einer anderen Frau in *unserem* Restaurant, an *unserem* Tisch?«

»Babsi, es ist nicht so, wie es aussieht. Das ist Natascha Anastasia, die Bürokraft meines Vaters.«

»Ich weiß, ich bin ja nicht blöd. Das ist die dumme Sekretärin, die dein Vater poppt. Sagst du doch immer. Hast du sie jetzt schon geerbt? Bevor du das Geschäft übernimmst?« Zum ersten Mal sehe ich seine Begleiterin, die mittlerweile puterrot angelaufen ist, direkt an. »Hallo, Natascha. Unterhaltet ihr euch auch gut?«

»Also, Babsi«, sagt Jürgen in vorwurfsvollem Ton. »Du solltest dich bei Natascha entschuldigen. Es ist wirklich nicht so, wie du denkst.«

»Wieso? Es waren doch deine eigenen Worte: *Dumm poppt gut*. Hast du selbst gesagt. Und, hast du schon ausprobiert, ob was an dem blöden Spruch dran ist?«

Jürgen sprachlos zu machen ist eine echte Leistung. Innerlich gratuliere ich mir, denn er schweigt. Schaut mich einfach nur an. In diesem Moment kommt der Kellner. Auf dem Tablett stehen zwei Bellinis. *Unser* Getränk, um einen schönen, ganz besonderen Abend einzuleiten. Warum nicht mal einen Bellini nehmen, um einen Abend stilvoll zu beenden?

Galant nehme ich ein Glas und hebe an zum Trinkspruch: »Na dann Prost, auf euch beide.« Mann, kann ich freundlich lächeln. »Ach, und herzlichen Glückwunsch zu deinem Erbe, lieber Jürgen! Hätte nicht gedacht, dass dein Vater seine Gespielin so schnell weitergibt.«

Der Aperitif landet mitten in Jürgens Gesicht. Filmreif

drehe ich mich um und verlasse langsam und mit aufrechtem Gang das Restaurant. Ich überquere die Straße, steuere den kleinen Spielplatz gegenüber an, da höre ich Schritte hinter mir.

»Babsi, warte doch. Ich kann dir das alles erklären!« Er ist mir doch tatsächlich nachgegangen. Wahrscheinlich verlangt er sogar wieder, dass ich mich bei der Bürobarbie entschuldige. Allein schon der Spruch, es sei angeblich nicht so, wie es aussehe, ist doch ein Indiz dafür, dass hier was faul ist. Und zwar gewaltig!

»Meinst du? Es sieht ziemlich eng für dich aus!« Wütend blitze ich Jürgen an. Doch der hat natürlich schon wieder eine Antwort parat. Na, immerhin ist er ja Anwalt. Da hat man so was drauf.

»Meine Eltern haben Natascha eingeladen. Als Dankeschön für ihre Hilfe bei der letzten Feierlichkeit.«

»Und warum gehst *du* dann mit ihr in *unser* Lokal? Du hast sie wie verrückt angestrahlt. Verarschen kannst du eine andere. Versuch es mal mit ihr, doof wie sie ist.«

»Ich weiß es nicht. Ehrlich. Ich war irgendwie sauer auf dich und wollte mich rächen. Du hast dich in all den Tagen nicht gemeldet. Und das, obwohl ich dir gestern absichtlich die SMS geschickt habe. Komm, lass uns in Ruhe über alles reden, ja?« Jürgen macht einen Schritt auf mich zu.

»Wie? Das war gar kein Versehen?« Jetzt bin ich wirklich fassungslos.

»Ich wollte dich eifersüchtig machen. Außerdem verstehe ich bis heute nicht, warum du den Antrag nicht gleich angenommen hast. Komm, lass uns reden.«

Es dauert eine Weile, bis ich verstehe, was Jürgen mir da gerade erzählt hat. Er hat mir diese doofe SMS absichtlich geschickt? Damit ich eifersüchtig werde? Irgendwie passt es gar nicht zu ihm, dass er plötzlich anfängt zu taktieren. Das ist schon fast wieder bewundernswert. Hat ja schließlich funktioniert. Der Bellini tropft von seinen Haaren auf die Jacke. Jürgen sieht gut aus. Zum Anbeißen gut. Ob er sich von mir verführen lässt? Jetzt wäre die passende Gelegenheit, den letzten Punkt von meiner Liste zu streichen und die Situation ein für alle Mal zu klären. Fordernd öffne ich die Schnalle seines Gürtels und mache mich daran, den Knopf seiner Hose zu öffnen. Ich schaue ihm tief in die Augen und versuche meiner Stimme einen mehr als erotischen Hauch zu geben.

»Reden? Ich will nicht reden. Küss mich und dann schlaf mit mir. Hier. Auf der Rutschbahn. Oder auf der Schaukel. Von mir aus auch in der kleinen Festung da. Zeig mir, dass du mich liebst. Jetzt.« Ich komme nicht mehr dazu, den Knopf zu öffnen. Jürgen schiebt meine Hand weg und hält sie fest.

»Babsi, Babsilein, komm, reg dich doch nicht so auf. Ich erkenn dich ja gar nicht wieder. Und das liegt nicht nur an deiner neuen Frisur.«

»Vielleicht ist das eine Seite an mir, die du noch nicht kennst. Probier sie doch mal aus. Komm mit, warten wir nicht länger.«

»Ach Babs, das geht doch nicht. Ich kann Natascha ja schlecht alleine im Restaurant sitzen lassen. Übrigens ist sie gar nicht so doof, wie ich immer dachte. Aber das erzähle ich dir ein andermal. Ich gehe jetzt zu ihr, muss ihr doch die Situation erklären. Wie sieht das denn sonst aus? Komm, setz dich ins Taxi und fahr nach Hause. Ich komme gleich nach, ja?«

Der Taxifahrer hat tatsächlich auf mich gewartet. Er lächelt mich durch das runtergekurbelte Fenster an. Natülich hat er alles mitbekommen.

»Wenn ich mir eine Bemerkung erlauben darf«, sagt er lächelnd. »Der Kerl ist ein Trottel! Der hat Sie gar nicht verdient. Sie sollten ihn wegschicken, wenn er nach Hause kommt. So ein Idiot!«

Ja, so ein Idiot. Er hat mich doch tatsächlich abblitzen lassen. Ich greife zu meinem Handy, will Jürgen auf der Stelle eine bitterböse SMS hinterherschicken, aber mir fällt nichts ein. Ich bin noch immer fassungslos. Ist vielleicht auch besser so, sonst schreibe ich noch etwas und bereue es dann gleich darauf. Mir hilft jetzt nur noch eins: Ich rufe Maja an. Vielleicht habe ich ja Glück und sie ist von ihrem Date mit Victor zurück. »Maja? Gut, dass du rangehst. Ich habe Jürgen gerade einen Bellini ins Gesicht geschüttet. Ich muss reden. Unbedingt. Bist du wieder zu Hause?«

»Schneckchen, ich hab mein Handy die ganze Zeit angehabt. Für den Notfall. Ich hab eh schon ein ganz schlechtes Gewissen, weil ich dich alleine gehen lassen hab. Ich bin seit zehn Minuten wieder hier. Soll ich zu dir kommen?«

»Nein, lieber nicht. Da taucht Jürgen vielleicht auf. Ich komm zu dir.«

»Ich muss weiter nach Oberhausen«, sage ich zu dem Taxifahrer, »habe aber kein Geld mehr. Wenn Sie kurz dort warten, hol ich mir was von meiner Freundin. Geht das?«

»Natürlich, kein Problem!«

Es dauert nur eine Viertelstunde, dann stehe ich vor Majas Haus. Sie winkt mir am geöffneten Küchenfenster mit einem Teelicht in der Hand zu.

»Hallo, Puppe, hab dir ein Licht angezündet. Nur für dich.«

»Das ist lieb. Kannst du mal Geld runterschmeißen? Ich bin pleite und muss das Taxi bezahlen.«

»Warte … hier, ich hoffe, es reicht!«

In Majas Geldbörse befinden sich noch genau achtzehn Euro. Das reicht gerade so für die Fahrt. Bedauernd gucke ich meinen Chauffeur an. »Es reicht leider nicht mehr für ein Trinkgeld.«

»Das passt schon«, grinst er frech zurück. »Wenigstens habe ich jetzt auch mal was zu erzählen. So was erlebt man doch sonst nur im Film.«

Und genau so fühle ich mich auch. Wie in einem falschen Film.

Wenig später sitze ich mit Maja auf der Couch und erzähle ihr die ganze Geschichte. Ich lasse nichts aus. Maja ist meine beste Freundin, also verheimliche ich ihr auch nicht das peinliche Zusammentreffen mit Jürgens Mutter auf der Damentoilette.

Maja hört aufmerksam zu, nur hin und wieder höre ich ein »Nein, das hast du nicht« oder ein »Oh Gott, wie schrecklich« und am Ende ein »Wie doof ist der denn?«.

Ich kann mir immer noch keinen Reim auf all das machen. Das flaue Gefühl in der Magengegend wird immer stärker.

»Eins ist ja mal wohl klar, Puppe. Du pennst heute Nacht bei mir. Dann kommst du erst gar nicht auf die Idee, diesem Idioten aufzumachen, falls er doch vor deiner Tür stehen sollte. Und morgen suchen wir deinen Bruno. Was dein Jürgen kann, das kannst du schon lange. Das glaube ich nie im Leben, dass der von diesem Büromäuschen nix will. Sonst wäre die ihm nämlich egal gewesen und er hätte sie dort sitzen lassen und wäre direkt mit dir nach Hause gefahren. Und außerdem, ein richtiger Kerl hätte dich gleich auf dem Spielplatz geliebt.«

»Ich weiß nicht, Maja. Er kann gar nichts mit Natascha haben, sie ist doch die Geliebte seines Vaters.«

»Ja, Süße. Und morgen regnet es bunten Regen. Das glaubst du doch selber nicht!«

24 Na, das ist ja mal 'ne Überraschung!

Zum Glück ist Maja einigermaßen pünktlich. Ich habe nur fünf Minuten gewartet, aber diese kurze Zeit hat gereicht, dass ich mich total unwohl fühle.

Wir sitzen genau an dem Tisch, an dem ich mit Bruno vor fünf Tagen gesessen habe. Nur heute bin ich mit meiner Freundin da. Maja hat dicke, kräftige dunkle Locken, die witzigerweise irgendwie zur Seite wachsen anstatt nach unten. Auch ihr hängt gerne mal eine Haarsträhne ins Gesicht, so wie Bruno. Aber bei Maja muss ich keine Angst haben, dass meine Hand sich selbstständig machen könnte. Ihr darf ich jederzeit in die Haare fassen. Und so schiebe ich ihr wie selbstverständlich die Strähne wieder hinter das Ohr zurück. Wir bestellen uns zwei Caipirinhas.

»Und nun?«, frage ich mutlos.

»Keine Ahnung! Die Wahrscheinlichkeit, dass Bruno unter der Woche hier auftauchen wird, ist ziemlich gering. Heute ist Mittwoch, nicht unbedingt ein typischer Cocktailtag. Aber vielleicht kennt ihn jemand an der Bar? Immerhin kam der Vorschlag vom *La Luna* ja von ihm. Dann wird er wohl öfter hier sein.«

Ich bin mir nicht sicher, ob die Bedienung an der Bar auch am Freitag, als ich mit Bruno da war, hier gearbeitet hat. Immerhin hatte ich nur Augen für den Mann, den ich eigentlich abschleppen wollte. Wie sollte ich denn da auf das Personal achten?

Ich bestelle taktisch klug noch zwei Caipirinhas bei ihr. »Sag mal, hast du am vergangenen Freitag zufällig auch gearbeitet?«

»Ja, warum?«

»Ich weiß nicht, ob du dich an mich erinnern kannst. Ich war gemeinsam mit einem Typen hier. Er ist groß, hat dunkle Haare und braune Augen. Wir haben viel gelacht. Er heißt Bruno.«

»Hat er was verbrochen?«

»Nein, ganz harmlos, aber doch sehr wichtig. Ich habe seine Handynummer verloren. Ganz doof. Und ich würde ihn gerne wiedersehen.«

»Ich kenne einen Bruno. Der würde auch auf deine Beschreibung passen. Ist ein echt netter Kerl. Hängt öfter mal hier rum. Aber ganz ehrlich, ich kann mir nicht vorstellen, dass du den suchst. Der geht nämlich nach dem *La Luna* meistens noch ins *Pettycoat*.«

»Ins *Pettycoat*?«, mischt sich Maja ins Gespräch ein. »Na, wenn das unser Bruno ist, wäre das echt der Hammer!«

Ich verstehe nur Bahnhof. Weder kenne ich das *Pettycoat* noch habe ich je von dem Laden gehört. Aber ich weiß, wie Maja tickt. Die hat offensichtlich gerade etwas

Hochbrisantes erfahren. Das sehe ich an ihrem Gesichtsausdruck.

»Schneckchen«, klärt sie mich auf, »das *Pettycoat* ist die In-Kneipe hier im Umkreis von bestimmt hundert Kilometern. Und zwar für die, die fürs andere Team spielen. Für Schwule. Und für Lesben!«

»Nie im Leben! Bruno ist nicht schwul, geht doch gar nicht.«

Die Bedienung scheint Spaß an unserer Situation zu haben. Fast könnte man meinen, sie würde sich über mich amüsieren. »Einen anderen Bruno kenne ich nicht, tut mir leid! Aber du kannst einen Zettel am Schwarzen Brett neben der Garderobe aufhängen. Da hängt schon 'ne ganze Menge anderer Kram!«

Dass Bruno vom anderen Ufer sein soll, glaube ich einfach nicht. Das hätte ich doch gemerkt. Außerdem hätte er mich dann niemals geküsst. Zumindest nicht so leidenschaftlich, wie er es getan hat. Auf der anderen Seite, vielleicht hat er mich ja gerade deswegen nicht abgewiesen? Weil er mal eine Frau küssen wollte?

Ich drehe mich zu der Bedienung um. »Hast du mal Zettel und Stift?«

Bruno gesucht!
Ich habe deine Telefonnummer verloren.
Bitte ruf mich an!
Barbara

Vorsichtshalber schreibe ich Majas Nummer darunter. Man weiß ja nie. Sonst meldet sich Bruno ausgerechnet dann, wenn ich gerade Jürgen heirate. Wenn wir überhaupt noch heiraten. Aber wenn, klingelt es bei meinem Pech ausgerechnet in der Kirche, weil ich blöde Kuh vergessen habe, das Handy vorher auszuschalten.

»Das *Pettycoat* ist nicht weit weg, in zehn Minuten sind wir da.« Man könnte fast meinen, es ginge hier um Majas Leben und nicht um meins, so aufgeregt ist sie.

»Bruno ist nicht schwul. Unmöglich, so wie der küsst. Der kann gar nicht schwul sein!«

»Egal, komm Puppe, ich wollte schon immer mal ins *Pettycoat*. Lass uns ein Taxi nehmen. Es wird bestimmt lustig!«

Auf unser Winken hin hält ein Taxi am Straßenrand und wir steigen ein. Der Fahrer grinst uns neugierig taxierend an. »Ins *Pettycoat*? Aber gerne doch, meine Damen!«

Hallo, wir sind nicht lesbisch. Und davon mal ganz abgesehen ist Maja überhaupt nicht mein Typ. Auch nicht, wenn ich ein Kerl wäre. Obwohl sie zugegebenermaßen schön ist. Maja ist einfach nur eine tolle Freundin. Die beste Freundin. Wir fahren also zusammen in *die* Schwulen- und Lesben-Kneipe schlechthin. Wow! Und dort suchen wir ausgerechnet Bruno. Den wir da aber mit Sicherheit nicht finden werden. Das sagt mir meine weibliche Intuition.

Das *Pettycoat* sieht auf den ersten Blick gar nicht aus wie eine Schwulenkneipe. Bis auf den kleinen Regenbogenaufkleber an der Tür. Von außen hat es eher was von einem Irish Pub. Und innen auch. Es ist richtig gemütlich. Wir setzen uns an die Bar. Als wir am Türsteher vorbeigegangen sind, hat Maja meine Hand genommen und tatsächlich ganz laut »Ich liebe dich, Häschen« gesagt. Ich glaube, ich bin wieder einmal ein wenig rot geworden.

Irgendwie gefällt es mir hier. Die Bar ist aus massivem Holz und in den zurückgesetzten Nischen, die die Gäste zum Kuscheln einladen, stehen wunderschöne Holztische. Vielleicht hat Bruno die ja gebaut? Viele Leute sind nicht hier, aber das ist wahrscheinlich normal für einen Wochentag. In einer der Kuschelecken sitzt ein ganz normales Paar. Damit meine ich einen Mann und eine Frau. Wobei ich damit nicht sagen will, dass ein gleichgeschlechtliches Pärchen für mich nicht normal ist. Nur der Anblick ist eben etwas ungewohnt.

Direkt neben uns unterhalten sich angeregt zwei Kerle auf eng zusammengerückten Barhockern. He, die sehen verdammt gut aus. Und in einer der dunklen Nischen knutschen ungeniert zwei Frauen. Ich glaube zumindest, dass es Frauen sind, da ich die eine nur von hinten sehe und die andere im Dämmerlicht verschwindet. Ich muss mich richtig zusammennehmen, nicht die ganze Zeit dorthin zu starren. Schon irgendwie faszinierend! »Sex mit einer Frau« stand auch auf meiner *Lotte-Liste*, wobei ich es ja dann wieder durchgestrichen habe. Wie es sich wohl anfühlt? Vielleicht sollte ich es mir doch noch mal überlegen? Reizen würde es mich schon immer noch ein wenig.

Maja bestellt uns zwei Caipirinhas. Mann, schon wieder so viel Alkohol. Und dabei hatte ich mir nach der feuchtfröhlichen Geburtstagsfeier meines Vaters fest vorgenommen, nie wieder was zu trinken. Nun, immerhin bin ich jetzt die Lieblingsnichte von Onkel Karl.

Wir nuckeln einträchtig an unseren Strohhalmen, als es plötzlich passiert, und zwar wieder alles auf einmal. Ich höre den Barkeeper rufen: »Bruno, noch ’nen Wodka?«, da packt mich Maja am Arm und zischt mir ins Ohr: »Ich werd verrückt! Ist das etwa deine kleine Schwester?«, und Uschi steht augenblicklich vor mir, guckt mich überrascht mit großen Augen an und fragt: »Babsi? Du hier?«

Und was mache ich? Ich habe nur Augen für den Mann neben mir, der jedoch ein anderer, ein mir völlig fremder Bruno ist. Dann wende ich mich in Zeitlupe Uschi zu und schaue sie verdutzt an. Was macht die denn hier? Und wo soll Marie sein? Zum Glück hängt Maja immer noch an meinem Arm, sonst würde ich mit Sicherheit auf der Stelle vom Hocker purzeln.

»Hi, ich bin Maja. Und wer bist du?«, stellt sie sich Uschi vor. Maja behält in solchen Situationen immer komplett den Überblick und bewahrt die Nerven. Obwohl ihr das momentan sicherlich leichtfällt. Sie ist ja mal wieder Zuschauerin und ich bin die Heldin im Film, wie immer.

»Ich heiße Uschi«, stellt sich ihr meine Friseurin vor.

Ich bin zugegebenermaßen fassungslos und starre Uschi ungläubig an. Ich denke »Uschi-Muschi« und ich muss mich bemühen, das nicht spontan auszusprechen. »Hallo, Uschi!«, murmele ich etwas befangen.

Uschi lacht mich an. Ich versuche, klar zu denken, und nuckele weiter an meinem Caipirinha.

»Du siehst toll aus«, sagt Uschi und sieht mir tief in die Augen. »Wahnsinn, was Haare ausmachen. Marie hat mir gar nicht erzählt, dass du auch lesbisch bist. Die wird Augen machen, wenn sie dich hier sieht. Ach, da kommt sie ja.«

Marie? Meine kleine Schwester ist hier zusammen mit Uschi? Ich verschlucke mich augenblicklich an dem letzten Schluck und pruste das ganze Zeug heraus. Es trifft ausgerechnet Maja mitten ins Gesicht. Doch sie bleibt ganz ruhig. Immerhin wird hier gerade Familiengeschichte geschrieben und sie darf hautnah dabei sein. Grinsend nimmt sie sich eine Serviette und reicht mir auch eine. »Hier, wer weiß, was gleich noch passiert.«

Und da ruft Uschi auch schon: »Marie, Marie, schau mal, wer hier ist. Deine Schwester!«

Marie kommt zögernd auf uns zu. Sie ist knallrot wie eine Tomate. Wie süß ist das denn? Normal bin ich doch immer diejenige, die errötet. Marie habe ich noch nie so gesehen. Es dauert eine ganze Weile, bis ich verstehe, was hier wirklich abgeht. Ich habe Marie und Uschi vorhin beim Knutschen zugesehen! Das ist ja nun wirklich der Hammer. Uschi ist also lesbisch. Aber Marie? Das hätte ich doch mitbekommen? Ich mache mich hier auf die Suche nach Bruno, der angeblich schwul sein soll, und wen finde ich? Meine kleine Schwester! Marie ist das Ganze sichtlich unangenehm. Das merke ich daran, wie sie sich mit den Fingern durch die Haare fährt. Das hat sie als Kind auch immer gemacht, wenn es irgendwie brenzlig wurde.

Sie guckt mich mit großen, unschuldigen Augen an und sagt: »Ich habe dir ja gesagt, dass ich wahrscheinlich adoptiert wurde.«

Ich will irgendwas Witziges darauf antworten, irgendwie die Situation retten, doch mir fällt nix ein außer ein lahmes »Quatsch!«.

Uschi scheint von dem klärenden Familiengespräch nichts mitzubekommen, denn sie sieht Marie vorwurfsvoll an, schüttelt den Kopf und sagt: »Du hast mir gar nicht erzählt, dass Barbara auch lesbisch ist. Wenn ich das gewusst hätte, hätte ich sie niemals an meine Brust fassen lassen.«

Nun, jetzt sieht man wenigstens optisch, dass wir zu einer Familie gehören. Ich leuchte genauso rot wie meine kleine Schwester.

Jetzt kann Maja, die bisher geschwiegen hat, nicht mehr an sich halten. Wie immer muss sie noch einen draufsetzen: »Wie? Du hast Uschi an die Brust gefasst? Davon hast du mir gar nichts erzählt!«

Wütend blitze ich Maja an und sage zu Uschi: »Maja ist meine beste Freundin. Aber wir haben keinen Sex. Zumindest nicht miteinander.«

Jetzt ist Uschi sprachlos. Was für ein Abend! Ich glaube, das *Pettycoat* könnte sich zu meiner neuen Lieblingskneipe entwickeln. Natürlich vom *La Luna* mal ganz abgesehen.

Irgendwie ist das Ganze auch sehr rührend. Marie ist ernsthaft verliebt. So habe ich sie noch nie gesehen. Wie ein kleines Kind! Ich bin sichtlich bewegt. Aber sie tut mir jetzt schon leid. Irgendwann wird sie es Mutti erzählen müssen. Und zwar bevor sie es von jemand anderem erfährt. Also ich werde schweigen wie ein Grab, ist ja klar. Die Lottofee spiele ich wie gesagt gerne, aber wenn Mutti erfährt, dass Marie auf Frauen steht, dann wäre das für sie, wie wenn alle ihre sechs getippten Zahlen gezogen werden würden und sie vergessen hat, den Schein abzugeben. Und das werde ich ihr ganz bestimmt nicht beibringen!

Wir verbringen noch eine gute Stunde gemeinsam im *Pettycoat*. Ich erfahre, dass Marie ihre erste sexuelle Erfahrung bereits mit fünfzehn gemacht hat. Mit einem Mädchen. Und zwar in genau jener Nacht, als die beiden gemeinsam ins Schwimmbad eingebrochen sind. Ich habe damals also wirklich einiges verpasst.

Es wird sicher noch eine Weile dauern, bis ich mich einigermaßen an den Anblick von Marie und Uschi gewöhnt habe. Aber ich kann es nur wiederholen, Marie sieht wirklich absolut glücklich aus. Sie ist rasend verliebt. Mich interessiert brennend, wie das so ist mit einer Frau, aber ich traue mich nicht zu fragen, zumindest nicht jetzt vor versammeltem Publikum. Aber Marie läuft ja nicht weg.

Wir lachen viel, haben eine ganze Menge Spaß zusammen. Uschi ist witzig und fast so schlagfertig wie Maja. Gackernd verlassen wir das *Pettycoat*. Es hat ein wenig angefangen zu schneien. Wir stehen auf der Straße und warten auf ein Taxi. Vielleicht kommt ja zufällig wieder derselbe Taxifahrer vorbei? Der würde garantiert Augen machen.

Auf der anderen Seite geht ein blonder Mann in einem grauen Mantel die Straße entlang.

»He, so alleine, schöner Mann?«, ruft ihm Maja ausgelassen hinterher.

Der Mantel kommt mir irgendwie bekannt vor. Das ist doch Jürgen! Was macht der denn hier? Ich will mich noch schnell hinter Uschi verstecken, aber es ist zu spät. Jürgen hat Majas Stimme erkannt und mich längst entdeckt.

Er kommt zu uns herüber und stellt sich direkt vor mich hin, die Hände in den Manteltaschen vergraben. He, warum lächelt er nicht wenigstens?

»Hallo, Jürgen!« Ich weiß nicht, wie ich ihn nach unserer unglücklichen Begegnung gestern begrüßen soll. Ein Küsschen oder eine Umarmung fällt wohl flach. Auch er steht einfach nur stocksteif da und macht keine Anstalten, mich in den Arm zu nehmen. Komisch, erst hören wir tagelang nichts voneinander und jetzt sehe ich ihn gleich zweimal hintereinander.

Maja erkennt sofort, dass hier irgendwas gewaltig querläuft, und versucht, die Situation mit gepflegter Konversation zu überspielen. »Na, das ist ja mal 'ne Überraschung! Hallo, Jürgen, was treibst du dich denn zu so später Stunde hier herum?«

»Hallo, Maja. Ich war mit einem Kollegen unterwegs.«

Hier? Mit einem Kollegen? Hier gibt es weit und breit nichts außer dem *Pettycoat*. Und da war Jürgen nicht, das können wir alle bezeugen. Irgendwie werde ich das Gefühl nicht los, dass es Jürgen mehr als unangenehm ist, mich hier getroffen zu haben. Aber auch ich fühle mich unwohl, also ist das vielleicht ganz normal. Da kommt ein Taxi um die Ecke gefahren, hält auf unserer Höhe an. Es ist wirklich derselbe Taxifahrer wie vorhin.

»Na, Zuwachs bekommen?«, sagt er grinsend.

Ich gucke Jürgen an. Irgendwie warte ich noch auf ein Zeichen von ihm. Irgendwas Nettes. Meine Hand will ihn berühren, irgendwo. Wo ist nur unsere Vertrautheit hin? Da sagt Jürgen:

»Babsi, ich bin fürchterlich müde. Außerdem wartet euer Taxi. Ich melde mich morgen bei dir, okay?«

Uschi ist die Erste, die ihre Sprache wiederfindet. Sie sitzt bereits mit Maja und Marie hinten auf der Rückbank. Ich lasse mich auf den Beifahrersitz fallen.

»Was – oder besser gesagt wer – war das denn?«

»Das war Jürgen. Babsis Freund. Der mit dem Heiratsantrag«, klärt Marie sie auf.

Uschi zieht nur wortlos die Augenbrauen nach oben.

Ja, ist das nicht fürchterlich? Ich suche Bruno und wen treffe ich? Erst meine kleine Schwester, die offenbar ein

Faible für Frauen hat, und dann Jürgen, zugeknöpft wie nie zuvor. Wenn das mal nicht eine höhere Bedeutung hat.

»Puppe, irgendwas war da eben faul«, sagt Maja. »Hast du gesehen, wie Jürgen sich in seinem Mantel verkrochen hat, als er dich zu Gesicht bekommen hat? Der war gar nicht freudig überrascht, oder so. He, immerhin will der dich heiraten.«

»Ja, schon irgendwie komisch. Wahrscheinlich war er einfach nur nicht darauf gefasst. Jürgen ist halt kein so überschwänglicher Typ. Und nach der Aktion gestern? Vielleicht war er ja doch noch bei mir?«

»Liebelein, glaub mir, hier stimmt was nicht. Das gestern mit dieser Büromaus war schon der Hammer. Ich bin mal gespannt, was der dir morgen erzählen wird. Ruf mich unbedingt sofort an, wenn er sich gemeldet hat. Versprochen?«

Ich drehe mich zu ihr um und nicke ihr zu. Da hält der Taxifahrer auch schon an. Ich bin als Erste zu Hause, die anderen müssen noch weiterfahren. Als ich schon fast an der Haustür angekommen bin, kurbelt der Taxifahrer das Fenster runter und ruft mir zu: »Mach dir nicht so viele Gedanken, Mädchen. Dein Jürgen wird dir den kleinen Fehltritt mit deiner Freundin schon verzeihen, wenn er dich wirklich liebt.«

Sind Taxifahrer eigentlich immer so indiskret? Oder ist das mit dem Frauensex eben doch eine heimliche Männerfantasie, die alle anturnt, nur meinen Jürgen nicht?

25 Ehrlich gesagt bin ich Meisterin im Verdrängen

Reglos halte ich mein Handy in der Hand und schaue ungläubig auf das Display. Gerade habe ich eine SMS von Jürgen erhalten.

Barbara, ich würde dich gerne sehen.Heute schaffe ich es aber nicht. Können wir uns morgen Abend treffen?

Er hat mich Barbara genannt, ob das ein gutes Zeichen ist? Die dreißig Tage sind noch nicht vorbei. Heute ist erst der dreizehnte Tag nach dem Antrag. Also ist ungefähr erst die Hälfte der Zeit um. Ich bin nicht abergläubisch und die dreizehn ist schon rein aus Prinzip eine meiner Glückszahlen.

Wenn Jürgen sich das »Babsi« verkneift, dann ist die Lage wirklich ernst. Ich meine, der fleißigste Schreiberling war Jürgen ja sowieso nie und seine SMS-Nachrichten waren von jeher immer kurz und informativ. Keine emotional gefärbten Botschaften, keine Liebesschwüre und schon gar keine verfänglichen Angebote wie »Wie sieht es aus? Quickie auf dem Küchentisch?« oder andere nette Botschaften dieser Art. Jürgen benutzt sein Handy, um eben kurz eine Info zu übermitteln. Und in diesem

Fall will er mich schlicht und ergreifend sehen. Ohne weitere Begründung. Aber warum nicht heute?

Vielleicht hat meine Mutter doch Recht? Vielleicht geht es Jürgen ja wirklich schlecht? Immerhin hat sie erzählt, wie miserabel er aussah, als er zum Gratulieren vorbeikam. Und gestern Abend machte er irgendwie auch einen kranken Eindruck. Anscheinend leidet er wirklich. War ja auch nicht nett von mir, was ich ihm alles an den Kopf geknallt habe. Vielleicht hat er ja mit seinem Vater Ärger bekommen? Bestimmt hat Natascha gepetzt, die blöde Pute.

Ich krame meine *Lotte-Liste* aus meiner Kiste hervor. Immer ist darauf noch der eine Punkt offen:

- guten Sex haben

Ich könnte taktisch klug zwei Fliegen mit einer Klappe schlagen. Erstens könnte ich Jürgens Antrag annehmen und dann mit ihm den besten Sex meines Lebens haben. Vorausgesetzt er will mich überhaupt noch. Und was ist mit mir? Will ich ihn noch?

Es hilft alles nichts! Ich starre noch immer auf meine Liste, die mich bisher kein bisschen weitergebracht hat, was Jürgens Antrag angeht. Ehrlich gesagt bin ich Meisterin im Verdrängen. Sicherlich will Jürgen morgen Abend eine Antwort.

Auf seinen Vorschlag, uns zu treffen, habe ich geantwortet: *Gerne! Morgen um sieben – hier?* Für die paar Worte habe ich eine halbe Stunde gebraucht. Es sollte nett, aber nicht zu nett klingen. Als Antwort kam am nächsten Tag: *Geht in Ordnung. Bis heute Abend!*

Wenn ich nicht wüsste, dass er immer so schreibt, könnte ich glatt denken, er habe absichtlich so unpersönlich geschrieben. Aber ich kenne Jürgen ja jetzt schon lange genug. Trotzdem, irgendwas Nettes zum Schluss wie »Ich freue mich« hätte mich irgendwie beruhigt.

Komisch, Jürgens Antrag ist erst knapp zwei Wochen her und es kommt mir jetzt schon wie eine Ewigkeit vor. Und trotzdem weiß ich immer noch nicht so genau, was ich Jürgen morgen antworten soll. Die Wahrheit? Dass ich mich noch nicht entschieden habe? Dass ich einfach nicht weiß, was ich wirklich will? Dass ich Angst habe, mir könnte irgendwann was fehlen, wenn ich jetzt Ja sagen würde? Dass ich mich nie so richtig geliebt gefühlt habe? Ich glaube zwar schon, dass Jürgen mich liebt. Er zeigt es nur einfach nicht so, wie ich es manchmal gerne hätte. Ich möchte mich begehrenswert fühlen und ich wünsche mir, Jürgen hätte mich bei seinem Antrag so angesehen, wie Bruno das im *La Luna* getan hat. Bei ihm hatte ich das Gefühl, er sieht wirklich mich, so wie bin. Ich möchte Jürgen nicht heiraten. Aber verlieren möchte ich ihn auch nicht. Warum ist alles so schwer?

26 Ich bin noch nie verlassen worden

100 Gramm Nutella haben 514 Kalorien. Das hat Jürgen mir irgendwann mal vorgerechnet. Fassungslos schaue ich auf das fast leere Glas, das vor mir auf dem Küchentisch steht, und schiebe mir den letzten Löffel voll in den Mund. Ein handelsübliches Glas Nutella ist bis oben mit 400 Gramm schokobrauner Haselnussmasse gefüllt. Das sind 2056 Kalorien, die ich großzügig auf 2050 abrunde, wegen dem Rest, der ja immer im Glas kleben bleibt.

Auf dem Tisch liegt ein Umschlag, in dem sich fünfhundert Euro befinden. Ich habe Jürgens Lieblings-CD aufgelegt. Marius Müller-Westernhagen trällert gerade sehnsüchtig: »Lass uns leben …«, doch das hört er längst nicht mehr.

Jürgen hat mich verlassen. Und das Letzte, was er zu mir gesagt hat, war: »Das Geld ist dafür, dass ich eine Zeit lang nichts zum Lebensunterhalt beisteuern konnte und ich mit deinem Auto fahren durfte in der Zeit, als ich mitten im Examen steckte und gar nichts anderes mehr tun konnte außer lernen.«

Ich fasse es nicht! So ein Drecksack! Da bringe ich ihn mit viel Geduld, Ausdauer und regelmäßigen Mahlzeiten durch die Prüfungen und er beendet die Beziehung ausgerechnet dann, wenn ich selbst mitten im Examen stecke. Und dann werde ich auch noch ganz billig mit 500 Euro abgespeist.

Ich bin noch nie verlassen worden. Bisher war immer noch ich diejenige, die Schluss gemacht hat. Das war bei Pocke so. Das war bei Gunther so. Und bei Martin selbstverständlich auch.

514 Kalorien. Als ob ich mich jemals darum kümmern würde, wie viel Kalorien 100 Gramm Nutella haben. Wie viel sind eigentlich 100 Gramm? Zwei Esslöffel? Vier Esslöffel? Ist ja auch egal. Das Glas ist eh alle.

Ich zähle die Scheine nach, die Jürgen in den Umschlag gesteckt hat. Es sind tatsächlich fünf. Man kann ja nie wissen. Momentan weiß ich nicht, was mehr weh tut. Dass Jürgen mich verlassen hat oder dass er mir fünfhundert Euro in die Hand gedrückt hat.

Marius trällert still und leise den nächsten Song: »Johnny Walker, jetzt bist du wieder da …«

Ich hole die Flasche Whiskey aus meiner geheimen Kiste, sage kurz »Hallo, auch Single?« zu *Angelo*, der still und leise zwischen meinen ganzen gesammelten Schätzen liegt, gieße mir ein großes Glas Talisker ein und greife zum Telefonhörer. »Maja? Hast du Zeit?«

Es dauert nicht lange, da steht Maja vor meiner Tür. Sie schließt mich sofort in ihre Arme und ich fange fürchterlich an zu schluchzen.

»Liebelein, das ist ja unglaublich. Oder habe ich mich

am Telefon verhört? Der hat dich doch nicht ernsthaft verlassen, oder?

Doch, Jürgen hat mich tatsächlich verlassen! Und zwar bevor *ich* es mir überlegt habe! Pünktlich auf die Minute um sieben stand Jürgen bei mir vor der Tür. Ich habe sofort gemerkt, dass irgendetwas nicht stimmt. Er verhielt sich ganz eigenartig und hatte diesen traurigen Blick, so als wäre gerade jemand gestorben. Ich dachte noch, jetzt kommt bestimmt gleich: »Barbara, ich muss dir etwas sagen«, und so war es dann auch.

Jürgen hat den Schlussstrich gezogen, weil er mir genau vor zwei Wochen einen Heiratsantrag gemacht hat, ich nicht sofort vor Glück in Ohnmacht gefallen bin und nicht gleich begeistert angenommen habe. Jürgen wünscht sich eine Frau, die sich seiner ganz sicher ist. Dann hat er gesagt, wie leid ihm das alles tut. Schließlich hat er das Kuvert mit den fünfhundert Euro auf den Tisch gelegt und die Tür ist ins Schloss gefallen.

Seine Sachen holt er am Sonntag. Das ist zum Glück nicht viel. Die Möbel gehören alle mir. Jürgen hat damals beim Einzug kaum was mitgebracht und jetzt wird er nicht viel zu tragen haben. Irgendjemand wird ihm ein Auto leihen müssen, denn meins bekommt er dafür bestimmt nicht.

Maja guckt mich ungläubig an und schüttelt den Kopf. »Nie im Leben, Liebelein. Nie im Leben! Da ist was faul, glaub mir. Hab ich doch letztens schon gesagt. Das rieche ich doch bis hier. Hast du nicht genauer nachgefragt?«

»Nein, ich habe gar nichts gesagt. Ich war total geplättet! Jürgen hat doch von Anfang an nach Ablauf der dreißig Tage Klarheit verlangt. Ganz oder gar nicht.«

»Ganz oder gar nicht? Nie im Leben! Wenn er dich wirklich lieben würde, hätte er dir mehr Zeit gelassen. Und außerdem ist die Frist noch gar nicht abgelaufen. Der hat doch wohl kaum Torschlusspanik. Übrigens verlassen Männer ihre Frauen nicht einfach so. Wir Frauen tun das, wir sind konsequenter. Ein Kerl lässt seine Frau nur dann sitzen, wenn die Ersatzfrau schon angewärmt ist. Da war doch diese Büroschlampe. Bestimmt steckt die dahinter.«

»Jürgen und die? Das glaube ich nicht! Die ist unter seinem Niveau, ehrlich.«

»Das werden wir schon rausfinden«, sagt Maja und streicht mir über die tränennasse Wange. »Wann holt Jürgen denn seine Sachen?«

»Am Sonntag. Ich habe ihm gesagt, dass ich ab elf Uhr weg bin. Ich habe nämlich keine Lust, ihm beim Ausziehen zuzugucken.«

»Das ist gut. Dann sollten wir jetzt schon mal alle seine Sachen auf einen Haufen im Flur stapeln. Oder willst du ihn alleine in deinen Sachen wühlen lassen? Am besten, wir packen alles in große Müllsäcke und stellen sie vor die Tür. Und dann schauen wir mal, wo Jürgen die Sachen hinbringt. Ich glaube nie im Leben, dass der zurück zu seinen Eltern zieht. Mit seiner Mutter hält es doch nicht mal Jürgen aus.«

»Und wie stellen wir das an? Willst du ihn etwa beschatten?«

»Na klar, was denkst denn du? Hab ich ja bei Victor auch nicht anders gemacht. Und du hast in der Detektivarbeit auch schon ein wenig Übung, gelle? Hier ist eine Miss-Marple-Tour gefragt, ist ja wohl sonnenklar.«

»Ich weiß nicht, ob ich das kann. Ich bin total fertig. Und dann soll ich Jürgen auch noch beim Ausziehen zusehen? Ich versteh das alles nicht. Vor zwei Wochen will er mich noch heiraten – und jetzt das!«

»Eben, deswegen sollten wir auch gucken, warum das so ist. Ich bin ja bei dir und pass auf dich auf. Und wenn du erst weißt, dass Jürgen es gar nicht wert ist, geht es dir bestimmt besser.«

Das werden wir ja sehen. Außerdem weiß ich nicht, ob ich wissen will, wer oder was dahintersteckt. Ich weiß nur eins. Es tut weh. Das mulmige Gefühl, das die ganze Zeit in meiner Bauchgegend rumort hat, hat sich schlagartig ausgebreitet auf meinen ganzen Körper. Ich fühle mich wie betäubt und es macht sich eine große Leere in mir breit.

Zum Glück ist Maja bei mir. Wir machen uns gemeinschaftlich dran, Jürgens Hab und Gut in dicke schwarze Müllsäcke zu packen. Maja hat die CD ausgewechselt. Sie konnte Marius nicht mehr ertragen. Wir hören:

Kool and the Gang: »Fresh, she's fresh, exciting …«

Jürgens Socken, seine Slips und hocherotischen Unterhemden wandern in einen Müllsack. Jürgen steht auf die qualitativ hochwertigen Teile, die ihm seine Mutter schenkt.

Village People: »Y.M.C.A.«

Hosen, Shirts und Pullis wandern in zwei Müllsäcke.

Frank Zappa: »Bobby Brown«

Den mochte Jürgen gar nicht. Egal. Seine frisch gebügelten Hemden verschwinden zusammengeknüllt in einem Müllsack. Jürgen hat seine Hemden übrigens immer selbst gebügelt. Aber nicht, weil ich mich irgendwie geweigert hätte, mich vors Bügelbrett zu stellen. Nein, er hat es mir verboten. Er hatte Angst, dass ich ihm seine Hemden kaputtbügle und man den Abdruck des Bügeleisens drauf sehen könnte.

Boney M: »Daddy Cool«

Die Anzüge wandern in einen Müllsack.

Diana Ross: »Upside Down«

Seine Schuhe wandern in einen Müllsack.

ABBA: »Dancing Queen«

Jürgens Toilettenkram wandert in einen Müllsack.

Manfred Mann: »Dooh wah diddy«

Jürgens Bücher wandern in eine Kiste – wir sind ja nicht herzlos und die Bücher können ja nichts dafür.

Patrick Hernandez: »Born to be alive«

Eines meiner absoluten Lieblingslieder. Wir gehen noch einmal durch die Wohnung und schauen, ob wir irgendwas übersehen haben. Aber es ist alles weg.

Wenn man vier Jahre zusammen in einer Wohnung gelebt hat und dann genau acht Lieder braucht, um diese vier Jahre in Säcke zu packen, ist das ein gutes oder ein schlechtes Zeichen? Viele persönliche Dinge finden wir nicht von Jürgen. Sogar der PC, das ganze Geschirr, die Handtücher und die Bettwäsche gehören komplett mir. Jürgen hat sie nur benutzt.

Nun sitzen wir auf den Säcken und trinken ein Glas Sekt. Majas Idee. Irgendwie kann ich noch gar nicht wirklich glauben, dass Jürgen auszieht und wir kein Paar mehr sein sollen. Ich komme mir schon wieder vor wie in einem Film. Leider spiele ich darin die Hauptrolle der armen, verlassenen Heldin. Es läuft immer noch »Born to be alive«. Momentan fühle ich mich alles andere, nur nicht lebendig.

Maja sieht mich aufmunternd an. »Kopf hoch, Liebelein! Sei froh, du wolltest Jürgen doch sowieso nie heiraten. Sonst hättest du direkt Ja gesagt. Und zwar aus tiefstem Herzen. Der war zwar irgendwie ganz nett, aber richtig warm geworden bin ich nie mit ihm. Der passte definitiv nicht zu dir. Ist der totale Spießer.«

Maja hat Recht. Ich wollte Jürgen gar nicht heiraten. Und vermisst habe ich ihn die letzten zwei Wochen auch nicht. Genau genommen war ich sogar froh, endlich mal meine Ruhe zu haben. Aber da habe ich ja auch noch gedacht, er würde zurückkommen. Dass er mich verlässt, wollte ich ganz bestimmt nicht. Vielleicht kommt er ja zurück? Und dann? Dann hat er Pech gehabt. Ich nehme doch keinen, der mich nicht will. Jürgen hätte mich niemals verlassen dürfen.

Innerhalb von zwei Wochen einen Heiratsantrag zu bekommen und verlassen zu werden, und das von ein und demselben Mann, ist auch irgendwie eine Leistung. Ich versuche ja, immer alles positiv zu sehen. Maja ist weg. Ich habe sie heimgeschickt, denn ich brauche jetzt meine Ruhe. Der Sekt ist alle und ich sitze alleine in meiner Wohnung – als Single. Die schwarzen Müllsäcke wirken auf einmal irgendwie bedrohlich auf mich. Ich habe keine Lust mehr auf fröhliche Songs. Immerhin bin ich verlassen worden. Da habe ich Musik verdient, die meiner Stimmung entspricht. Ich suche mir eine meiner schönsten CDs raus, lege Van Morrison ein. »Have I told you lately that I love you?«

Unter dem Bett stehen noch Jürgens Hausschuhe. Die haben wir vergessen. Ich will jetzt nicht wieder weinen und versuche den Kloß hinunterzuschlucken, der sich gerade heimtückisch in meinem Hals verdichtet. Warum habe ich nicht doch einfach Ja gesagt? Dann würde jetzt vielleicht schon mein Hochzeitskleid im Kleiderschrank hängen. Im Kleiderschrank, in dem jetzt wieder Platz ist für alle meine Klamotten.

Irgendwo habe ich mal gelesen, dass man alles mit positiven Gedanken beeinflussen kann, wenn man mit sich selbst spricht. So kann man sogar den eigenen Körper austricksen, weil der nämlich irgendwann glaubt, was das

Gehirn so durch die Zellen und Nervenbahnen funkt. Man kann damit Kopfschmerzen heilen, Angst besiegen oder sich einreden, dass man glücklich ist. Und so sage ich mir mit lauter Stimme: »Ich will nicht weinen. Ich bin stark, mutig und unheimlich schön. Ich bin auch ohne Jürgen glücklich. Ich komme gut alleine klar. Ich bin stark, mutig und schön. Ich will nicht weinen. Ich weine nicht.«

Das Kopfkissen ist schon ganz nass von den vielen Tränen. Es riecht nach Jürgen. Wir haben doch tatsächlich vergessen, es in einen Müllsack zu packen.

27 Wenn Agatha Christie uns sehen könnte, die würde sich totlachen

Wir sehen aus wie Miss Marple im Doppelpack auf geheimer Mission, nur dass unsere Köpfe nicht von Hüten, sondern von übergroßen Kopftüchern bedeckt werden. Maja hat sich extra erklären lassen, wie man die Dinger wickelt. Wir sitzen in einem braunen uralten Ford Sierra, eingepackt in lange Wollmäntel und Handschuhe, und warten. Alle paar Minuten müssen wir die Fenster runterkurbeln und frische Luft reinlassen, weil die Scheiben ständig von innen beschlagen. Es ist eisekalt draußen.

Agatha Christie hätte ihre Freude an uns gehabt. Mir persönlich hat die unübertroffene Margaret Rutherford in der Rolle der Miss Marple immer sehr gut gefallen. Auch sie hätte wahrscheinlich Spaß bis über beide Backen, wenn sie uns jetzt so sehen könnte. Auf dem Armaturenbrett türmen sich Berge von Donuts und wir ziehen uns gerade den zweiten Kaffee rein. Maja scheint eine ganze Starbucks-Filiale leergekauft zu haben. Aber das gehört eben zu einer richtigen Miss-Marple-Tour dazu. Das richtige Outfit und genügend Proviant. Und natürlich die passende Musik.

Der alte Sierra, den Maja von irgendeinem Freund von Victor ausgeliehen hat, ist nur mit einem einfachen Radio ausgestattet. Also hat Maja sich kurzerhand den Ghettoblaster von Nadja geliehen, die ja jetzt sozusagen fast ihre Tochter ist. Die beiden haben sich mittlerweile näher kennengelernt und Maja hat tatsächlich so etwas wie einen Mutterinstinkt entwickelt. Aber vielleicht ist es ja auch ihr angeborenes Beschützersyndrom. Auf jeden Fall scheint die Kleine ganz süß und Maja gegenüber nicht ablehnend zu sein. Der Ghettoblaster ist pink, Marke Barbie, und leiert fürchterlich, aber das ist uns egal. Die unverkennbare Miss-Marple-Titelmelodie läuft jetzt bestimmt schon zum fünfzehnten Mal hintereinander, da hält ein roter Golf, ein Cabriolet, direkt vor der Haustüre. Das wird doch nicht …?

Doch, er ist es! Aus dem Wagen steigt Jürgen, pünktlich wie immer. Sofort macht sich das mulmige Gefühl wieder in meiner Bauchgegend breit. Jürgen trägt einen grauen Anzug und darüber seinen grauen Mantel. Das ist typisch für ihn. Er will ausziehen und taucht in Business-Kleidung hier auf. Ich rutsche automatisch ein wenig tiefer in den Sitz hinein, da sagt Maja mit beruhigender Stimme:

»Der erkennt dich eh nicht. Schreib dir lieber mal das Kennzeichen auf. Ich will doch zu gerne wissen, woher er dieses Erdbeerkörbchen hat. Das ist ja wohl eindeutig ein Frauenauto.«

Eine Bottroper Nummer. Während ich noch nach Papier und Stift in meiner Tasche krame, was mit Handschuhen gar nicht so einfach ist, hat Maja schon eine Lösung parat: »Das muss ihr Auto sein. Meinst du, der ist so blöd?«

Ich weiß nicht, ob Jürgen sich tatsächlich für den Umzug die Kiste hier von seiner neuen Freundin ausgeliehen hat. Ich weiß ja noch nicht einmal, ob Jürgen überhaupt eine Neue hat. Und ob sie wirklich Natascha heißt. Sicherlich gibt es für alles eine Erklärung. Vielleicht hat er sich ja doch eine eigene Wohnung genommen? Jetzt, wo er voll berufstätig ist und ordentlich Geld verdient? Irgendwie habe ich das Gefühl, dass das alles gar nicht wirklich passiert. Die Szene ist doch absolut filmreif. »Miss Marple und der Herzensbrecher« könnte die Episode lauten. Oder so was in der Art.

Jürgen bleibt vor der Haustüre stehen. Worauf wartet er? Da holt er sein Handy aus der Tasche. Maja sitzt kopfschüttelnd neben mir. »Guck mal, jetzt ruft der die blöde Kuh auch noch an. Der ist echt abgebrüht«, schimpft sie.

Aber es ist mein Handy, das da plötzlich in meiner Hosentasche klingelt. Unter meinem Wollmantel, den ich mit den blöden Handschuhen jetzt sowieso nicht aufkriege.

»Lass es bloß klingeln. Geh ja nicht ran. Der will sich vergewissern, ob du auch tatsächlich weg bist. Soll er ruhig seine Zweifel haben.«

Aber Jürgen scheint skrupellos zu sein. Ohne noch länger zu zögern schließt er die Haustüre auf. Den Schlüssel habe ich ihm extra noch mal für den einen Tag zur Verfügung gestellt. Ich denke an den riesigen Sackhaufen, den er gleich im Wohnungsflur vorfinden wird. Natürlich habe ich es doch nicht übers Herz gebracht, die Säcke ins Treppenhaus zu legen.

»Der wird Augen machen, wenn er die ganze schwarze Plastikpracht sieht. Wir haben übrigens gestern seine Hausschuhe vergessen und das Kopfkissen auch«.

»Und? Ich hoffe, du hast die blöden Dinger weggeschmissen. Wie viele Müllsäcke haben wir gestern noch mal gepackt?«

»Sieben Säcke, eine Kiste mit Büchern – und das Kissen.«

»Gut, dann muss er zweimal für die Säcke gehen und einmal für die Kiste. Das Kopfkissen kann er ja oben drauflegen. Du hättest Juckpulver in die Daunen streuen sollen, wenn du es schon nicht weggeworfen hast.«

»Ich habe Katzenhaare reingestopft. Von Lenas Kater«, sage ich mit Unschuldsmiene. »Jürgen hat eine Allergie.«

»Süße, ich bin stolz auf dich.« Maja guckt mich anerkennend an. Diese Aktion hat sie mir wohl gar nicht zugetraut.

Jürgen geht tatsächlich zweimal die Säcke und einmal die Kiste holen, ganz so wie Maja es vorausgesagt hat. Und dann geht er noch mal nach oben. Obwohl alle seine Sachen schon ordentlich in seinem ausgeliehenen Wägelchen verstaut sind. Ich rutsche auf einmal nervös auf dem Autositz hin und her. Mir fällt ein, dass ich meine geheime Kiste völlig unbeabsichtigt neben dem Bett hab stehen lassen. Vielleicht ist Jürgen ja neugierig und sieht gerade hinein? Ganz oben drauf liegt *Angelo*. Natürlich auch ganz zufällig.

Maja starrt gespannt durch die Windschutzscheibe, die gerade wieder anfängt zu beschlagen. »Puppe, bist du bereit? Es geht los, er ist wieder da. Guck mal, er steigt ein. Boah, ist das aufregend. Los geht's!«

Zweimal Miss Marple verfolgen in einem braunen Ford Sierra ein rotes Golf-Cabriolet, das mit heruntergelassenem Verdeck fährt, mitten im Dezember. Wir haben nämlich Jürgens Skier im Keller vergessen, die er jetzt auf dem Beifahrersitz verstaut hat und die nun steil in den Himmel ragen. Könnte fast witzig sein, wenn es nicht eigentlich so verdammt traurig wäre. Grinsend sage ich zu Maja:

»Wenn das Agatha Christie sehen könnte, die würde sich totlachen. Wenn sie nicht schon tot wäre.«

»Die ist schon tot? Das ist aber schade.«

Maja ist echt genial. Alice Schwarzer ist für sie schon gestorben und am Tod von Agatha Christie hat sie Zweifel. Wie sollte es auch anders sein? Schließlich sind wir gerade auf Miss-Marple-Tour und verfolgen einen Herzensbrecher, der schwarze Müllsäcke in einem Erdbeerkörbchen durch die Gegend fährt.

Zum Glück ist Bottrop nicht groß. Das Erdbeerkörbchen hält vor einem Mehrfamilienhaus, in einer Gegend, die uns irgendwie sehr bekannt vorkommt.

»Siehst du? Ich wusste doch, dass da was faul war. Von

wegen, der hat sich mit einem Kollegen getroffen. Zwei Straßen weiter ist das *Pettycoat* und genau da haben wir ihn letztens getroffen!«

Jürgen steigt aus, schnappt sich die ersten Müllsäcke, zieht einen Schlüssel aus der Manteltasche und schließt die Haustüre auf.

»Der hat Schlüssel, Liebelein. Musste noch nicht einmal klingeln. Soll ich mal gucken gehen?«

»Nein, warte noch, lass ihn erst die anderen Säcke holen. Vielleicht hat er sich hier ja auch eine Wohnung gemietet?«

»Der? Niemals. Ich habe das eh nie verstanden. Seine Eltern sind doch wohlhabend, oder? Aber er zieht bei dir ein und bringt nix mit. Guck ihn dir doch an, der hat ja noch nicht mal ein Auto.«

»Jürgen wollte nie was von seinen Eltern nehmen. Dazu war er viel zu stolz.« Ich merke, wie ich ihn vor Maja verteidige.

»Aber nicht zu stolz, von dir zu nehmen.«

Da hat sie allerdings wieder Recht. Jürgen hat ein eher großzügiges Taschengeld von seinen Eltern bekommen. Und davon hat er einen Teil der Miete bezahlt. Ich habe immer während des Studiums und in den Semesterferien gearbeitet, während Jürgen ausschließlich gelernt hat. Die Einkäufe habe meistens ich bezahlt. Und getankt habe auch immer ich. Dafür hat er jetzt sein Examen in der Tasche und arbeitet in der Kanzlei. Und ich? Ich stecke mitten im Examen. Eigentlich müsste ich jetzt lernen.

Und Jürgen müsste mich unterstützen. So, wie ich das bei ihm getan habe. Schade, dass ich gestern nicht schlagfertiger war, als er mir das Geld gegeben hat. Ich hätte ganz einfach fragen sollen: »Und wo ist der Rest?«

Maja sieht cool aus, wie sie da mit ihrem Kopftuch und dem alten schäbigen Wollmantel die Namen auf den Türschildern abschreibt. Und sie sieht nicht nur so aus, sie ist es auch. Sie zuckt noch nicht einmal sichtlich zusammen, als plötzlich die Tür wieder aufgeht und Jürgen herauskommt. Aber Jürgen interessiert sich nicht für diese arme Frau mit Kopftuch. Hoffentlich kommt Maja nicht auf die Idee, ihn zu fragen, ob sie aus seiner Hand lesen darf oder so. Zutrauen würde ich es ihr ja.

»Hier!«, sagt Maja, als sie wieder im Auto sitzt und mir ihre Notizen vor die Nase legt.

Kieselmehl
Stopnik
Martha und Hans Ludgeri
De la Soir
Krüger
Familie Humpert-Boix

Maja kennt Natascha Anastasia nicht mit Namen. Für sie war sie immer nur »das Büromäuschen«, ganz so wie sie es von Jürgen und mir mal gehört hat. Sie hat keine Ahnung, dass Natascha Anastasia aussieht wie eine schwarzhaarige Barbie und noch viel schöner. Dass sie superkurze Röcke trägt, die ihr fantastisch stehen, dass sie langes, von Natur aus gewelltes Haar hat und Beine, die irgendwo im Himmel aufhören. Wahrscheinlich dort, wo der liebe Gott sie erschaffen hat. Aber *ich* weiß es. Und das macht die Sache nicht leichter. Natascha Anastasia De la Soir! Ich Blöde habe es tatsächlich verdrängt, dabei hätte ich es wissen müssen. Spätestens seit dem Abend im *Intermezzo*. Wahrscheinlich geht es sogar schon viel länger zwischen den beiden. Das tut weh. Und zwar richtig.

Langsam kocht Wut in mir hoch, macht dem mulmigen Gefühl und der Traurigkeit Platz. Ich will nicht gehässig sein und eigentlich bin ich es ja auch nicht, aber eins, eins ist ja wohl mal total klar: Bestimmt darf diese dumme Barbiepuppe immer alle Sendungen sehen, die sie will, weil die nämlich ihrem Intellekt entsprechen. Wer so schön ist, muss zwangsläufig doof sein. Sonst wäre sie schließlich Anwältin geworden und nicht die Bürokraft eines Anwalts. Ich dachte wirklich bis jetzt, sie sei für Herrn Stankowicz senior zuständig. Nun, sie bleibt ja sozusagen in der Familie. Und wenn alle Stricke reißen, können die Herren ja teilen.

Und ich blöde Kuh hatte schon ein schlechtes Gewissen, weil ich Bruno geküsst habe. Warum habe ich auch mein Handy verloren? Hätte ich das geahnt, hätte ich viel besser auf Bruno aufgepasst. Und seine Handynummer hätte ich mir auf den Arm tätowiert. Dann wäre ich jetzt wahrscheinlich glücklich und könnte darüber lachen.

Denn eigentlich ist diese Nummer hier wirklich zum Lachen. Jürgen hat sich nämlich wirklich immer aufgeregt über Natascha-Mäuschen. Weil sie seinem Vater so schöne Augen gemacht hat. Und weil sie einfach hohl ist. Das hat Jürgen mehrmals erzählt. Eigentlich hätte mich das schon früher stutzig machen müssen. Jürgen hat wirklich relativ viel von ihr geredet. Und ich dachte immer, dass er sich Gedanken um seinen Vater macht. Nun gut. Es hilft alles nichts.

Wenigstens kann ich mich jetzt, intellektuell gesehen, endlich mal überlegen fühlen. Und wenn ich ganz genau darüber nachdenke, dann war ich es vielleicht die ganze Zeit schon. Ich war Jürgen überlegen. Ich habe es ihm nur nie gezeigt. Vielleicht hat er es ja gemerkt und ist nicht mehr damit klargekommen? Vielleicht hat er sich deswegen für Natascha entschieden? Weil er sich auch mal erhaben fühlen will? Vielleicht hat er sie sogar deswegen seinem Vater ausgespannt? Aber schön ist sie, das muss ich neidlos zugestehen.

Ich gucke Maja an. »Und«, drängt sie, »was ist nun? Kennst du eine davon?«

»Ja, es ist das Büromäuschen. De la Soir.«

»Die Büroschlampe aus der Kanzlei? Die, die angeblich hinter seinem Vater her war? Ich habe es geahnt! Süße, du bist einfach zu naiv gewesen. Du kommst mich diese Woche auf dem Seminar besuchen, im Sauerland. Das ist ja wohl klar. Du brauchst Ablenkung. Bloß den Kopf nicht hängen lassen. Schon gar nicht wegen so einem Penner. Lass dich verwöhnen. Von einem knackigen Erstsemesterstudenten. Oder von Kreischmann persönlich. Ein Punkt ist ja noch offen auf deiner Liste. Du bist Single, Liebelein. Wenn nicht jetzt, wann dann?«

28 Ich kann ja nicht tagelang im Bett liegen bleiben und leiden

Heute ist Dienstag. Vor vier Tagen bin ich verlassen worden. Und das, obwohl ich zwei Wochen vorher noch einen Heiratsantrag bekommen habe. In der Wohnung befindet sich nichts mehr, was mich irgendwie an Jürgen erinnern könnte. Wir waren wirklich gründlich. Ich liege alleine im Bett und obwohl ich Jürgen die ganze Zeit über nicht vermisst habe, fühle ich mich ganz plötzlich sehr einsam. Hätte er mich verlassen, weil ich ihn nicht gleich heiraten wollte, hätte ich das vielleicht noch verstanden. Aber Jürgen hat mich schlichtweg angelogen. Und das, obwohl er selbst so viel Wert auf Ehrlichkeit legt.

Meine Beine sind ganz schwer, im Gegensatz zu meinem Kopf, der sich eigenartig leer und leicht anfühlt. Vielleicht weil ich mittlerweile so viel geheult habe, dass ich keine einzige Träne mehr zusammenbringe. Mein Kopf ist leer. Genau wie mein Magen. Ich bringe keinen Bissen runter. Das war schon immer so bei mir. Wenn ich richtig unter Liebeskummer leide, dann nehme ich ab. Und zwar ordentlich. Bestimmt sind die zweieinhalb Kilo wieder weg, die ich mir in den letzten drei Wochen angefressen habe. Es hilft alles nichts. Ich kann ja nicht tagelang im Bett liegen bleiben und leiden. Oder doch? Nein, entscheide ich und koche mir einen großen Pott Kaffee. Dann schmiede ich Pläne. Vielleicht gehe ich Maja besuchen. Oder fahre ich noch mal ins Wellness-Hotel? Dann breche ich nachts wieder ins Schwimmbad ein. Und wenn ich dann wirklich nackt verhaftet werde, kann ich wenigstens vor Maja angeben.

Es ist kalt in der Wohnung. Die Heizung im Wohnzimmer funktioniert nicht richtig. Sie muss entlüftet werden. Das gehörte immer zu Jürgens Aufgaben. Wo hat er nur den Schlüssel zum Entlüften versteckt? Ich wärme meine Hände an der Kaffeetasse und starre die gluckernde Heizung an. Danach fällt mein Blick auf den Wohnzimmertisch. Auch das noch! Das blöde Teil habe ich ja total vergessen. Und darüber hängt die Lampe, die wir gemeinsam dafür ausgesucht haben. Ich könnte schon wieder anfangen zu heulen, doch ich bleibe tapfer. Der doofe Tisch gehört Jürgen. Oder vielmehr Jürgens Eltern. Egal wem, ich werde ihn bestimmt nicht behalten. Die Heizung gluckert immer noch. Gerade als ich mich wieder auf den Weg zurück ins Bett machen will, klingelt es an der Tür, dreimal kurz, einmal lang. Mist, Mutti oder Lena oder Marie.

Es ist Lena. Sie nimmt mich sofort in ihre Arme und hält mich eine ganz lange Zeit fest.

»Du Arme«, sagt sie schließlich. »Das tut mir ja so leid. Mutti hat mir alles erzählt und da habe ich mich gleich auf den Weg gemacht. Marie wollte auch kommen, kann aber gerade nicht weg. Ich soll dich ganz lieb grüßen von ihr und dir sagen, dass sich auf Jürgen sowieso immer nur *Würgen* gereimt hat.«

Fast muss ich ein wenig lachen, da wird mir klar, was Lena da gerade erzählt hat. »Wieso weißt du es von Mutti? Von wem weiß *die* es denn?«

»Von Frau Stankowicz. Bei uns war was los, kann ich dir sagen. Mutti ist völlig aufgelöst bei mir aufgetaucht und hat mir erzählt, dass die olle Stankowicz bei ihr angerufen hat, um sich zu bedanken und sich gleichzeitig zu verabschieden. So 'ne hinterhältige Kuh!«

»Wofür denn bedanken?«

»Na dafür, dass sie und Mutti immer so gut miteinander klargekommen sind. Und dann hat sie Mutti gesteckt, dass es so wohl für alle besser ist. Sie hat gesagt, ihr hättet sowieso nie richtig zusammengepasst. Diese Natascha hätte adelige Vorfahren. Wusstest du das?«

»Nein. Das ist ja dreist«, sage ich. »Wie hat Mutti denn darauf reagiert? Immerhin hat sie ihr damit deutlich gemacht, dass wir unter ihrem Niveau liegen.«

»Mutti hat sich fürchterlich aufgeregt. Dabei hat sie sich versprochen und anstatt Stankowicz aus Versehen ›Stankowix‹ gesagt. Und dann ergab wohl ein Wort das andere. Mutti hat der Stankowix gesagt, dass du was Besseres verdient hättest als einen Kerl, der die ganze Zeit nur auf deine Kosten lebt, und dass sie auf das ganze vornehme Getue scheißt.«

»Echt? Und dann?«

»Die Stankowix will Mutti verklagen. Daraufhin hat Mutti nachgelegt und ihr gesagt, sie sei eine eingebildete Schnepfe.«

»Ich fass es nicht! Das finde ich ja cool. Hätte ich niemals von Mutti erwartet! Hat das sonst noch jemand mitbekommen?«

»Nein, ist alles am Telefon passiert. Danach ist Mutti sofort zu mir. Sie war immer noch total aufgebracht. Ich soll dir eigentlich nix sagen, damit du dich nicht noch mehr aufregst, aber ich musste natürlich sofort zu dir kommen. Ist doch der Hammer, oder?«

In der Tat, das ist es wirklich. Zum einen weil ich jetzt auch offiziell weiß, dass Jürgen mich wegen Natascha verlassen hat. Und zum anderen weil meine Mutter sich so ins Zeug für mich gelegt hat. Fast muss ich wieder zu weinen anfangen, doch Lena lässt mir keine Verschnaufpause.

»Jürgen hatte wohl schon früher mal was mit Natascha. Hat die doofe Stanko der Mutti auch gesteckt. Das war allerdings vor deiner Zeit. Wusstest du das?«

Was für eine Frage. Natürlich wusste ich es nicht. Komisch nur, dass mich das gar nicht wundert. Ich merke aber, wie eisige Kälte sich in meinem Körper breitmacht. So ein Arsch! Aber jetzt wird mir so einiges klar. Nachdem ich Lena minutenlang einfach nur fassungslos angestarrt habe, treffe ich eine Entscheidung.

»Weißt du was? Ich gehe jetzt einkaufen, gönne mir irgendwas Schönes. Kommst du mit? Und morgen besuche ich Maja. Die ist im Sauerland auf Seminar. Da komme ich bestimmt auf andere Gedanken. Der kann mich mal. Wegen so einem leide ich hier bestimmt nicht noch tagelang rum!«

29 Yippie ya yay, Schweinebacke

Ich sehe Majas Locken schon von weitem. Und als wir uns gegenüberstehen, strahlt sie mich bis über beide Backen an. »Liebelein, schön, dass du hier bist. Lass dich umarmen. Oh, du riechst aber lecker! Irgendwie nach Zimt.«

In der Tat rieche ich weihnachtlich nach Zimt. Gestern sind mir nämlich die fünfhundert Euro wieder eingefallen, die Jürgen mir zum Abschied auf den Tisch gelegt hat. Die wollte ich Jürgen eigentlich wieder zurückgeben. Lena hat mich jedoch davon überzeugt, das »Fluchtgeld« zu behalten und sinnlos zu verprassen. Da hat das Einkaufen direkt doppelt so viel Spaß gemacht.

Achtzig Euro für zwei Parfums auf einmal habe ich noch nie ausgegeben. Na ja, immerhin ist bald Weihnachten und da ich mich nicht zwischen der Kreation aus Zimt, Maiglöckchen und rotem Pfeffer und der Kreation aus Zimt, Zedernholz und einem Hauch Vanille entscheiden konnte, habe ich eben beide gekauft. Man lebt ja schließlich nur einmal. Jetzt, wo ich Maja sehe, geht es mir sofort ein wenig besser.

»Ich habe dir ein Einzelzimmer bestellt. Ich habe auch

eins. Die Doppelzimmer sind alle ausgebucht. Es liegt in meinem Gang, da haben wir es nicht weit zueinander. Sind übrigens lauter leckere Erstsemesterstudenten hier – und natürlich Kreischmann. Der wird Augen machen, wenn er dich wiedersieht.«

»Ach, der hat mich doch bestimmt schon vergessen«, winke ich ab. »Ist vielleicht auch besser so.«

»He, was ist denn mit dir los? Ist dir die Sache mit Jürgen wirklich so unter die Haut gegangen? Du kommst doch blendend alleine zurecht. Du brauchst ihn doch gar nicht!«

»Das sagst du so einfach. Du bist glücklich, schwebst auf Wolke sieben mit deinem Victor. Um mich rum sind überhaupt nur glückliche Paare. Sogar Marie hat es diesmal voll erwischt. Und ich? Immerhin bin ich gerade verlassen worden.«

»Tut mir leid, Liebelein. War doch nicht so gemeint. Jetzt bist du ja hier, bei mir. Hier kommst du bestimmt auf andere Gedanken. Warte mal ab.«

Maja hat gut reden. So euphorisch habe ich sie schon lange nicht mehr gesehen. Schon irre, wie sich innerhalb von gut zwei Wochen die Welt komplett drehen kann. Erst habe ich Maja getröstet und jetzt muss sie mir Mut zusprechen. Aber vielleicht sollte ich mir wirklich Majas Worte zu Herzen nehmen. Ich bin jetzt frei, kann tun und lassen, was ich will. Und niemand, am allerwenigsten Jürgen, hat das Recht, mir Fragen zu stellen.

Als ich diesen Gedanken wirklich verinnerlicht habe, treffe ich mich eine Stunde später mit Maja an der Hotelbar. Die Party ist schon voll im Gange. Es sind wirklich einige schnuckelige Jungspunde darunter. Und prompt dauert es nicht lange, da werde ich von allen Seiten angeschmachtet. Witzig. Irgendwie muss das an meiner neuen Aura liegen.

Das Ganze erinnert mich an das Erstsemesterseminar, als ich Maja kennengelernt habe. Ist das wirklich schon so lange her? Schon irre, was da so abgeht. Die Anmache scheint aber immer die gleiche geblieben zu sein. Denke ich zumindest. Da spricht mich ein Typ an, der sich mir als Thomas vorstellt. Als ich ihm sage, ich sei eine Kollegin von Maja, setzt er zum Exkurs an.

»Es gibt Dreißigjährige, die sind einfach nur daneben. Dann gibt es Dreißigjährige, die will man nur poppen. Und dann sind da noch Dreißigjährige, die sind wie du. Ich wünsche mir, dass meine Frau später genauso ist wie du.«

Mensch, das ist doch echt mal ’ne nette Rede. Thomas ist gerade mal zwanzig Jahre alt, hat mindestens fünf Altbier und drei Tequila intus und himmelt mich an. He, da fällt mir ein, ich habe seit mindestens zweieinhalb Monaten mit keinem Mann mehr geschlafen. Und außerdem bin ich gerade völlig ungerechtfertigt verlassen worden. Da habe ich mir ein wenig Ablenkung und Trost doch wirklich verdient.

Da merke ich, wie mich von der Seite einer anstrahlt.

Das ist doch Robert! Wo kommt der denn plötzlich her? Robert kenne ich schon lange. Marie stand immer auf ihn, natürlich bevor sie ihre Liebe zum gleichen Geschlecht entdeckte. Robert ist ein Bild von einem Mann. Er ist dreiundzwanzig Jahre alt, hat einen wahnsinnig beeindruckenden Körper, einen echt knackigen Po und einen sehr breiten Rücken.

»Robert!«, sage ich freudig überrascht und grinse ihn an. »Wie schön, dass du hier bist. Ich wusste ja gar nicht, dass du auch Jura studierst.«

»Ich habe erst eine Ausbildung gemacht. Und jetzt bin ich hier! Und du auch. Ist doch schön, oder?«

Robert hat Marcel im Schlepptau. Der wiederum himmelt nach zehn Minuten Maja an. Und die sieht rundum vergnügt aus. Der Abend ist gerettet. Wir amüsieren uns, trinken Whiskey-Cola. Das Leben kann so schön sein!

Robert sitzt inzwischen nahe bei mir. »Du riechst gut«, raunt er mir ins Ohr. »Ich komme nachher mit auf dein Zimmer, ja? Welche Zimmernummer hast du?«

»Ja, ja«, winke ich ab. »Schon klar, Robert.«

»Barbara, bitte, ich mein das ernst.« Wow, Robert klingt richtig eindringlich. Trotzdem. Das kann er niemals ernst meinen.

»Quatsch, das glaub ich dir jetzt nicht.«

»Um eins, wart's nur ab.«

Das ist der Hammer. Damit muss ich doch gleich ein wenig bei Marie protzen. Ich lass die anderen ein wenig allein und wende mich meinem Handy zu.

SMS an Marie:

Rat mal, wer heute Nacht in mein Zimmer kommen will?

SMS von Marie:

Hä? Wer denn?

SMS an Marie:

Robert!

SMS von Marie:

Der Robert? Kreisch! Du Glückliche.

SMS an Marie:

Ich werde dir alle Einzelheiten erzählen, versprochen.

SMS von Marie:

Ich bitte darum!!

SMS an Marie:

Aber gerne doch. Sag, wie geht es dir?

SMS von Marie:

Scheiße! Ich hab 'nen Knutschfleck.

SMS an Marie:

Ist doch nicht so schlimm.

SMS von Marie:

Ja, aber Mutti wird ihn sofort entdecken und unbedingt wissen wollen, wie ER heißt.

SMS an Marie:

Da hilft nur Camouflage! Gibt's in der Parfümerie. Oder du sagst Mutti die Wahrheit.

SMS von Marie:

Ich weiß. Ich zieh übrigens aus. Zu Uschi. Mutti wird sterben.

Arme Marie. Wenn das unsere Mutter erfährt, dann wird sie wahrscheinlich wirklich auf der Stelle umfallen. Und Marie ist dann dran schuld. Aber am meisten leid tut mir allerdings Lena. Die muss Mutti dann trösten. Mich darf man ja zurzeit nicht weiter belasten.

Sehnsüchtig betrachte ich Roberts Rücken. Soll ich mich wirklich mit ihm einlassen? Da höre ich die bekannte Stimme eines Mannes, den ich bisher hier vermisst habe.

»Na, wenn das nicht die Frau Braun ist!«

Vor mir steht Schnuckelchen Professor Kreischmann. Hat er mich also doch erkannt. Wer hätte das gedacht?

»Siehst du?«, flüstert Maja und grinst mich breit an. »Hab ich dir doch gesagt!«

Wir sitzen auf Barhockern, lachen, amüsieren uns königlich. An Jürgen denke ich gar nicht mehr. Hat es ihn je gegeben? Ich liebe es, Maja zuzuhören. Überhaupt liebe ich sie. Sie kann wundervoll Geschichten erzählen. Unsere Schultern wippen im Rhythmus zu Iggy Pop, »Real wild child«. Hab ich schon erwähnt, dass ich schön bin?

Der Abend ist wundervoll. Der Hoteldirektor zwinkert uns über den Tresen hinweg zu. Erzählt uns von seinen genialen Plänen für den Hotelumbau. Für Seminargruppen ist dieses Hotel hier wirklich komfortabel. Doch der Direktor hat große Pläne.

»Die Toiletten werden komplett renoviert. Wir installieren Lautsprecher dort. Daraus kommen dann mit sanfter Stimme gesprochene Märchen. Ja, auf unseren Toiletten können Sie demnächst Märchen hören.«

»Also, da brauchen Sie nur mal mit Maja und mir zusammen aufs Klo zu gehen. Dann können Sie richtig gute Geschichten hören«, sage ich amüsiert.

Maja bringt das Ganze sichtlich mehr auf die Palme. »Scheiße, ihr Männer, ihr erzählt uns doch sowieso ständig Märchen. Müsst ihr uns dann auch noch auf dem Klo damit volllabern?«

Viel hat ihr der Hoteldirektor daraufhin nicht mehr entgegnet.

Jürgen rückt in immer weitere Ferne. Die Wut, die tief in mir gebrodelt hat, hat nun einer ungeheuren Lebenslust Platz gemacht. Ich flirte, was das Zeug hält, mit Robert. Wusste gar nicht, dass ich das so gut kann. Ich bin begeistert.

Da taucht plötzlich Professor Kreischmann wieder auf und stellt sich dicht hinter mich. Ich kann ihn förmlich körperlich spüren und da höre ich auch schon seine Stimme.

»Barbara, gut sehen Sie aus. Ich muss Sie die ganze Zeit ansehen. Ich bin übrigens Ben.«

Ich merke, wie Professor Kreischmann mich mit seinen Blicken taxiert. Dass ich auch Jura studiere und ihm demnächst bei den mündlichen Prüfungen gegenübersitzen könnte, scheint ihn überhaupt nicht zu interessieren. Mann, kann der intensiv gucken. Aber ich bleibe cool. Habe einfach nur Spaß und lache mit Maja und den Jungs. Ben Kreischmann lasse ich weitgehend links liegen. Zu vorgerückter Stunde macht er erneut einen Vorstoß.

»Barbara, was hältst du davon, wenn wir den Trubel hier hinter uns lassen und uns ein bisschen besser kennenlernen. Auf meinem Zimmer ist es viel ruhiger. Vielleicht können wir ja dabei das eine oder andere juristische Problemchen erörtern. Was meinst du?«

Auf das Zimmer vom Professor? Ich falle fast vom Barhocker. Zum Glück hat keiner was von der Einladung mitgekriegt. Keiner außer Maja, die bis über beide Ohren grinst. Was nun? Um eins wollte ja eigentlich Robert kommen. He, das ist ja wie im Schlaraffenland hier. Robert hat wie gesagt eine umwerfende Figur und er ist sieben Jahre jünger als ich. Aber ich muss ihn ja nicht gleich heiraten. Wie alt Kreischmann ist, weiß ich immer noch nicht. Kurz denke ich an Jürgen. Der Sex mit ihm war anscheinend wirklich nicht gut, sonst hätte es mir mit Sicherheit mehr bedeutet.

Ich knuffe Maja in die Seite, die das Gespräch mit dem Hoteldirektor wieder aufgenommen hat. »Ich muss mal, kommst du mit?«

»Klar, noch können wir uns da ja unsere eigenen Geschichten erzählen.«

Die Toiletten sind eine Etage tiefer. »Hast du gemerkt, wie dir der Hotelboss hinterhergeguckt hat? Der steht voll auf dich.«

Maja lacht ausgelassen. »Ja, so ein Idiot.«

»Wieso? Der sieht doch nett aus.«

»Ist aber verheiratet. Davon mal ganz abgesehen, bin ich wirklich glücklich mit Victor. Er gibt mir alles, was ich brauche. Flirten mit anderen Kerlen ist erlaubt, gucken auch. Alles andere ist tabu.«

»Du hast es gut. Ich beneide dich. Aber gleichzeitig freu ich mich auch für dich, ehrlich!«

»Das weiß ich doch. Und du? Dieser Robert ist ja obersüß. Hast du gesehen? Dem ist vorhin das Hemd aus der Jeans gerutscht: Er hat ein Tattoo knapp über dem Po.«

»Kenn ich schon. Haben Marie und ich mal stundenlang im Schwimmbad angestarrt. Chinesische Schriftzeichen, die für Stärke stehen. Hat Marie mir erzählt. Er will übrigens nachher auf mein Zimmer kommen.«

»Nein! Ist ja irre.«

»Leckerchen hat mich aber auch eingeladen. Auf sein Zimmer.«

»Hab ich mitgekriegt, ich bin ja nicht schwerhörig. Ich fass es nicht. Du bist mir ja ein Früchtchen. Vielleicht stehen sie ja gleich beide bei dir vor der Tür. Dann kannst du dich mal so richtig nach Strich und Faden verwöhnen lassen.«

»Haha, sehr witzig. Mensch Maja, was mache ich denn jetzt?«

»Also, ich wüsste, was ich tun würde. Madonna hat mal in einem Interview gesagt: ›Ich habe eine Vorliebe für junge Männer. Sie wissen zwar nicht, was sie tun, aber sie tun es die ganze Nacht‹.«

»Ich weiß nicht. Ehrlich gesagt wäre mir ein erfahrener Liebhaber, einer, der eine halbe Stunde lang ganz genau weiß, was er tut, lieber.«

»Dann mach doch. Und wenn die halbe Stunde doch nichts bringt, kannst du ja immer noch tauschen. Sei doch einfach mal ein Luder und nimm dir, was du willst.«

Maja hat gut lachen. Aber was habe ich schon zu verlieren? Irgendwie hat sie Recht. Vielleicht sollte ich mir einfach nicht immer so viele Gedanken machen?

Als wir nach einer Weile zurück zur Bar kommen, ist Kreischmann nicht mehr da. Ich flirte noch etwas mit Robert. Schließlich kann ich nicht direkt nach Ben von der Bildfläche verschwinden. Ich lasse mir zwanzig Minuten Zeit. Dann mache ich mich auf den Weg in mein Zimmer. Schnell putze ich mir die Zähne und bespritze mich noch mal mit meinen neuen Parfums. Gut, dass ich mir ein wenig Mut angetrunken habe.

Kurz darauf stehe ich vor Kreischmanns Tür und klopfe zaghaft an. Keine Reaktion. Dann klopfe ich noch mal. Nichts passiert. Was nun? Zum Glück gibt es ja so was wie Handys. Ich wähle die Nummer seines Zimmers und höre, wie es darin klingelt. Barbara Zimtschnecke steht mitten in der Nacht telefonierend auf dem Hotelflur vor einem fremdem Zimmer. Was ist das denn für eine Scheiße? Einmal lasse ich es noch klingeln, dann lege ich auf!

»Ja, bitte?« Endlich!

»He, ich steh vor deiner Tür. Lässt du mich rein?«

»Oh, ja, warte einen Moment.«

Ben Kreischmann öffnet und steht mit nacktem Oberkörper und in Jeans vor mir.

»Barbara, komm rein!«

Der scheint tatsächlich eingeschlafen zu sein. Deswegen hat er mein Klopfen nicht gehört. Hat wohl zu viel Tequila getrunken. Na ja, hätte ich zehn Stück gekippt, wäre ich auch eingeratzt, wahrscheinlich sogar direkt an der Bar.

Ich überlege einen Moment, ob ich mich aus dem Staub machen soll. Lauf, Barbara, lauf! Doch ich kann es nicht lassen. Sekunden später sitze ich auf seiner Couch. Kreischmann zieht sich ungeniert vor mir aus und legt sich nackt ins Bett. Ist ja witzig, seine Brust ist über und über mit schwarzen Haaren bedeckt. Sogar der Rücken und der Po sind voller Haare. Nur auf dem Kopf ist er blank.

»Komm zu mir.«

Ausgestreckte Arme laden mich ein. Soll ich mich vorher ausziehen? Und einfach nackt dazulegen? Irgendwie fehlt mir die Übung. Nein, entscheide ich, das kann er machen. In voller Montur hüpfe ich zu Kreischmann ins Bett. Er kuschelt sich sofort in meine Arme. He, was ist das denn? Müsste es nicht andersrum sein? Ich liege heute, seit drei Wochen zum ersten Mal, nicht mehr alleine im Bett. Und das mit einem Mann, der zu besoffen ist, um zu merken, was da gerade vor sich geht.

»Barbara, ich bin so betrunken«, sagt er kleinlaut. »Mir ist schlecht.«

Ja, wunderbar. Ich habe eine Bekannte, die ist mal im Bett von ihrem Lover vollgekotzt worden. Stimmt wirklich. Aber zum Glück muss meine Eroberung sich nicht übergeben. Dafür schläft er halb auf mir ein. Einfach so. Und zu allem Überfluss fängt er auch noch an zu schnarchen, was sich bei ihm allerdings wie ein leichtes Grunzen anhört. Na super!

Ich bin Barbara, Barbara Braun. Vor zweieinhalb Wochen habe ich einen Heiratsantrag bekommen und vor genau sieben Tagen bin ich verlassen worden. Ich liege mit einem glatzköpfigen Mann im Bett. Einem Professor der Rechtsphilosophie, der rotzebesoffen ist. Zu viel Tequila. Und er ist zur Hälfte auf mir eingeschlafen. Aber es kommt noch schlimmer. Er ist schwer und hält mich fest umschlungen. Mist, was mache ich denn jetzt? Gut, dass ich mir wenigstens nicht die Mühe gemacht habe, mich auszuziehen.

Auf dem Nachtschränkchen blinkt in roten leuchtenden Zahlen die Uhr eines Radioweckers. Es ist erst kurz nach Mitternacht, noch Zeit genug also, um rechtzeitig wieder auf mein Zimmer zu kommen. Vielleicht sollte ich mich doch an Madonna halten? Mein Blick wandert nach unten, fällt direkt auf seine Glatze. Wenigstens will ich jetzt wissen, wie die sich anfühlt. Ich streiche mit der Hand über den runden rasierten Kopf. Die kleinen Stoppeln, die darauf sprießen, fühlen sich ein wenig an wie dichte Schweineborsten.

Leise sage ich: »Yippie ya yay, Schweinebacke«, wie Bruce Willis in *Stirb langsam 1*, und will ihn von mir runterschieben, aber er lässt sich nicht bewegen, hält mich fest. Dann zieht er mich noch näher an sich ran und murmelt etwas. Leider kann ich es nicht genau verstehen. Es klang so wie: »Mann, bin ich besoffen!«

Irgendwann schlafe ich tatsächlich ein, eng umschlungen mit Schweinebacke. Als ich morgens aufwache und das bestoppelte Schweinchen neben mir grunzen höre, muss ich lachen. Maja dreht durch, wenn ich ihr das erzähle. Ob ich ihn wecken soll? Sex am Morgen, und zwar in nüchternem Zustand, ist ja auch sehr schön. Doch Kreischmann verdreht die Augen.

»Scheiße, Barbara, ich habe höllische Kopfschmerzen. Kann mich nicht bewegen.«

Ja, ich bin Barbara und ich habe enorm Glück mit den Männern. Nun, ich bin ein nettes Mädchen und werde Professor Kreischmann eine Kopfschmerztablette aus meiner Kosmetiktasche holen.

Vorher klopfe ich an Majas Türe. »Frühstück?«

Mir geht es gut. Die Nacht war chaotisch, aber mit Sicherheit unvergesslich. Doch als ich Robert am Frühstücksbuffet stehen sehe, werde ich ein wenig wehmütig. Mann, der hat wirklich einen tollen Körper. »Ich bin so doof«, sage ich zu Maja.

»Ich weiß, Liebelein, ich weiß!«

Maja bleibt noch zwei weitere Tage. Mir reicht es und ich packe meine Sachen. Als ich zum Auto gehe, läuft mir Ben Kreischmann über den Weg. Wir wechseln noch ein paar unverfängliche Worte miteinander. Dann grinst er mich verlegen an.

»So was ist mir noch nie passiert.«

»Mir auch nicht. Aber es gibt ja für alles ein erstes Mal.«

»Danke für die Kopfschmerztablette.«

»Kein Problem.« Meine Tasche wandert in den Kofferraum, ich will einsteigen, da hält Kreischmann meinen Arm fest.

»Warte, ich will dir noch was sagen: Du bist wirklich wunderschön. Weißt du das? Hast schöne Haare«, fügt er ambitioniert hinzu, »und sehr schöne Augen.«

Einen kurzen Moment überlege ich, ob ich sie schließen und ihn nach ihrer Farbe fragen soll, aber ich bin einfach nur müde.

So sage ich nur: »Echt?«

»Ich hab übrigens überhaupt kein schlechtes Gewissen wegen letzter Nacht!«

»Hä? Wie meinst du das?«

»Na, meiner Frau gegenüber.«

Professor Kreischmann strahlt mich an. Meine Faust ballt sich unwillkürlich zusammen und will zum Schlag ausholen. Daran, dass er verheiratet sein könnte, habe ich gar nicht gedacht. Wahrscheinlich hat er sogar Kinder.

»Und«, will er jetzt dazu noch wissen, »hast du ein schlechtes Gewissen wegen mir?«

»Nö. Müsste ich das?«

»Nein, musst du nicht.«

»Soll ich dich mal zu Hause besuchen?«

Ganz bestimmt nicht, du Penner. »Weiß ich noch nicht.«

»Überleg es dir. Ich ruf dich an.«

Schon klar.

Mein Name ist Barbara, Barbara Braun. Ich bin dreißig Jahre alt. Ich bin kein kleines Luder, das sich nimmt, was es will. Ich werde nie ein Luder sein. Ich will alles und ich werde mich niemals mehr mit weniger zufriedengeben. Ich bin fähig zu lieben und wenn ich liebe, gebe ich mich ganz. Und jetzt will ich einfach nur noch nach Hause! Ich freue mich darauf, dort ganz alleine für mich zu sein. Vielleicht gehe ich eine Runde in die Badewanne, natürlich *ohne* Schotte vorher mit zwei Euro gefüttert zu haben. Vielleicht lege ich mich dann auf die Couch und ziehe mir erst *Natürlich blond* und dann *Pretty Woman* rein. Oder ich schau mir noch mal *Stirb langsam 1* an und freue mich auf das »Yippie ya yay, Schweinebacke«. Vielleicht lese ich aber auch Goethe oder beschäftige mich mit dem Prüfungsstoff. Immerhin rücken die Mündlichen unaufhaltsam näher. Wer weiß?

30 Mutti hat es wirklich nicht leicht mit uns

Ich habe eine ganze Schublade voll mit Liebesfilmen. Und eine Schublade voll mit Actionfilmen. Ein Film ist für mich gut, wenn ich ihn mindestens dreimal gesehen habe und ihn trotzdem jedes Mal wieder gucken würde, sobald er im Fernsehen kommt. Und gute Filme kaufe ich mir. Deswegen habe ich auch nie Probleme, wenn mal nichts in der Glotze läuft. Dann hole ich mir einfach eine DVD. Und wenn ich mich nicht entscheiden kann, suche ich mir den Film mit geschlossenen Augen aus. Und je nach Stimmung wähle ich dabei aus der linken oder aus der rechten Schublade. Das klappt meistens. Nur heute nicht.

Ich wähle die Schublade mit den Liebesfilmen, schließe die Augen, greife hinein und halte *Stadt der Engel* in der Hand. Hätte es nicht was anderes sein können? Ich habe doch wirklich genügend schöne Filme zur Auswahl:

Während du schliefst, *Liebe braucht keine Ferien*, *Dem Himmel so nah*, *Pretty Woman*, *Dirty Dancing*, *Notting Hill*, *Schlaflos in Seattle*, *E-mail für dich*, *French Kiss*, *Frau mit Hund sucht Mann mit Herz*, *Harry und Sally*, *Grease*, *Das Haus am See*, *Jenseits von Afrika*, *Vier Hochzeiten und ein Todesfall*, *Mitten ins Herz*, *Tatsächlich … Liebe*, *Chocolat*.

Ich kann mir unmöglich *Stadt der Engel* ansehen. Den Film hat Jürgen mir mal geschenkt. Aber darum geht es jetzt gar nicht. Wenn ich gewusst hätte, dass die blöde Meg Ryan sich zum Schluss von einem Lastwagen überfahren lässt, dann hätte ich diesen Film ungesehen zurückgegeben. Als ich das miterleben musste, hatte ich mindestens drei Tage schlechte Laune. Und wenn ich daran denke, dann könnte ich schon wieder mies drauf kommen. In *meinen* Filmen stirbt man nicht. Schon gar nicht am Ende. Das gehört sich einfach nicht für einen guten Liebesfilm. Also greife ich noch mal in die Schatzkiste. *Pretty Woman*. Perfekt!

Nach den chaotischen Erfahrungen im Sauerland habe ich ein ruhiges Wochenende bitter nötig. Der Kühlschrank ist noch voll, da brauch ich gar nicht vor die Tür zu gehen. Außerdem ist sowieso richtiges Schweinewetter draußen, nass und kalt. Zur Abwechslung lasse ich den Whiskey mal Whiskey sein und genieße einen schönen heißen Kräutertee. Ich habe wieder meinen kuscheligen Flanellschlafanzug und die roten Stoppersocken an, doch Jürgens Heiratsantrag ist in weite Ferne gerückt. Ich vermisse ihn immer noch nicht. Aber verziehen habe ich ihm auch nicht. Weil er mich angelogen hat. Und das alles ausgerechnet wegen Natascha Anastasia.

Vor mir auf der Couch liegt der Inhalt meiner geheimen Kiste. Ich habe sie kurzerhand ausgeleert. Eingemummelt in meine Kuscheldecke wühle ich in meinen Schätzen.

Angelo liegt eigentlich ganz gut in der Hand. Was mache ich denn jetzt mit ihm? Ich kann ihn ja wirklich Oma Grete schenken, die hört eh schlecht. Mann, das wäre der Knaller. Ich verpacke *Angelo* schön bunt, verziere ihn mit Schleifchen und schenke ihn ihr zu Weihnachten. Und dann gucke ich ganz unschuldig und freue mich auf die verdutzten Gesichter ringsherum, wenn sie ihn brummend in der Hand hält. Oder ich schenke ihn Marie und Uschi. Ob die ihn brauchen könnten? Im Fernsehen träumt *Pretty Woman* Julia Roberts gerade von einem Ritter auf einem weißen Pferd, der sie aus ihrem Turm rettet, da fällt mir meine inzwischen ganz zerknitterte *Lotte-Liste* in die Hände. Die dreißig Tage sind noch nicht um, ich könnte also unter neuen Bedingungen noch etwas hinzufügen. Mir gefällt der Turm, in dem ich lebe eigentlich ganz gut. Ich muss nicht gerettet werden, aber ein wenig Farbe könnten die Wände gebrauchen. Also hänge ich unten an:

Lotte-Liste
~~*- einen Dildo kaufen und natürlich ausprobieren*~~
- guten Sex haben
~~*- nachts nackt im Schwimmbad baden gehen*~~
~~*- einen wildfremden Mann ansprechen und küssen*~~
~~*- eine neue Friseur ausprobieren …*~~
~~*- …auch unten rum*~~
~~*- Sex mit einer Frau haben – na ja, vielleicht*~~
- die Wohnung streichen

Das ist doch mal 'ne Maßnahme. Jetzt, wo Jürgen nicht mehr hier wohnt, kann ich ohne Bedenken in die Farbtöpfe greifen. Ich wollte die Wohnung schon immer gerne etwas farbenfroher haben. Da sind die restlichen vierhundert Euro des Fluchtgeldes gut investiert. Eine Renovierungsparty! Mit Maja, Marie und Lena. Und vielleicht bringt Marie ihre Uschi mit. Als Friseurin ist sie bestimmt kreativ. Ich greife sofort zum Telefon. Maja geht nicht ran. Sie ist bestimmt bei Victor. Ich hinterlasse ihr eine Nachricht auf dem Anrufbeantworter. Dann ist Marie dran, die ist bestimmt zu Hause.

»Hallo Mutti, hier ist Babsi, kann ich mal Marie sprechen?«

»Die ist nicht da!«, bekomme ich leicht unterkühlt zur Antwort …

»Hat sie gesagt, wann sie wiederkommt?«

»Also Babsi, das hätte ich nie von dir gedacht. Tu nicht so. Du weißt doch alles. Ihr habt es bestimmt alle die ganze Zeit schon gewusst. Ich war mal wieder die Letzte, die es erfahren hat. Und das, obwohl ich ihre Mutter bin. Kannst du dir vorstellen, wie ich mich jetzt fühle?«

Super! Natürlich weiß ich überhaupt nicht, worum es gerade geht. Könnte ich natürlich behaupten. Allerdings ahne ich es. Marie hätte uns wenigstens vorwarnen können. Wahrscheinlich, nein, ganz bestimmt, hat sie Mutti alles erzählt. Also, was soll ich jetzt noch großartig rumlügen?

»Ist Marie bei Uschi?«

»Du hast es also gewusst. Warum hat mir denn keiner was gesagt?«

»Ich weiß es auch erst seit einer Woche, Mutti. Und ich glaube, Marie weiß es selbst auch noch nicht so lange. Hauptsache ist, sie ist glücklich. Ist doch egal, mit wem.«

»Wie sieht das denn aus? Was habe ich nur falsch gemacht mit euch? Marie lebt jetzt mit einer Frau zusammen und du sitzt wieder ganz alleine da. Was soll denn nur aus euch werden?«

»Na, aus mir wird mal eine erfolgreiche Richterin. Wenigstens das weiß ich jetzt. Und Marie wird Modedesignerin und schneidert tolle Roben für Prominente. Du kannst doch stolz auf uns sein. Moment mal, was heißt, Marie lebt mit einer Frau zusammen? Ist sie denn ausgezogen?«

»Ja, zu dieser Uschi. Einer Friseurin!«

Mutti hat es wirklich nicht leicht mit uns. Wahrscheinlich bricht gerade ihr ganzes Weltbild zusammen. Nun, da muss sie jetzt durch. Dass Marie so schnell die Koffer gepackt hat, ist allerdings der Hammer. Wahrscheinlich konnte sie Muttis Geheule nicht mehr ertragen. Wow! Da gibt es ja morgen eine ganze Menge zu erzählen.

Ich schicke eine SMS an Marie:

Hallo Flüchtling, brauche eure Hilfe. Meine Wohnung will Farbe. Habt ihr morgen Zeit, so gegen zwei?

Innerhalb von Sekunden bekomme ich Antwort. Das ging aber schnell!

Geht klar. Uschi hat morgen Aushilfe im Laden, also

kommt sie auch. Übrigens Achtung, wenn du Mutti sprichst. Sie weiß alles. Nur damit du vorbereitet bist.

Die Warnung kommt etwas zu spät, aber ich verzeihe Marie. Immerhin hat sie mit ihrer Aktion etwas von der Sorge um mich abgelenkt. Jetzt muss ich nur noch schnell Lena anrufen.

»Lena, hast du morgen Nachmittag Zeit? Ich will meine Wohnung streichen.«

»Ja, das passt, Peter hat Urlaub. Der kann auf die Kinder aufpassen. Hast du schon mit Marie gesprochen? Mutti ist ziemlich fertig.«

»Ich habe gerade mit ihr telefoniert.«

»Und ich muss auch noch mit ihr reden. Bei mir gibt es nämlich auch was Neues. Aber das erzähl ich euch morgen.«

»Was denn?«

»Heut wird nix verraten. Ich muss jetzt aufhören, hab keine Zeit mehr. Die Kinder müssen ins Bett.«

Holla, die Waldfee! Das wird ja spannend werden morgen! Was Lena wohl zu berichten hat? Ob sie wieder schwanger ist?

31 So viel haben wir schon lange nicht mehr zusammen gelacht

Lena ist nicht schwanger. Ganz im Gegenteil. Marie und ich gucken sie überrascht an. Lena hat richtig glänzende Augen und sieht total glücklich und voller Energie aus.

»Du willst wieder studieren?«, frage ich sie ungläubig.

»Ja. Wir haben alles ganz genau überlegt und besprochen. Peter findet die Idee gut. Er steht voll und ganz hinter mir.«

»Und die Kinder? Wie machst du das mit denen?«

»Das ist noch ein Problem. Ich habe Mutti gefragt, ob sie mich unterstützt. Aber sie war bockig. Sie habe noch zu viel mit euch beiden zu tun, sagt sie. Wahrscheinlich war es nur der falsche Zeitpunkt. Eigentlich liebt sie die Kinder ja.«

»Also, ich helfe dir, wann immer du Hilfe brauchst. Ich meine, wenn ich Zeit habe, bin ich für dich da.«

»Ich auch! Und Uschi auch, stimmt doch, Uschi?«, sagt Marie und strahlt ihre Freundin an. Die beiden sind ein süßes Paar. Ihr Anblick ist für mich immer noch etwas ungewohnt, aber sie passen wirklich gut zusammen. Praktisch an der Sache ist, dass ich jetzt meine Friseurin sozusagen in der Familie habe. Ein wenig Egoismus muss ja auch mal sein.

Ich war den ganzen Morgen einkaufen. Zuerst habe ich einen Schlüssel zum Entlüften der Heizung besorgt. Meinen hat Jürgen ja bestimmt aus lauter Kleinlichkeit mitgehen lassen. Dann habe ich Abdeckfolie, Pinsel, Rollen und Farbe gekauft. Dazu jede Menge Kleinkram, der meine neue Bleibe gemütlich machen soll. Außerdem habe ich fünf weiße Malerlatzhosen gekauft. Für jede von uns eine. Und passend dazu fünf Kappen. Und natürlich Knabberkram, Sandwiches und Prosecco. Schließlich wollen wir nicht verhungern. Und verdursten schon mal gar nicht.

Dass Lena wieder studieren will, finde ich megastark. Ich habe nie wirklich verstanden, warum sie damals ihr Architekturstudium nach nur vier Semestern abgebrochen hat, um eine Lehre als technische Zeichnerin zu machen. Dass unsere Mutter jetzt auf Widerstand macht, kann ich irgendwie sogar verstehen. Das mit Lena hat ihr wahrscheinlich den Rest gegeben. Aber wir sind ja zu dritt. Und Peter ist auch noch da. Dass Peter Lena in ihrem Entschluss unterstützt, finde ich total gut. Und irgendwie ist alles möglich. Man muss es nur wollen.

Wir kleben die ganze Wohnung mit Folie ab, lachen, erzählen uns Geschichten aus unserer Kindheit, lästern über Onkel Karl und Tante Hilde, über Jürgen, Jürgens Eltern und natürlich ganz besonders über Natascha Anastasia – da steht plötzlich Maja in der Tür. Sie hat mit ihrem Schlüssel die Wohnungstür aufgesperrt, da wir vor lauter Gekicher und Weihnachtsmusik, passend zur Jahreszeit, ihr Klingeln nicht gehört haben.

»He, die Party läuft ja schon auf Hochtouren! Ich hab dir was mitgebracht, Liebelein. Guck mal!«

Maja hält mir grinsend das Buch *Das doppelte Lottchen* unter die Nase. Wie genial ist das denn? Ich bin wirklich gerührt.

»Die Liste kannst du ja wohl komplett vergessen«, sagt sie. »Lotte hat dir nicht wirklich viel gebracht. Aber deine Träume, die solltest du niemals vergessen.«

»Die *Lotte-Liste* vergessen? Nie im Leben! Wenigstens weiß ich jetzt ganz genau, was ich nicht will. Und außerdem ist ja noch ein Punkt offen.«

»Was denn für eine Liste?«, mischt Marie sich ein.

»Die aus meiner geheimen Kiste. Guck mal auf der Couch.«

Brumm ... Marie hat die Liste gefunden. Und *Angelo* anscheinend auch. Den hatte ich total vergessen. Ich höre, wie Marie durchs Zimmer ruft: »Lena, schau dir das mal an! Und wir haben immer gedacht, Barbara könnte kein Wässerchen trüben.«

Dann höre ich gar nichts mehr. Außer natürlich das Gelächter von vier Frauen, die gackernd meine Liste weiterreichen und sich königlich über *Angelo* amüsieren. Lena hat schon Tränen in den Augen, als ich sage: »Den habe ich für Oma Grete gekauft.«

»Für Oma Grete? Das will ich sehen!«, sagt Lena glucksend.

»Liegt gut in der Hand.« Aha, Uschi scheint Expertin zu sein. Die gleiche Feststellung habe ich auch schon gemacht.

»Nix da, der ist für Oma Grete!«, sagt Marie energisch. »Barbara, wenn du das bringst, dann schenke ich dir die Glitter-Barbie, auf die du immer so scharf warst.« Das will was heißen, denn Marie liebt ihre alte Glitter-Barbie bis heute.

»Und von mir bekommst du die alte Jogginghose, die du mir immer wieder mal abquatschen wolltest.« Lena sitzt inzwischen auf dem Boden, sie konnte sich vor Lachen nicht mehr auf den Beinen halten. Auf ihre lässige Jogginghose war ich tatsächlich schon lange scharf.

Da mischt Maja sich ein. »Uschi, würdest du mir bitte Angelo reichen? Ich werde ihn jetzt vorläufig aus dem Verkehr ziehen. Sonst wird das ja nie was mit der Streicherei hier.«

Das hätte Maja nicht sagen dürfen. Jetzt liegt sogar Uschi auf dem Boden. Sie kann kaum noch sprechen vor Lachen. »Der hat einen Namen? Er heißt Angelo? Babsi, du bist echt der Knaller.«

Es dauert noch eine ganze Weile, bis sich alle wieder beruhigt haben. Und endlich bekommt meine Wohnung Farbe. Die Küche streichen wir in einem sonnigen Gelb, das Wohnzimmer in verschiedenen Terracottatönen. Plötzlich vibriert mein Handy vorne im Latz meiner

Malerhose. Wer das wohl sein mag? Die Nummer ist mir nicht bekannt. Ich öffne das blinkende Briefchen und lese:

Barbara, du hast dich eingebrannt in mein Gedächtnis. Wie gerne würde ich die Nacht wiederholen. Natürlich mit offenen Augen. Barbara, du wilderst in meinem Herzen.

Diesmal sitze ich auf dem Boden. Die Nachricht ist von Ben. Oder Schweinebacke. Oder Professor Kreischmann. Egal, wie ich ihn nenne. Er ist und bleibt verheiratet. Und außerdem ist er halb auf mir eingeschlafen. Aber schreiben kann er, das muss man ihm lassen. Eine Antwort hat er trotzdem nicht verdient. Diese SMS werde ich einfach ignorieren. Ich reiche mein Handy zum Lesen an Maja weiter. Die rümpft nur die Nase. »Professor Leckerchen.«

»Wer ist das denn?«, fragt Lena neugierig und linst auf das Display.

»Das soll Babsi euch lieber selbst erzählen«, sagt Maja.

Gespannt hören Lena, Marie und Uschi zu. Mann, so viel gelacht habe ich schon lange nicht mehr. Und was noch schöner ist: So viel haben wir schon lange nicht mehr zusammen gelacht. Ich kann mich gar nicht daran erinnern, jemals so viel Spaß mit meinen Schwestern gehabt zu haben.

»Du hast aber auch ein Pech mit den Männern. Kannst du dir nicht mal einen vernünftigen Kerl aussuchen?«, fragt Lena und guckt mich mitleidig an.

»Habe ich ja, und beinahe hatte ich ihn auch. Immerhin habe ich ihn geküsst. Ich bekomme jetzt noch weiche Knie, wenn ich an ihn denke.«

Natürlich muss ich jetzt in allen Einzelheiten von Bruno erzählen. Wie ich ihn kennengelernt habe, wie er aussieht, was er macht, was er erzählt hat und vor allem, wie dieser Kuss geschmeckt hat.

»Nach Pfefferminze? Und du hast die Nummer verschlampt? Selten doof das Ganze!«

Lena hat Recht. Ich könnte mir dafür immer noch in den Hintern beißen. Aber die Hoffnung stirbt schließlich immer zuletzt. Also sage ich kleinlaut: »Wenn es das Schicksal will, dann kommen wir wieder zusammen.«

»Schicksal?« Marie hebt die Augenbrauen und schüttelt den Kopf. »Schon mal auf die Idee gekommen, dem Schicksal ein wenig auf die Sprünge zu helfen?«

»Klar, wir haben gleich nach dem ersten Treffen einen Zettel im *La Luna* aufgehängt.«

»Super! Sonst nix?«

»Doch, wir haben ihn im *Pettycoat* gesucht. Aber da seid ihr uns ja über den Weg gelaufen. Und ich habe bei sämtlichen Tischlereien in Bottrop und Oberhausen angerufen. Ich weiß ja nicht, in welcher Stadt er arbeitet. Vielleicht in Essen. Oder in Duisburg? Hier liegt doch alles so nah beieinander.«

»Mann, eure Schwester hat es ganz schön erwischt«, sagt Maja. »Sie weiß es nur noch nicht. Weil sie dem Blödmann noch hinterhertrauert, der sie so verarscht hat. Aber wenn man die ganze Zeit After Eight futtert, obwohl man das Zeug eigentlich gar nicht mag, dann sollte man sich irgendwann Gedanken machen, nicht wahr, Liebelein?« Stimmt, da muss ich ihr Recht geben. Wie so oft. Ich mag eigentlich gar kein After Eight. Aber jetzt liebe ich es, wie der Geschmack von Schokolade, gepaart mit Pfefferminze auf meiner Zunge zergeht.

Da übernimmt Marie das Kommando. »Lena, du schaltest morgen eine Anzeige in der Zeitung. Uschi, wir klappern die ganzen Schreinereien persönlich ab, und zwar alle! Und du, Maja, passt auf Barbara auf, damit sie nicht wieder irgendeinen Blödsinn macht und ihr der Typ nicht erneut durch die Lappen geht, wenn wir ihn gefunden haben. Okay?«

Wow! Ich bin von ihrem Aktionismus begeistert. Zwar glaube ich nicht, dass meine Schwestern Bruno finden werden, aber es ist doch schön, wenn man mit seinen Problemen nicht alleine ist. Ich liebe meine Schwestern. Und Maja natürlich auch. Und Uschi ist auch in Ordnung.

Meine Wohnung sieht toll aus. Wir sitzen in der sonnengelben Küche zu fünft um den Tisch herum und stoßen mit einem Gläschen Prosecco an. »Auf die Liebe! Und auf die Freundschaft! Und natürlich auf Lotte!«

Da klingelt es plötzlich, dreimal kurz, einmal lang. Marie, Lena und ich schauen uns entgeistert an. Das ist doch jetzt nicht wahr! Doch, draußen steht Mutti. Und sie hat Oma Grete im Schlepptau. Mit allem hätte ich gerechnet, nur nicht damit.

»Ich habe euch einen Kuchen gebacken.« Mutti bleibt etwas unsicher in der Tür stehen. Sie sieht eigentlich ganz versöhnlich aus.

Da schiebt sich unsere Großmutter an ihr vorbei. »Und ich bin Oma Grete. Du musst Uschi sein. Dann haben wir also jetzt eine neue Friseurin in der Familie. Lass dich mal angucken, Kind.«

Wie schön, Oma Grete hat ein neues Opfer gefunden. Uschi bekommt bestimmt gleich einen blauen Fleck ins Gesicht gekniffen.

»Natürlich passe ich auf die Kinder auf, wenn du studieren gehst«, sagt Mutti zu Lena. »Das wollte ich dir noch sagen.« Meine große Schwester strahlt.

»Und jetzt lasst uns Kuchen essen, wie in alten Zeiten!« Oma Grete stiefelt in die Küche, stellt den Gugelhupf auf den Tisch und verschwindet im Wohnzimmer.

Brumm … Sie hat offensichtlich *Angelo* gefunden. Mist, den hat Maja vorhin dort liegen lassen.

»Was ist das denn?« Oma Grete ist zurück von ihrer Erkundungstour und schaut mich fragend an. Irgendwie ruhen auf einmal alle Blicke erwartungsvoll auf mir.

»Das ist dein Weihnachtsgeschenk, Oma Grete. Es ist das Modell *Angelo*. Ich muss es aber noch einpacken.«

Damit gehen Barbie und Jogginghose eindeutig in meinen Besitz über.

32 Ein Bild sagt mehr als tausend Worte

Bruno, wir suchen dich!
Du bist etwa 1,90 Meter groß, hast wuscheliges dunkles Haar und schöne braune Augen. Deine Mutter kommt aus Italien, dein Vater aus der Schweiz und du hast drei Brüder. Du bist Tischler und isst gerne Leberwurst mit Marmelade. Und du hast SIE geküsst!
Sie kann dich nicht vergessen, hat aber deine Handynummer verschlampt.
Wenn du Bruno bist, melde dich bitte schnellstmöglich unter
maja-lena-uschi-marie@web.de

Die Anzeige steht heute im *Wochenanzeiger*. Maja hat mir eine Ausgabe davon auf den Tisch gelegt.

»Da, guck mal. Haben deine Schwestern und Uschi reingesetzt. Cool, oder? Mal sehen, ob wir deinen Bruno nicht doch noch finden.«

Die Anzeige prangt groß auf einer Viertelseite. Im ersten Augenblick könnte man fast denken, es sei jemand gestorben. Irgendjemand, der ein wichtiges Tier in einer großen Firma war. Das hat sicher eine Stange Geld gekostet. Ich bin sichtlich gerührt.

»Meinst du, das bringt was? Ich weiß ja noch nicht einmal, wo Bruno wohnt.«

»Die Annonce ist überregional geschaltet, Liebelein. Also, wenn er sich darauf nicht meldet, dann will er dich nicht. Irgendjemand, der Bruno kennt, wird diese Anzeige hier lesen. Die ist so fett, die ist nicht zu übersehen.«

Ja, da muss ich ihr zustimmen, da kommt man wirklich nicht drum herum. Nicht mal Jürgen. Er blättert immer den *Wochenanzeiger* durch und guckt sich die Todesanzeigen an. Es könnte ja sein, dass einer seiner Klienten gestorben ist. Jürgen wird sofort wissen, wer Bruno sucht. Die zusammengesetzte E-Mail-Adresse ist mehr als verräterisch. Was soll's. Ich wollte nicht mehr an Jürgen denken, also tu ich es auch nicht mehr. Aus den Augen, aus dem Sinn. Jürgen hat sich bisher nicht wieder gemeldet. Ist wohl zu sehr beschäftigt mit ... ach ist ja auch egal.

»Schmeiß mal deinen Computer an. Vielleicht hat sich schon jemand gemeldet«, reißt mich Maja aus meinen Gedanken. Gespannt setzen wir uns vor den Bildschirm.

»Das Passwort ist *kissmeagain*, alles klein und zusammengeschrieben.«

Es dauert nur noch wenige Sekunden, da öffnet sich der Postkorb. *Sie haben 148 neue Nachrichten.* Wow! Das ist ja unglaublich! Die erste Nachricht ist von *Lena.Bender*. Lena hat Glück mit ihrem neuen Nachnamen gehabt. Sie hat nach der Hochzeit einfach das Braun gegen Bender getauscht.

Liebe Babs,
und? Hat der Pfefferminz-Prinz sich schon gemeldet? Jürgen konnte ich übrigens eh nie leiden. Der war viel zu steif. Keiner mochte ihn wirklich. Noch nicht einmal Vati. Aber verrate ihm nicht, dass ich dir das erzählt habe.
Arme Mutti! Hast du ihr Gesicht gesehen, als Oma Grete mit Angelo in die Küche kam? Das war köstlich, ehrlich!
Ich hoffe, du fühlst dich wohl in deiner neuen Jogginghose. Die hast du dir wirklich verdient. Vergiss nicht, dir die Glitter-Barbie bei Marie abzuholen.
Küsschen von deiner großen Schwester

Schön! Bin ich froh, dass ich kein Einzelkind bin. Lena und Marie haben mich zwar oft genug genervt, aber was würde ich nur ohne sie machen? Das werde ich den beiden bei nächster Gelegenheit mal sagen. Aber erst einmal klicke ich auf die nächste Nachricht. Sie kommt von *Bruno.Hartmann*.

Maja ist schon ganz aufgeregt. Man könnte fast meinen, dass wir die Suchaktion hier für sie veranstaltet haben.

»Mach schon auf, Puppe. Ist ja kaum zum Aushalten.«

»Ich trau mich nicht. Guck du bitte.«

Hi schöne Unbekannte!
Mein Name ist Bruno und ich kann verdammt gut küssen. Natürlich kann ich auch andere Dinge gut. Leider habe ich keine drei Brüder und Tischler bin ich auch nicht.
Falls du deinen Bruno nicht finden solltest, versuche es doch mal mit mir.
Küss mich einfach!
Ich freu mich auf deine Antwort.
Bruno

Super, wenn ich Pech habe, sitze ich jetzt tagelang vor dem PC und lese Mails von irgendwelchen Typen, die zufällig Bruno heißen oder behaupten, gut küssen zu können. Wahrscheinlich bekomme ich Unmengen solcher Nachrichten, da alle Kerle von sich überzeugt sind, sie könnten besonders gut küssen.

Mutig öffne ich die dritte Mail. Sie kommt von *Bruno1973.*

Hallo schöne Unbekannte!
Ein Bild sagt mehr als tausend Worte.
Dein Bruno

Soll ich auf das angehängte Bild klicken oder nicht?

»Los, mach schon, den will ich sehen.« Maja war schon immer neugierig.

Klick! *Bruno1973* lächelt uns an. Er sieht aus wie ein

muskelbepackter, aufgepumpter Ken. Leider bin ich nicht Barbie. Obwohl ich jetzt eine mit Glitter habe. Mir reicht es.

Maja lacht mich an. »Was hast du, macht doch Spaß!«

»Guck dir das doch nur an. Ich habe keine Lust mehr. Das bringt doch sowieso nix. Sieh dir mal die ganzen Idioten an, die hier gemailt haben, was die allein schon für Namen haben!«

»Komm, hab ein wenig Geduld. Bestimmt ist der Richtige dabei. Warte ab!« Maja nimmt mir die Maus aus der Hand und klickt auf die nächste Mail. Der Absender heißt *Gänseblümchen0409*. Seine Nachricht ist ganz kurz:

Hi,
habe einen Bruder, auf den die Beschreibung passt.
Viele Grüße Toni

»Liebelein, guck doch mal. Das könnte passen. Bruno und Toni. Hat Bruno dir erzählt, wie seine Brüder heißen?«

»Nein. Aber frag ihn, ob seine Mutter mal ein Glas Nutella in der Mikrowelle hat explodieren lassen. Vielleicht antwortet er ja darauf.«

»Okay, mach ich. Zuerst guck ich aber die ganzen restlichen Mails für dich durch. Dann habe ich wenigstens heute Abend was zu tun. Bin nämlich bei Victor und der bringt zwischen acht und neun Nadja ins Bett. Mit Vorlesen und so. Weißt du was? Jetzt fahren wir zu Ikea, eine Portion Köttbullar essen. Was hältst du davon?«

»Und Zimtschnecken. Und ein Stück schwedische Mandeltorte. Gute Idee. Ich wollte mir sowieso einen neuen Tisch fürs Wohnzimmer kaufen. Jürgen hat das blöde Ding übrigens immer noch nicht abgeholt. Und eine neue Lampe brauche ich auch.«

»Dann pack ihn auf den Sperrmüll. Oder wir zersägen den Tisch und schicken ihm die Einzelteile.«

»Nee, ich mach mir doch keine Arbeit mehr wegen dem. Wenn er ihn nicht bald holt, schmeiß ich ihn einfach aus dem Fenster. Du kannst ja dann Wache stehen, damit ich keinen mit der Ladung treffe.«

»Okay, aber wenn Jürgen zufällig vorbeikommt, lass ich ihn reinlaufen, ja?«

»Damit ich auch noch wegen versuchten Mordes verhaftet werde? Kommt gar nicht infrage!«

»So gefällst du mir, Puppe. Wir lassen uns nicht unterkriegen. Niemals. Schon gar nicht von einem Kerl, versprochen?«

»Versprochen.«

33 Ich verzeihe Jürgen und wünsche ihm ein paar fette Pocken an den Arsch

Eigentlich habe ich ja gar nichts gegen Jürgen. Trotzdem will ich nicht immer an ihn denken, nur weil ich das Licht anmache. Die neue Lampe und der Tisch machen sich gut im Wohnzimmer. Ich habe Jürgen noch eine SMS geschickt und ihn gefragt, wann er den ollen Couchtisch abholt, aber Jürgen hat bisher nicht geantwortet. Erst sind alle Kerle wie wild hinter mir her und dann sind plötzlich alle weg. Auch Bruno bleibt verschwunden und sogar Ben Kreischmann hat aufgehört, mich mit sorgsam formulierten Kurznachrichten zu bombardieren. Das kann ich ja noch nachvollziehen, immerhin habe ich auf keine seiner Mitteilungen reagiert. Doch dass Jürgen sich nicht meldet, verstehe ich nicht. Natascha Anastasia in allen Ehren, er hätte wenigstens aus Anstand antworten können, dass ich den Tisch behalten oder ihn wegschmeißen kann, irgendwas. Er ist doch sonst immer so pflichtbewusst. Na ja, vielleicht hat seine Mutter ihm ja den Kontakt zu mir untersagt? Jetzt, wo er eine Adelige hat? Was soll's.

Und Bruno? Der hat die Anzeige entweder nicht gelesen oder er will mich nicht. Maja hat insgesamt 234

Mails geprüft und eine Menge Spaß mit der Sichtung gehabt. Es waren fast alles Idioten. Ein paar nette Typen seien auch dabei gewesen, hat sie so ganz unauffällig angemerkt. Aber auf irgendwelche neuen Bekanntschaften habe ich überhaupt keine Lust. Meinen Bruno hat sie auf jeden Fall bisher noch nicht gefunden. Manche Dinge bleiben eben doch dem Schicksal überlassen.

Heute ist der 6. Dezember. Und es ist Samstag, halb zwölf. Das war sonst immer die Zeit, in der Jürgen und ich unsere Wochenendeinkäufe bereits hinter uns gebracht hatten. Samstags müsse man seine Einkäufe bis zum Mittag erledigt haben, und zwar komplett mit Hochschleppen, Auspacken und Einräumen, damit man die restliche Zeit sinnvoll für andere Dinge nutzen könne, meinte Jürgen immer. Ich habe das nie wirklich verstanden, denn Einkaufen ist für mich eine der sinnvollsten Beschäftigungen überhaupt. Ich meine, früher sind die Kerle ja auch auf die Jagd gegangen, damit niemand verhungert. Heute geht man eben einkaufen. Ist doch nützlich!

Als Single darf man selbst bestimmen, welche Dinge sinnvoll sind oder wann man diese für sinnvoll hält. Das gefällt mir. Komisch, da habe ich vier Jahre mit Jürgen zusammengelebt und jetzt ist er weg und er fehlt mir immer noch nicht. Nicht auszudenken, was passiert wäre, wenn ich Jürgen tatsächlich geheiratet hätte.

Dass *er* es letztendlich war, der mit mir Schluss gemacht hat, habe ich immer noch nicht so wirklich verdaut, obwohl ich ja dadurch um die unangenehme Situation gekommen bin, mich von ihm trennen zu müssen. Dass ich Nein gesagt hätte, ist ja wohl mittlerweile absolut und definitiv klar. Schluss machen aber habe ich immer gehasst. Ich mag es nicht, wenn Männer wegen mir weinen. Ich finde das ungemein belastend. Dass Jürgen allerdings die Beziehung beendet hat und noch nicht einmal Manns genug war, mir den wahren Grund dafür zu nennen, finde ich immer noch mehr als demütigend. Vor allem weil Jürgen Anwalt ist und Ehrlichkeit eine seiner größten Tugenden nennt. Hat er zumindest immer wieder betont.

Aber ich habe ja ein großes Herz und kann gut verzeihen. Das habe ich mal auf einem Yogi-Tee gelesen, bei dem auf jeder Verpackung eine andere Weisheit geschrieben stand. *Was uns glücklich macht: Verzeihen und Mitgefühl.* Ganz im Sinne von Buddha. Ich verzeihe Jürgen und wünsche ihm ein paar fette Pocken an den Arsch. Und wenn sie dann ordentlich anfangen zu jucken und zu wässern, dann werde ich mit ihm fühlen.

Ich lasse noch etwas heißes Wasser in die Badewanne laufen und betrachte meine dunkelroten Fußnägel. Der Lack ist schon halb ab. Vielleicht sollte ich gleich noch mal drüberstreichen? Oder aber den Rest entfernen? Meine Füße sind auch ohne Lack wunderschön.

Ich trinke noch einen Schluck Milchkaffee aus meiner großen Tasse, die auf dem Rand der Badewanne steht, da fällt mein Blick auf Schotte, den ich pro zweihundert Liter Badewannenfüllung mit jeweils zwei Euro gefüttert habe. In Schottes Bauch befinden sich genau einhundertzweiundneunzig Euro. Das heißt, im letzten halben Jahr habe ich sechsundneunzig Mal gebadet, im Schnitt etwa viermal die Woche.

Es hat eben alles seinen Sinn im Leben! Jetzt kann ich heute wenigstens ohne Bedenken einkaufen gehen. Mit einem ganzen Sack voll Eurostücken in der Tasche mache ich mich auf den Weg zu meinem Auto. Ich will gerade die Haustüre hinter mir zuziehen, da sehe ich den Postboten auf mich zukommen. Vielleicht hat er ja etwas für mich? Ja, hat er! Ich halte den Brief vom Prüfungsamt in meinen Händen. Mist. Jetzt wird es ernst.

Da kann ich auf keinen Fall im Stehen reingucken, also setze ich mich auf die Treppenstufe vor der Tür. Und dann bin ich sprachlos. Ich habe fünfzehn Punkte erreicht. Das ist ein Notendurchschnitt zwischen Eins und Zwei. Unfassbar. Eine gute Note im Jura-Examen ist so gut wie unmöglich. Man kann schon mit einer Vier zufrieden sein. Jürgen hat mit einer schlechten Drei abgeschlossen und war darauf schon stolz wie Oskar. Nur zehn Prozent schaffen den Abschluss mit einer Zwei, weniger als ein Prozent schaffen es mit einer Eins. Okay, ich habe noch meine mündlichen Prüfungen vor mir. Aber wenn ich die nicht verhaue, dann schaffe ich es. Dann werde ich wirklich Richterin! Maja flippt aus, wenn sie das hört. Ab Montag fange ich an zu lernen, Ehrenwort. Ich habe drei Monate Zeit. Das schaffe ich dicke! Aber erst einmal gehe ich einkaufen. Das muss gefeiert werden!

Wo geht man einkaufen, wenn man gerade frisch verlassen wurde? Wo geht Jürgen jetzt hin? Oder geht er heute nicht einkaufen? Vielleicht kann er ja gar nicht Auto fahren, weil er nicht sitzen kann – wegen der vielen Pocken, die nicht nur jucken und wässern, sondern auch bluten? Wahrscheinlich war Jürgen längst einkaufen. Es ist immerhin ein Uhr und da beschäftigen sich normale Leute mit den sinnvollen Dingen im Leben.

Aber was ist, wenn mein Ex heute auch später losgezogen ist, weil er denkt, damit könne er mir bei Edeka aus dem Weg gehen? Und wenn wir doch zusammenträfen? Ich meine, es würde mir absolut nichts ausmachen. Aber für *ihn* wäre es bestimmt total unangenehm.

Es ist schon eigenartig, wie man sich an bestimmte Dinge gewöhnen kann. Bei Edeka ist alles wunderbar übersichtlich. Ich weiß sofort, wo ich finde, was ich suche. Doch heute teste ich einen neuen Laden, der weit genug weg ist. Es könnte ja doch sein, dass Jürgen, Gewohnheitstier wie er nun mal ist, in unserem Edeka einkaufen geht. Man muss sein Schicksal ja nicht herausfordern. Dieser andere Supermarkt hier hat aber auch so seine Qualitäten. Ich gehe durch die Gänge und entdecke tatsächlich mir unbekannte Lebensmittel. So türmen sich völlig neue, wohlklingende Teesorten vor mir auf. *Hol dir Kraft*, *Träum schön*, *Freu dich*, *Atme dich frei* und *Innere Ruhe* wandern direkt in meinen Einkaufswagen. Natürlich dürfen auch *Japanische* und *Marokkanische Minze* nicht fehlen. Vielleicht kann ich Bruno mit einer Teezeremonie locken und die ätherischen Minzedüfte durch die Luft zu ihm schicken?

Mein Einkaufswagen wird immer voller. Hier gibt es sogar eine Delikatessenabteilung. Speiseöl aus schwarzen Trüffeln. Trüffel selbst habe ich noch nie gegessen. Die sollen lecker sein auf Bandnudeln. Das Öl für den stolzen Preis von fast vierundzwanzig Euro landet in meinem Einkaufswagen. Man lebt ja schließlich nur einmal und außerdem hat sich das Ausnehmen von Schotte, dem armen Schwein, dann wenigstens gelohnt! Dafür habe ich jetzt lauter Leckereien, die ich mir heute Abend alle auf der Couch genehmigen werde.

Der Eistee hat seinen Platz *im* Einkaufswagen gefunden, damit ich erst gar nicht in Versuchung gerate, ihn zu unterschlagen. Ich mache mich auf den Weg zur Kasse, schiebe den Wagen den letzten Gang entlang, biege um die Ecke … und stehe vor Jürgen. Scheiße, hätte es nicht Bruno sein können? Auch das noch! Wieso kommt der Idiot auf die Idee, ausgerechnet hier einkaufen zu gehen? Und das um diese Uhrzeit? Völlig untypisch für Jürgen.

Ruhig, Barbara, jetzt bloß nicht die Nerven verlieren. Ich könnte so tun, als ob ich Jürgen gar nicht erkannt hätte und den Wagen einfach in den nächsten Gang schieben. Aber wie würde das aussehen? Jürgen hat mir gerade direkt in die Augen geguckt. Definitiv hat der mich gesehen. Doch es macht den Anschein, als hätte Jürgen durch mich hindurchgeblickt. Seelenruhig schiebt er den Wagen in die andere Richtung. Der Feigling tut doch tatsächlich so, als ob er mich nicht wahrgenommen hätte. Augenblicklich macht sich ein Gefühl der Überlegenheit in mir breit. Na warte, du Mistkerl.

In perfekt überrascht klingender Tonlage rufe ich ihm nach: »Jürgen?«

Gut so, Jürgen hat es nicht geschafft, sich aus meinem Sichtfeld zu entfernen. Jetzt kann er mich nicht mehr ignorieren. Er dreht sich um.

»Babsi, was machst du denn hier? Ich habe dich gar nicht gesehen.«

Schon klar. Wenigstens hat er mich nicht überhört. Jürgen scheint sichtlich irritiert zu sein. Weiter so, Barbara.

»Wonach sieht es denn deiner Meinung nach aus? Was macht man schon samstags in einem Einkaufszentrum, in dem es in erster Linie Lebensmittel zu kaufen gibt?«

»Ich meine ja nur, weil du doch sonst immer bei Edeka einkaufen gehst.«

»Ach so. Hier gibt es interessante Teesorten. Guck mal, die wollte ich unbedingt haben. Hier zum Beispiel, *Innere Ruhe*, ausgleichende Kräuterteemischung mit Rot- & Honeybush, Harmonie für Körper & Seele. Außerdem wollte ich mir mal was Besonderes leisten. Ich habe nämlich meine Prüfungsergebnisse bekommen. Fünfzehn Punkte.« Das musste ich ihm jetzt einfach unter die Nase reiben.

»Oh, wie hast du das denn geschafft?«, fragt Jürgen überrascht. »Aber ich freue mich für dich, ehrlich. Ich wollte dich übrigens die ganze Zeit anrufen und dich fragen, wie es dir geht, aber ich hatte so viel um die Ohren.

Und außerdem war ich mir nicht sicher, ob du das überhaupt möchtest. Und den Tisch kannst du natürlich gern behalten.«

Super. Wie seine zeitraubende Hauptbeschäftigung aussieht, weiß ich ja mittlerweile. *Sie* hat schwarze naturgewellte Haare und eine Figur, bei der sogar Barbie neidisch werden würde. *Sie* hat sich von der einfachen Bürokraft zur zukünftigen Frau Stankowicz hochgearbeitet, aber wenn sie clever ist, behält sie den Namen *De la Soir*. Das hört sich nämlich ganz objektiv gesehen viel besser an!

Wunderbar. Jürgen hatte also zu viel um die Ohren, um sich zu erkundigen, wie es mir geht. Wäre er wenigstens jetzt ehrlich und würde keinen Vorwand suchen, dann würde ich ihm vielleicht sogar verzeihen. Ganz vielleicht. Der Mistkerl hat sich aber nicht mehr bei mir gemeldet. Seit zwei Wochen nicht. Wenigstens hätte er auf meine SMS reagieren können. Und jetzt tut er auch noch so, als würde er sich über meine Note freuen. Dabei wurmt es ihn, dass er viel schlechter abgeschnitten hat als ich. So ein Penner! Eiskalte Wut steigt in mir hoch. Ich bin noch nie verlassen worden. Und ich will nicht, dass Jürgen denkt, ich könnte womöglich wegen ihm leiden.

Ich schenke Jürgen mein ehrlichstes unehrliches Lächeln. »Wie ich das geschafft habe mit der Eins? Müsstest du doch eigentlich wissen. Da hast du doch noch bei mir gewohnt. Und Jürgen, mach dir keine Sorgen. Ich wollte dir nur noch sagen, dass ich auch sehr beschäftigt war.

Und ich hätte dich sowieso nicht geheiratet. Außerdem bin ich altmodisch. Ich wünsche mir einen Heiratsantrag, bei dem mein Zukünftiger vor mir kniet. So wie sich das gehört. Ich wünsche dir alles Gute, ehrlich.« Und zu den Pocken ein paar Furunkel an ganz anderer Stelle. Ich lasse Jürgen gar nicht erst zu Wort kommen. Aber wahrscheinlich hat er eh die Sprache verloren, also rede ich munter weiter.

»Geht es dir denn gut? Warum warst du denn so eingespannt? Du siehst wirklich blass aus. Das ist sogar meiner Mutter aufgefallen.« Betont mitleidig schaue ich Jürgen direkt in die Augen. Mann, kann ich liebevoll lächeln.

Da tönt es schrill aus dem Gang mit den Getreideprodukten: »Hase? Haaase, wo bist du?«

Jürgen wird auf der Stelle knallrot, und zwar bis unter die Haarspitzen. Ich habe Nataschas Stimme noch nie gehört. Aber sie muss zu ihr gehören, so grell und schrill wie sie sich anhört. Das geschieht Jürgen recht. Zuckersüß lächle ich ihn an und sage: »Boah, stell dir mal vor, du hättest eine Frau mit einer solch unangenehmen Stimme.«

Und schon steht Natascha vor uns, schaut ungläubig von einem zum anderen.

Ich bleibe erstaunlich cool. Nur jetzt keine Blöße zeigen. »Hallo, Natascha, du auch hier? Na, so ein Zufall! Wohnst du hier etwa auch in der Nähe?«, frage ich unschuldig.

»Nein, aber meine Eltern.« Das ist zu viel! Ihre Eltern haben also ihr Haus in der Nähe. Und ich Doofe gehe ausgerechnet hier einkaufen. Wahrscheinlich hat sie Mama und Papa gerade ihr Häschen vorgestellt. Aber nein, die kennen ihn ja bestimmt bereits.

»Ich geh dann mal zur Fleischtheke. Kommst du gleich nach«, fiepst Natascha und schmachtet ihren Hasen, der vier Jahre lang einfach nur *mein* Jürgen war, hinreißend an. Meine Hand schließt sich zur Faust und will mitten in ihr hübsches Gesicht. Wow, ist die abgebrüht. Sie scheint sich kein bisschen unwohl zu fühlen. Oder ist sie einfach nur naiv?

Jürgen hingegen bringt es nicht mehr fertig, mir in die Augen zu gucken. Ich kann gerade noch »Na dann …« sagen, doch er ist schon auf dem Weg zu den Wurstwaren. Das »… hoppele ihr mal schnell hinterher« hört er leider nicht mehr. Eigentlich hätte ich ihn ja jetzt fragen können, was passiert wäre, wenn ich Ja gesagt hätte. Hätte er mich wirklich geheiratet? Aber das ist mir auf einmal egal. Ich will es gar nicht so genau wissen. Und wahrscheinlich würde er sowieso nur wieder lügen.

Ich schiele am Regal vorbei zu ihnen herüber. War es das nun gewesen? Irgendwas muss doch noch kommen! Jürgen steht mit Natascha an der Theke. Den Einkaufswagen hat er vergessen mitzunehmen. Sehr untypisch für ihn. Ich beschließe, ihm nie zu verzeihen. Und Buddha bin ich auch nicht. Ein pinkfarbener Einkaufskorb steht einladend in ihrem Wagen. Trüffelöl ist eh nicht mein Ding, viel zu nobel. Unauffällig schmuggele ich die edle Flasche in den Korb, unter Jürgens Jacke, die ganz obenauf liegt.

Zügig schiebe ich meinen Einkaufswagen zur Kasse. Der Kassierer lächelt mich nett an und sagt: »Sie können den Eistee demnächst auch hinten auf die Klappe stellen, dann haben Sie vorne im Wagen mehr Platz.«

»Ich weiß! Aber dann könnte es passieren, dass ich vergesse, ihn zu bezahlen. Und das will ich natürlich nicht«, sage ich lächelnd. »Übrigens kommt gleich ein Pärchen mit einem pinkfarbenen Einkaufskorb. Sie sollten mal hineinsehen. Ich will mich ja eigentlich nicht einmischen, aber die haben sich eben sehr merkwürdig verhalten. Besonders die Frau. Aber ich kann mich natürlich auch irren.«

Immer noch vor mich hingrinsend packe ich meine Einkäufe in den Kofferraum und bringe den Einkaufswagen zurück in den Laden. Gerade als ich wieder zur Tür raus will, höre ich eine laute, schrille Stimme: »Das war ich nicht! Wie kannst du das nur von mir denken? So was würde ich nie tun. Das war bestimmt deine durchgeknallte Ex!«

Ja, da hat sie Recht. Aber durchgeknallt bin ich noch lange nicht. Immerhin werde ich mal Richterin. Und wenn Natascha dann noch mal beim Klauen erwischt wird, erwartet sie eine fette Haftstrafe! Womöglich lebenslänglich.

Fröhlich steige ich in mein Auto, strecke mir im Rückspiegel die Zunge raus und mache mich auf den Weg nach Hause, in *meine* Wohnung.

34 Und, worauf wartest du noch?

Meine Einkäufe sind verstaut, ich habe gegessen, die Wohnung ist geputzt und ich mache es mir vor dem Fernseher gemütlich. Es ist Samstagabend. Eigentlich sollte Jürgen jetzt bei mir sein und sich mein Jawort abholen, immerhin ist heute der 6. Dezember. Aber wahrscheinlich kniet er gerade vor Natascha Anastasia, und das mit meinem Ring, und wartet auf ihre Zusage. Wenn er Glück hat, nickt sie nur. Ihre Stimme ist wirklich schrecklich. Hoffentlich ist Natascha ordentlich anstrengend und hält ihn mit ihren Launen auf Trab. Schon komisch, wie sich innerhalb von nur dreißig Tagen das ganze Leben verändern kann.

Ich strecke mich genüsslich auf der Couch aus. Sorgen muss ich mir keine mehr machen. Weder darüber, dass ich eventuell einen Anschiss bekommen könnte, weil ich wieder mal einen Film oder eine Sendung gucke, die meinem Intellekt nicht entspricht, noch darüber, dass Jürgen vielleicht einen Unfall gehabt haben könnte, weil er noch nicht zu Hause ist. Am Ende sitzt er ja wirklich gerade im Auto in irgendeinem Fluss fest und ersäuft? Aber das kann mir egal sein. Es ist nicht mehr mein Problem.

Mir geht es gut und das obwohl – oder vielleicht gerade weil – ich ganz alleine bin. Der Terracottaanstrich wirkt unheimlich warm und gemütlich. Die *Marokkanische Minze* verströmt einen leichten, sehr angenehmen Duft. Bei Bruno scheint der leider noch nicht angekommen zu sein. Schade!

Ich gucke mir *Dirty Dancing* an. Das läuft gerade im Fernsehen. Komisch, wenn einer meiner Lieblingsfilme ganz normal im Abendprogramm kommt, dann muss ich ihn mir unbedingt ansehen, obwohl ich auch die DVD gucken könnte. Eigentlich hasse ich auch die Werbepausen. Egal. Ich fiebere jetzt schon auf den Moment hin, wo Patrick Swayze, der coole Johnny, zu Frances Eltern geht, ihnen die Hand entgegenstreckt und sagt: »Mein Baby gehört zu mir, ist das klar?«

Irgendwie träumen wir eben doch alle von einem Ritter auf einem weißen Pferd oder eben von einem coolen Johnny, der allen auf der Welt klarmacht: Nichts könne ihn und sein Mädchen trennen! Ich für meinen Teil gehöre momentan nur mir selbst. Und das ist auch gut so.

Als in der Werbepause das Telefon klingelt, ist mir sofort klar, dass das nur Maja oder Marie oder Lena sein können. Wäre es irgendein Typ, wie zum Beispiel Jürgen oder vielleicht sogar Bruno, dann hätte das Telefon bestimmt mitten im Film geklingelt. Aber dass Bruno mich anruft, ist sowieso total unwahrscheinlich, und außerdem läuft ja gerade Werbung.

Es ist Marie. »Und?«, fragt sie nur.

»Was, und?«

»Na, wie geht es dir? Gibt es irgendwas Neues oder so?«

»Was ist denn mit dir los? Mir geht es gut. Ach, ich habe heute Jürgen getroffen. Beim Einkaufen. Er heißt jetzt Hase!«

»Das ist doch ausgesprochen niedlich! Wie hast du dich dabei gefühlt?«

»Ganz gut. Seine Natascha Anastasia war auch dabei. Sie klaut übrigens.«

»Die klaut?«

»Ja, und sie hat eine ätzende Stimme. Aber das erzähl ich dir alles morgen. Der Film geht weiter.«

»Okay, aber meld dich unbedingt, ja?«

He, was ist denn mit der nur los? Hoffentlich ruft sie jetzt nicht jede Werbepause an und fragt, wie es mir geht. Heute läuft nämlich *Wetten, dass?* auf dem anderen Programm. Da gibt es keine Pausen und ich kann zwischendurch mal rüberzappen und gucken, was die aktuelle Wette so macht. Immerhin gibt es für so was ja Fernbedienungen.

Zapp! Thomas Gottschalk tanzt gerade Rock'n'Roll. Und das mit Alice Schwarzer! Wenn das Maja wüsste. Wie auf Kommando klingelt in diesem Moment das Telefon. Es ist prompt Maja. War ja klar.

»Hallo Süße, wollte nur mal hören, ob es was Neues gibt.«

»Was Neues? Ja, stell dir vor, ich habe meine Noten bekommen. Fünfzehn Punkte!«

»Ich fass es nicht, Liebelein! Ich bin ja so stolz auf dich. Jetzt brauchst du dir keine Sorgen machen wegen der Mündlichen. Mit so einer Vornote kann dir jetzt nichts mehr passieren. Und sonst?«

»Wie und sonst? Was ist denn nur los mit euch? Marie war eben auch schon so komisch am Telefon.« Im Telegrammstil erzähle ich ihr von dem Zusammentreffen mit Jürgen und seiner Liebsten im Supermarkt. »Mir geht's gut, ehrlich! Lass uns morgen weiterquatschen. *Dirty Dancing* geht bestimmt schon weiter. Und schalt mal rüber zu *Wetten, dass? …*«

Als ich auflege, springt Baby gerade direkt vom Baum in Johnnys Arme. Da klingelt es an der Tür. Und das am Samstagabend um zehn vor neun. Wer könnte das bloß sein, und noch dazu unangemeldet?

Vor mir steht Frau Schneider aus dem Erdgeschoss und drückt mir ein Paket in die Hand. »Das hat der Postbote heute für Sie abgegeben. Ich war danach die ganze Zeit unterwegs. Aber ich dachte, ich bringe es Ihnen noch hoch, auch wenn es schon spät ist. Vielleicht ist es ja ein Nikolausgeschenk?« Freundlich zwinkert sie mir zu.

Ich habe schon Ewigkeiten kein Paket mehr bekommen und bestellt habe ich auch nirgendwo etwas. Auspacken liebe ich – ohne Rücksicht auf Geschenkpapier und Verpackung. Das Päckchen ist nicht groß, aber irgendwie schwer. Absender steht keiner drauf. Ich hole mir ein großes Küchenmesser und lege los. Zum Vorschein kommt ein riesiges Glas Nutella, eineinhalb Kilo. Wie genial ist das denn? Das ist bestimmt von Maja. Deswegen war sie vorhin so komisch am Telefon. Sie wollte wissen, ob das Paket schon angekommen ist. Eineinhalb Kilo Nutella. Das sind fast achttausend Kalorien. Grinsend gehe ich in die Küche und hole mir einen großen Löffel.

Dann kuschele ich mich wieder in meine Decke und setze mich im Schneidersitz auf die Couch. Wenn ich das ganze Glas hier leerfuttere, sehe ich bestimmt bald aus wie eine alte, dicke Indianerin. Der Deckel knackt herrlich beim Öffnen. Ich steche durch die goldene Folie und ziehe sie ab. Die glatte, glänzende, noch völlig unberührte braune Masse lächelt mich einladend an. Und sie riecht einmalig nach Haselnuss und Schokolade. Mmmh! Vorsichtig fahre ich mit dem Löffel einmal im Glas herum, ganz nah am Rand lang, um ihn dann genüsslich in meinem Mund verschwinden zu lassen. Das Glas ist so groß, dass ich es mit beiden Händen halten muss. Süß sieht das Glas aus. Es ist vorne auf dem Etikett mit vielen kleinen Schneeflocken, Rentieren, Nikoläusen und Schneemännern bedruckt. *Limited Edition 2008*. Ich drehe das Glas um und verschlucke mich fast an dem Löffel, der immer noch in meinem Mund steckt. Mit goldenem Edding hat jemand daraufgeschrieben:

Lass es dir schmecken – und ruf mich zu Hilfe, falls es in der Mikrowelle Funken schlagen sollte.

Wie von der Tarantel gestochen springe ich auf. Mist aber auch, dass ich Geschenke immer so unachtsam aufreißen muss. Es war kein Absender auf dem Paket. Oder etwa doch? Aufgeregt wühle ich in den Papierresten. Da! Es ist von Bruno. Und er wohnt in Dinslaken! Das ist gar nicht weit weg. Er hat den Absender direkt auf den Karton geschrieben und ich blöde Kuh habe ihn natürlich in tausend Teile zerlegt. Hektisch fange ich an zu puzzeln. Bruno, Eschenweg 50, Dinslaken. Fassungslos halte ich das Stückchen Karton in der Hand. Die 0 hinter der 5 könnte genauso gut eine 6 sein. Warum hat er nicht wenigstens seinen Nachnamen oder seine Telefonnummer dazugeschrieben?

Irgendetwas pocht laut und fest von innen gegen meine Brust. Es ist mein Herz. Wo hat Bruno meine Adresse her? Da kann ja nur Maja dahinterstecken. Ich wähle ihre Nummer. Besetzt. Ist ja wieder mal typisch. Was mache ich jetzt? Es ist neun Uhr. Noch nicht wirklich spät für einen Samstagabend. Mein Blick fällt durch das Fenster nach draußen. Es schneit. Auch das noch! Bis nach Dinslaken brauche ich ungefähr zwanzig Minuten. Ich schlüpfe in eine bequeme Jeans und in einen dicken Rollkragenpulli. Vorsichtshalber lege ich noch jeweils einen Spritzer aus den neuen Parfumflakons auf. Ich rieche sinnlich nach Weihnachten. Immerhin ist heute Nikolaus.

Eine halbe Stunde später fahre ich in Dinslaken durch den Eschenweg. Einmal rauf, dann wieder runter und dann noch einmal rauf. Die Hausnummer 50 befindet sich auf der linken Seite. Ein Mehrfamilienhaus. Bei meinem Glück war das ja klar. Ich glaube, ich falle gleich in Ohnmacht. Also schnell vorher noch den Wagen parken – vorsichtshalber ein paar Häuser weiter. So wie jetzt habe ich mich schon lange nicht mehr gefühlt. Na ja, vielleicht kurz vor meiner Führerscheinprüfung. Da war ich auch einem Ohnmachtsanfall sehr nahe, was eigentlich sehr merkwürdig war, weil ich sonst überhaupt nicht unter Prüfungsangst leide. Oder vielleicht wie damals, als wir noch klein waren und unter Hochspannung in unserem Kinderzimmer ausharrten, bis das Christkind endlich das Glöckchen klingelte und wir zum geschmückten Baum stürzen durften, wo wir dann innerhalb von Sekunden die ganzen Geschenke aufrissen. Irgendwie fühle ich mich gerade wie bei einer Führerscheinprüfung und Weihnachten zusammen.

Ich betrachte das Haus von der gegenüberliegenden Seite aus und zähle die beleuchteten Fenster. Hier wohnen mindestens sechs Familien. Vielleicht sollte ich einfach sechs Zettel schreiben und in jeden Briefkasten einen mit den Worten reinschmeißen: *Bruno gesucht.*

Aber das ist im *La Luna* ja auch schiefgegangen. Oder vielleicht doch nicht? Immerhin hat Bruno ja meine Adresse. Oder hat die Anzeige doch gefruchtet? Eins ist ja wohl mal klar: Wenn Maja ihm gesteckt hat, wo ich wohne, und sie mir kein Sterbenswörtchen davon erzählt hat, dann ertränke ich sie in der Badewanne. Schotte darf natürlich zugucken. Werfe ich jetzt Zettel in jeden Briefkasten, dann muss ich nicht überall anklingeln und nachfragen, sondern nur noch mal abwarten. Aber vielleicht hat Bruno ja auch Vor- und Nachnamen auf dem Türschild stehen und ich habe ihn ratzfatz gefunden?

Vielleicht störe ich Bruno ja auch? Ich meine, es ist mittlerweile fast zehn Uhr, vielleicht sollte ich besser morgen wiederkommen? Und wer weiß? Vielleicht ist Bruno ja sogar verheiratet und hat eine Tochter, nur dass bei ihm die Ehefrau noch da ist? Und dann? Dann steh ich wie doof vor der Tür und muss mir irgendwas einfallen lassen, wie »Ich bin die neue Nachbarin von gegenüber und möchte mir Zucker ausleihen« oder so. Andererseits, was kann ich schon verlieren? Von meiner Würde natürlich mal abgesehen? Beherzt drücke ich den ersten Klingelknopf.

»Ja?«, ertönt es aus der Gegensprechanlage. Eine Männerstimme. Irgendwie habe ich gar nicht damit gerechnet, dass jemand da ist. Aber umso besser. Dann muss ich wenigstens niemandem gegenübertreten.

»Hallo, entschuldigen Sie bitte die späte Störung. Ich suche Bruno. Wohnt der zufällig bei Ihnen?« Es knackt in der Leitung, dann ist es still. Eine Antwort bekomme ich nicht. Das fängt ja gut an. Bevor ich länger darüber nachdenken kann, drücke ich Knopf zwei. Es dauert nur einen kurzen Moment, da brummt der Türöffner. Mist, wozu hat man eine Gegensprechanlage, wenn man sie nicht nutzt? Zögernd gehe ich die Treppe nach oben, sehe die einen Spaltbreit geöffnete Tür. Was mache ich hier nur? »Skrypczak« steht auf dem Schild, so kann Bruno nie im Leben heißen. Das ist ja noch bescheuerter als Stankowicz. Außerdem ist Brunos Papa Italiener Und die heißen anders. Barilla, Buitoni, Bertoli, aber niemals Skrypczak. Die Sache mit den Zetteln wäre bestimmt die bessere Idee gewesen. Zu spät. Vor mir steht eine sympathisch aussehende Frau in einer grauen schlabberigen Jogginghose und einem ausgewaschenen Sweatshirt. Sie hält ihre staubigen Hände weit von ihrem Körper weg und lächelt mich nett an.

»Mürbeteig«, sagt sie. »Ich backe gerade Plätzchen. Eigentlich dachte ich, mein Freund komme nach Hause. Er vergisst manchmal den Schlüssel. Kann ich dir irgendwie helfen?«

Vielleicht sollte ich wirklich nach Zucker oder nach Mehl fragen und dann wieder verschwinden. Wenn ich Pech habe, steht mir gerade Brunos Freundin gegenüber. Doch ob sie mir das abnimmt? Immerhin stehe ich hier in dicken Winterklamotten. Da fällt mir ein, dass Bruno Tischler ist und ich auch seine Dienste in Anspruch nehmen könnte.

»Entschuldigung, ich komme mir ziemlich blöd vor. Ich suche jemanden. Er soll mir einen Tisch bauen. Er heißt Bruno. Neulich hat er mir seine Adresse gegeben, aber ich konnte die Hausnummer nicht richtig lesen.«

»Bruno? Kenne ich nicht. Hier im Haus wohnen noch drei Männer. Einer wohnt ganz oben unter dem Dach, alleine. Aber er ist mindestens sechzig Jahre alt. Ich glaube auch nicht, dass er Tischler ist. Er ist Lehrer oder so. Die anderen wohnen hier mit ihren Familien. Wir können meinen Freund fragen, wenn er gleich kommt. Der wohnt schon länger hier. Ich bin nur dazugezogen. Vielleicht weiß er ja was?«

»Ach nein, so wichtig ist es auch wieder nicht.«

»Er muss aber tolle Tische bauen, wenn du so spät noch unterwegs bist und ihn suchst«, sagt die Frau und ich höre eine gewisse Neugierde aus ihrer Stimme heraus. Einen Moment lang überlege ich, ob ich die ganze Geschichte erzählen soll.

»Warte einen Moment«, kommt sie mir zuvor. »Riechst du das auch? Ich glaube, meine Plätzchen im Ofen verbrennen.« Und schon ist sie weg. Dann geht auch noch das Licht im Hausflur aus. Ich stehe in der Dunkelheit und warte. Plötzlich bekomme ich Sehnsucht nach meiner Couch. Wahrscheinlich ist es besser, wenn ich morgen wiederkomme. Dann ist es wenigstens hell draußen. Außerdem kann ich dann ja Maja zur Unterstützung mitnehmen. Der fällt wenigstens immer im richtigen Moment eine gute Ausrede ein. Draußen auf der Straße bleibe ich unentschlossen stehen. Die Hausnummer 56 ist nur drei Häuser weiter. Es schneit immer stärker. Ich könnte ja wenigstens einen Blick auf die Klingelschilder werfen.

In der Ferne höre ich eine Horde lärmender, lachender Menschen, die immer näher kommen. Ich überlege noch kurz, ob ich mich wieder in mein Auto verkrümeln und einfach abhauen soll, da biegen sie auch schon um die Ecke. Es sind mindestens zwanzig Leute, vorneweg ein dunkelhaariger Mann mit zwei Kindern an den Händen. Er sieht von der Statur her aus wie Bruno. Sie kommen direkt auf mich zu. Hilflos und wie angewurzelt stehe ich immer noch vor der Hausnummer 50. Ich will weglaufen, doch meine Beine bewegen sich nicht. Der Mann bleibt direkt vor mir stehen. Es ist nicht Bruno.

»So alleine, junge Frau? Können wir helfen?«, fragt er freundlich.

»Ich suche einen Bruno, kenne aber seinen Nachnamen nicht. Sind Sie zufällig aus dieser Straße?«, entgegne ich mutig.

Ein breites Grinsen zieht sich augenblicklich über das Gesicht des Mannes, der mir irgendwie von Anfang an bekannt vorkam. »Bist du etwa Barbara? Das ging aber schnell. Wir dachten schon, Bruno hat uns eine ganz heiße Lügengeschichte aufgetischt. Wird am helllichten Tag von einer wunderschönen Frau angesprochen, die ausgerechnet *ihn* küssen will. Und dann haben wir die Anzeige gesehen. Wow! Und jetzt bist du hier. Der wird Augen machen, wenn er dich sieht.«

Maja wird sterben. Und Marie und Lena und Uschi müssen auch dran glauben. Wieso haben die mir nicht gesagt, dass sich doch der Richtige auf die Anzeige hin gemeldet hat? Diese Biester! Weiter kann ich nicht mehr denken. Innerhalb von Sekunden werde ich von mir völlig fremden Menschen umringt und alle reden auf mich ein.

Ich höre noch: »Mama, Papa, das ist Barbara! Wir haben einen Überraschungsgast für Brunos Feier«, und werde von zwei Kerlen auf die Arme genommen, über die Straße getragen, dann genau drei Häuser weiter, durch die Haustüre, die Treppe hoch und in eine Wohnung hinein. Vor mir im Flur stehen mir gänzlich unbekannte Leute.

Plötzlich ist es mucksmäuschenstill, so als ob alle auf einmal den Atem anhalten würden. Da sagt jemand: »Bruno, wir haben dir ein Geschenk mitgebracht. Es stand ganz alleine auf der Straße und wusste nicht so recht, wohin es gehört.«

Hätte irgendwer aus irgendeinem Grund eine Stecknadel fallen lassen, ehrlich, man hätte sie gehört. Ganz bestimmt. Wie auf Kommando teilt sich die Gruppe vor uns in zwei Hälften und ich werde durch den so entstehenden Gang in die Küche getragen. Vor mir steht Bruno. In Jeans und weißem T-Shirt, in der Hand einen Kochlöffel, mit dem er wohl bis eben in der Tomatensoße gerührt hat. Jetzt werde ich wirklich fast ohnmächtig. Und alles, was mir einfällt ist: »Wie heißt du eigentlich mit Nachnamen?«

Bruno sieht mich an. Unendlich lange. Ich sterbe gleich wirklich. Jetzt und auf der Stelle. Es kommt mir vor wie eine Ewigkeit, bis Bruno endlich antwortet: »Fagiolo.«

»Fagiolo?«

»Ja, das heißt übersetzt *Bohne.*«

Einen kurzen Moment denke ich an Maja und Victor Erbsenschote. Wir werden gut zusammenpassen. Noch immer sitze ich in den Armen von Brunos Brüdern. Da ruft irgendjemand aus der Gruppe »Bacio!«. Und dann noch jemand und noch jemand, bis es einstimmig von allen Seiten schallt: »Bacio, bacio!«

Endlich setzen meine Träger mich ab und ich spüre wieder Boden unter den Füßen. Aber nicht lange, denn Bruno kommt auf mich zu, umfasst mein Gesicht mit beiden Händen und flüstert mir ins Ohr: »Bacio, das bedeutet Kuss!«